**ACONTECEU EM
BLACKROCK**

ACONTECEU EM
BLACKROCK

Kevin Power

Tradução de Ana Carolina Ribeiro

Título original
BAD DAY IN BLACKROCK

Primeira publicação em 2008 pela THE LILLIPUT PRESS
62-63 Sitric Road, Arbour Hill – Dublin 7, Irlanda
www.lilliputpress.ie

Copyright © Kevin Power, 2008

Todos os direitos reservados. Nenhuma parte desta
obra pode ser reproduzida sob qualquer forma
sem a permissão do editor.

Agradecemos à Ireland Literature Exchange-ILE
pela ajuda financeira à tradução da edição brasileira.
Ireland Literature Exchange-ILE (fundo de tradução),
Dublin, Irlanda – www.irelandliterature.com
– info@irelandliterature.com

Direitos para a língua portuguesa reservados
com exclusividade para o Brasil à
EDITORA ROCCO LTDA.
Av. Presidente Wilson, 231 – 8º andar
20030-021 – Rio de Janeiro – RJ
Tel.: (21) 3525-2000 – Fax: (21) 3525-2001
rocco@rocco.com.br
www.rocco.com.br

Printed in Brazil/Impresso no Brasil

preparação de originais
MAIRA PARULA

CIP-Brasil. Catalogação na fonte.
Sindicato Nacional dos Editores de Livros, RJ.

P895a   Power, Kevin
          Aconteceu em Blackrock/Kevin Power; tradução
        de Ana Carolina Ribeiro. – Rio de Janeiro: Rocco, 2010.

        Tradução de: Bad day in Blackrock

        ISBN 978-85-325-2520-8

        1. Ficção irlandesa. I. Ribeiro, Ana Carolina. II. Título.

10-0065   CDD-828.99153
                                           CDU-821.111(415)-3

A Jim, Joan e Andy

Agradecimentos

A Frank McGuinness, pelo apoio, orientação e gentileza incondicional; a Antony Farrell e a todos da Lilliput Press, especialmente Fiona Dunne, Kathy Gilfillan, Vivienne Guinness e Elske Rahill, por seu entusiasmo e atenção aos detalhes; a Lucy Luck, pela ajuda generosa e conselhos; a Ron Callan, pela impecável orientação no meu doutorado; a Marie Butterly, pelo apoio moral, financeiro e intelectual; e a alguns dos primeiros leitores, de valor inestimável: Jeanne-Marie Ryan, Simon Ashe-Browne, Dave Fleming, Eoin O'Connell, Jesse Weaver, Faela Stafford, Louise Aitchison, Adam Kelly e Amy Dwyer.

NOTA DO AUTOR – Este romance é fruto da imaginação. Embora certos aspectos da narrativa sejam inspirados na cobertura de fatos reais pela imprensa, todos os personagens – seus atos e experiências, histórias e destinos – são fictícios e não pretendem representar pessoas reais, vivas ou mortas. O mesmo se aplica às instituições educacionais, médicas, sociais e jurídicas mencionadas no texto.

Este é o abscesso da paz e da opulência:
Arrebenta por dentro e não exibe
A causa da morte.

                                  Hamlet, IV: 4

PARTE 1
FATOS E VALORES

1

Eles foram para o casarão branco em Inishfall. Até aqui é verdade, até aqui temos certeza. Quando acabou o último julgamento, os pais de Richard Culhane fizeram as malas e venderam sua casa em Dublin. Foram viver por tempo indeterminado em sua propriedade varrida pelo vento em Inishfall, uma ilha próxima à costa de Kerry onde a família Culhane passara todas as suas férias de verão nos primeiros doze anos da vida de Richard. Eu nunca fui a Inishfall, mas vi uma foto da casa que os Culhane mantinham lá – apareceu estampada em dois ou três jornais quando toda a história estava vindo à tona. É um casarão de dois andares desgastado pelas intempéries, pintado de branco, embora a tinta esteja ficando cinza e descascada pela chuva que o vento traz do mar. A casa deveria estar cercada pelas ruínas de uma grande propriedade. Seria o indicado, acho eu. Ela tornou-se o refúgio final de uma família decadente.

Eu não via os Culhane havia vários meses. Eu estava lá, do lado de fora do tribunal de Dublin, quando o último veredicto foi pronunciado e a família tentou ir embora. Por dois ou três minutos – um momento congelado, deve ter durado doze vezes mais do que isso – os Culhane ficaram encurralados na escadaria do tribunal, sua saída barrada por fileiras de jornalistas e câmeras de televisão. Peter Culhane abraçou a esposa, segurando-a tão firmemente que parecia estar posando para uma foto de brincadeira – *"Estão vendo? É assustador como eu amo a minha mulher!"* –, mas ele não sorriu. Finalmente, um funcionário do tribunal abriu caminho entre a multidão, e a família, com Richard à frente, um casaco cobrindo a cabeça, conseguiu alcançar o carro.

Essa foi a última vez que vi os Culhane. Mas sempre penso neles lá no oeste, seguros em seu casarão branco de Inishfall. Como devem passar seus dias? Sobre o que conversam? O que Richard diz à mãe quando dá de cara com ela na cozinha, tarde da noite? Falam sobre injustiça? Falam sobre dinheiro e poder? Falam sobre a morte? Não há como saber essas coisas. Cada um de nós está sozinho com suas hipóteses. Nunca ouvi ninguém falar sobre como deve ser a vida dos Culhane em Inishfall. É mais seguro simplesmente deixá-los em paz, dizemos uns aos outros. Melhor deixá-los viver suas vidas. O que significa, é claro, que *nós* queremos ser deixados em paz, *nós* queremos viver *nossas* vidas, não importa o quanto dilaceradas e vazias possam ser. Os Culhane, e tudo o que aconteceu com eles, já ocuparam demais nossos pensamentos. Já nos assombraram o bastante, esses usurpadores do nosso tempo, do nosso amor.

Eu gostaria de visitar Inishfall em breve, não para falar com os Culhane, mas só para ver pessoalmente o casarão branco, ouvir o mar e sentir o cheiro dos peixes apodrecendo nas armadilhas para caranguejos e piscinas naturais na praia próxima. Acho que isso poderia me ensinar alguma coisa. Acho que poderia dar respostas a algumas perguntas que tenho feito a mim mesmo.

Nosso conhecimento dos fatos – até mesmo daqueles que mais intimamente nos afetaram – é parcial. Nós nos contentamos com suposições. E foi isso que tive de fazer ao compor este relato: contentar-me com suposições.

Apesar de conhecer mais ou menos bem a maioria das outras pessoas envolvidas no incidente, eu conhecia muito pouco Richard Culhane. Estudamos na mesma universidade, mas nossas turmas eram enormes – mais de quatrocentas pessoas – e até tudo acontecer eu só o conhecia por sua reputação. Richard raramente comparecia às aulas, mas podia-se vê-lo com frequência sozinho no campo de rúgbi ao cair da noite, rosto vermelho e corpo forte, treinando seus chutes. Ele me parecia misterioso naquela época e agora também. Durante os julgamentos, ele foi o único a ficar em silêncio, a sentar com a coluna reta, encarando a parede alguns metros diante de si, e a nunca se mover, nunca se levantar para se desculpar; nunca cedeu e confessou. Acho que uma visita ao casarão branco poderia me ensinar algo sobre seu estoicismo, sobre sua calma em meio ao colapso.

E mais uma vez eu poderia aprender alguma coisa. Fiquei obcecado com essa possibilidade de um conhecimento verdadeiro. Quando olho para o mundo, ele me oferece apenas o vidro grosso do espelho que eu sou. Pergunto-me se o mesmo vale para Richard e seus pais, se eles buscam um significado no mundo só para serem desprezados e rejeitados; se eles se encontram no escuro, como ainda nos encontramos, agora que tudo acabou.

2

NÃO POSSO CONTAR ESTA HISTÓRIA. Deixemos isso bem claro desde o princípio. Eu não estava lá. Não vi acontecer. Dou aqui uma espécie de justificativa, pois tive que juntar as peças, depois do acontecido, a partir de fontes disponíveis, de jornais, rádio, televisão, revistas. E as pessoas também falavam comigo, geralmente aos sussurros, sempre em particular, às vezes com um olhar de vergonha furtiva, mais frequentemente com uma espécie de pena ou tristeza meio dissimulada. Professores e pais, partes interessadas, testemunhas e amigos: de alguma forma todos ficavam loucos para falar, quando eu tocava no assunto, ou mostrava interesse. Na agitação de uma sala de estar, quando a tarde se esvai e se transforma em noite, naquela hora em que os pais do popular Stephen O'Brien sempre chamaram de hora do *cocktail* (já que eles tolerantemente serviam gim-tônica para alguns colegas de faculdade que faziam uma visita), as pessoas geralmente se mostram mais dispostas a compartilhar suas lembranças da noite em que aquilo aconteceu, ou do momento em que ouviram que tinha acontecido, ou suas ideias sobre como seria a vida das várias famílias depois que tudo aconteceu. Elas prestam atenção em suas mãos enquanto falam. Raramente olham para mim.

É claro que também se encontra resistência. Muitos dos meus amigos e conhecidos disseram que seus pais os haviam proibido de falar sobre o assunto. Recentemente perguntei a uma garota que eu conhecia se ela havia conhecido o rapaz que morrera. "Nós não falamos sobre isso", disse ela, parecendo assustada.

Eu não a pressionei mais.

Não, eu não estava lá naquela noite. Mas poderia ter estado. Poderia ter acontecido com qualquer um, a qualquer hora, em qualquer noite. As noitadas em Dublin são parecidas, previsíveis. Segue-se um padrão, todas as vezes, sem erro. Bebe-se na casa de alguém. Um pub. Uma boate. Kebabs ou batatas fritas. Um táxi para casa. Mas não quero que você ache o acontecimento central da minha história algo contingente, uma ocorrência aleatória, um golpe de azar. Você deve lembrar que esse acontecimento, de um jeito ou de outro, foi inevitável. Teria acontecido de qualquer forma, não importa que os fatores fossem diferentes, não importa o que as pessoas pudessem ter feito de diferente.

Ou pelo menos foi nisso em que comecei a acreditar.

A violência é sempre uma possibilidade velada nessas noitadas, apesar do nosso apreço pela rotina. Escondemos muitas coisas quando estamos na cidade. Escondemos nossas espinhas e franjas mal cortadas, as marcas da camiseta nos músculos bronzeados. Escondemos nossas ansiedades e inseguranças. Escondemos fatos também: fatos sobre com quem gostaríamos de ir para a cama, quem gostaríamos de beijar, de quem temos medo e quem desprezamos. E escondemos coisas mais perturbadoras: uma queimadura de cigarro autoinfligida; a cicatriz de uma lâmina de barbear; um transtorno alimentar ou um vício em drogas. Mas a coisa mais secreta, aquilo que mais queremos esconder, é a possibilidade da morte, a possibilidade de que um de nós irá longe demais e não voltará, ou de que *todos* nós iremos longe demais, iremos longe demais porque é o que todo mundo está fazendo, porque temos medo de dizer "não", medo de nos segurarmos, medo de fazer a simples pergunta: *Por quê?* Desde a morte de Conor muita gente tem perguntado *por quê* – ao ler aqueles jornais e revistas muitas vezes eu me deparo com isso, com essa interrogação angustiada – mas os motivos são algo que ocorre depois, são uma releitura que fazemos imersos no inevitável. Os motivos são uma forma de procurar um sentido onde não há sentido nenhum, onde nem se procurava por um na época.

Acontecimentos de certa magnitude irrompem no nosso futuro sem pedir licença. Porém, outros também caminham contra o tempo, e seus contornos fazem-se sentir anos antes de virem realmente a acontecer. A morte de Conor Harris foi um desses casos. Nós a sentimos se aproximando, acho eu. Não que nos tivesse feito muito bem. Não que tenha ajudado.

Há o fato da morte de Conor. E há a galeria de interpretações explicando por que isso aconteceu. Fatos e interpretações: é isso o que tenho. Tudo o que tenho.

Em vários pontos essenciais, o caso permanece obscuro. Eu gostaria que as coisas tivessem se desenrolado de outra forma, mais clara. Mas estou impotentemente imobilizado com os fatos registrados. A realidade não se adapta para atender as exigências da arte e toda história que se conta é essencialmente um gesto retrospectivo. Então vou seguir os fatos até o final para ver o que descubro.

Eu estava com medo de contar esta história, possivelmente do que ela revela sobre a natureza canibal da minha geração, o nosso ódio mútuo, o nosso ódio de nós mesmos. Tive medo de contá-la porque me parecia sombria demais, sem respostas, confusa e enigmática demais para ser contada em termos simples. Mas acho que tenho que contá-la agora. Estou muito solitário em minha fascinação por ela, em minha fixação por algo que aconteceu por algumas horas em uma noite três anos atrás. Agora que os julgamentos acabaram, agora que os jornais deixaram a história esfriar, agora que fui deixado sozinho, segurando as pontas soltas de todos esses fatos, incapaz de juntá-las de qualquer forma que me satisfaça, posso tentar falar sobre o que aconteceu. Parece que não tenho outra saída.

Esta é a história de um único acontecimento e suas consequências, do que aconteceu antes e de como tudo o que aconteceu depois foi diferente.

Foi a pior coisa que já nos aconteceu.

E é a única história que serei capaz de contar em toda a minha vida.

3

FOI ASSIM QUE ACONTECEU.

Na última noite do verão de 2004, às 3:15 da manhã, um estudante de vinte anos foi espancado até a morte na frente do Harry's Niteclub de Blackrock, em Dublin. Três outros estudantes foram presos só um mês depois e acusados de homicídio. As acusações de homicídio não colaram. Dois deles acabaram sendo julgados por perturbação violenta da ordem pública. Foram considerados culpados e ficaram cinco meses na prisão. O terceiro, também acusado por violenta perturbação da ordem pública, ficou preso durante onze meses. O Estado tentou, então, julgar o terceiro estudante por homicídio, mas por falta de provas o promotor foi forçado a entrar com um *nolle prosequi*, abandonando a acusação, e o caso foi encerrado.

O estudante que morreu chamava-se Conor Harris. Eu o conhecia.

Os três estudantes que foram presos chamavam-se Stephen O'Brien, Barry Fox e Richard Culhane.

Por um breve período, Stephen O'Brien e eu estudamos juntos na mesma escola particular. Richard Culhane e Barry Fox estudaram em outra escola particular. Mas em Dublin todos os estudantes conheciam uns aos outros, de uma forma ou de outra.

Todos fomos para a mesma universidade. Foi assim que consegui juntar o conhecimento pessoal que eu tinha sobre essas pessoas e suas vidas.

Também havia uma garota. Falarei dela em breve.

O médico-legista (aposentado desde então) escreveu em seu relatório que, provavelmente, além de sofrer inúmeros golpes no rosto e no pescoço, Conor Harris recebera três chutes na cabeça que foram a provável causa da sua morte, duas horas depois, na emergência do St. Vincent's Hospital.

Voltarei mais vezes a esse relatório do legista.

Três chutes. Tum. Tum. Tum. O bar está fechado, as pessoas saindo num tumulto. Começa uma briga, em algum lugar da multidão, perto do ponto de ônibus na rua principal lotada. Podemos ter certeza de que aqueles três chutes não foram os únicos golpes desferidos. Mas são os que contam. De acordo com o relatório do legista – o controverso relatório, do qual tantas coisas dependeriam – o primeiro e o segundo chutes poderiam por si sós serem fatais. Então o terceiro chute parecera, para alguns, algo gratuito, o que em Nova Orleans chamam de *lagniappe*: um brinde ao freguês. Para as pessoas menos aflitas aos fatos, no entanto, ou aquelas menos inclinadas ao perdão, o terceiro chute só pode ter sido o fatal.

Eram chutes de rúgbi: movimentos semicirculares do quadril, com o pé em ângulo para levantar a bola, os braços abertos para dar equilíbrio.

Tum. Tum. Tum. Um, dois, três. Uma progressão ordenada do ferimento para a inconsciência e a morte. As pessoas parecem achar difícil conceber algo tão irrevogável acontecendo tão rápido. Elas acham difícil imaginar que, após o primeiro chute, Conor Harris já estivesse morto. Então, muita gente prefere imaginar que o terceiro chute foi o causador do estrago.

Isso porque quem deu o terceiro chute foi Richard Culhane, que até aquele momento, de acordo com o relato de algumas testemunhas, mal havia se envolvido na briga.

Enquanto o Harry's Niteclub esvaziava e todos cambaleavam para a rua e começavam a fazer sinal para os táxis, Conor Harris encontrou Richard Culhane na multidão. Era a última noite do verão, a volta às aulas era iminente, as pessoas haviam voltado de viagem (Conor passara o verão do ano anterior em San Diego, Richard Culhane estivera em Ocean City), então havia um clima de festa na boate e na rua. Era fim de noite, as pessoas tinham arrumado alguém ou se desapontado, casais aos amassos nas portas das lojas ou transando desajeitadamente em becos ou vielas. Podia-se ouvir o som das ondas estourando do outro lado da plataforma da estação de trem perto do mar.

E Conor Harris encontrou Richard Culhane na multidão. Apesar de ambos estarem na mesma pequena vizinhança a noite toda, não haviam visto um ao outro até então. Estaria Conor, naquele momento, procurando Richard Culhane? Estaria Richard procurando Conor? É possível. Tudo é possível. Richard estaria abraçando uma garota. É esta a garota de quem falarei mais tarde. Ela vestia um casaco de moletom preto, mas salpicado de estrelas prateadas. Conor teria reconhecido o casaco. Conor teria dito a Richard algo sobre a garota. Os dois começaram a gritar.

Os amigos de Richard viram o que estava acontecendo e intervieram. Entre eles, destacando-se, Barry Fox e Stephen O'Brien. Era fim de noite. Todos estavam bêbados.

Não está claro quem deu o primeiro soco. Richard sempre negou que tenha sido ele. Pode até ter sido Conor. Mas o golpe foi dado e, rapidamente, Conor estava no chão. Apenas uma testemunha relatou vê-lo cair. Ele estava rodeado por cerca de seis a dez pessoas, e elas ainda batiam nele quando caiu.

Nem todas essas pessoas estavam dando chutes. Testemunhas puderam, mais tarde, identificar apenas três agressores que chutavam além de dar socos.

Tum. Tum. Tum.

Duas horas depois, Conor Harris estava morto. Ele jamais recobraria a consciência. No dia seguinte, na faculdade, alguém me contaria que Conor tinha acordado na ambulância tempo suficiente para dizer o nome de sua ex-namorada. Mas pode ser apenas um boato, o tipo de lenda romântica que vem à tona e rapidamente afunda após uma tragédia. O que quer que Conor estivesse pensando durante aquelas duas horas inconscientes, duvido muito que fosse sobre Laura. Afinal eles tinham terminado havia vários meses. Acho que as pessoas não entenderam isso direito.

4

"TRÊS HOMENS SUSPEITOS DE MORTE NA BOATE SÃO PRESOS", dizia a manchete do Irish Times, mas não pensávamos neles como homens, e duvido que também pensassem em si mesmos dessa forma. Eles eram garotos: a lembrança do colégio ainda fresca na memória, eles ainda podiam aparecer na faculdade mal barbeados ou com espinhas crescendo no queixo. Quando vimos suas fotos no jornal, acho que ficamos chocados de como pareciam jovens, ingênuos e fracos. Os jornais usaram uma foto da carteirinha de estudante de Richard e ele parecia fora de foco e anônimo, como qualquer atleta da Quinn School, os olhos escuros sob o cabelo emplastado de gel. Eles usaram fotos da formatura de Stephen O'Brien, Barry Fox e Conor Harris, cortadas de forma que as garotas ao lado deles desaparecessem, a não ser por um braço feminino coberto por tecido dourado na extremidade esquerda do quadro. Eu ainda tenho essas fotos, reunidas a partir de vários jornais e revistas. Eu as coloco lado a lado na minha frente. Estranhamente, parece que os garotos estão todos indo para a mesma festa. Aqui está Barry Fox, suas bochechas ainda de criança, os olhos fingindo olhar a uma certa distância. Dos três, só Barry não sorri. Os outros exibem aqueles sorrisos uniformes irrelevantes: nem sinceros nem afetados, mas simplesmente um elemento inerente a qualquer foto. Aqui está Stephen O'Brien, com seu corte de cabelo descolado e ombros largos, parecendo um homem que está sempre metido em confusão. E aqui está Conor Harris, com os pequenos ombros nus de sua namorada diminuídos frente à enorme moldura dos braços relaxados dele. Essas fotos, em sua ubiquidade, elevaram-se à categoria de documentos do destino: a maldição de seus personagens parecia inscrita no amadorismo da falta de foco, nos sorrisos idiotas dos rapazes de smoking, na familiaridade cruel da pose e do cenário. Aqui estão eles em várias salas de estar suburbanas, os assassinos e sua vítima sorridente. Estranhamente, o uso da foto de sua carteirinha de estudante parece, de alguma forma, tirar Richard Culhane do envolvimento na narrativa fatal das fotografias; ao lado dos outros três, ele parece fazer parte de uma história diferente, um homem sozinho em seu drama solitário, um estranho.

Mas errei ao chamá-lo de homem novamente.

Eles eram garotos.

Não nos esqueçamos disso.

5

No verão de 2003, o pai de Richard Culhane instalou uma pequena piscina aquecida no grande jardim dos fundos da casa da família em Sandycove. Richard estava em Ocean City na época, trabalhando como barman num pequeno iate clube no litoral e transando com uma doce garota de Nova Jersey chamada Megan, que vivia prometendo visitar Richard em Dublin, talvez em setembro ou outubro, "se fosse legal". Richard vivia tentando dissuadir Megan deste plano. Richard já tinha uma namorada em Dublin. Chamava-se Claire Lawrence. Ela fora colega (acho que era do colégio St. Brigid, uma das "Virgens Geladas") da prima de Stephen O'Brien, Rachel. Richard estava saindo com Claire, entre idas e vindas, desde o verão anterior ao sexto ano, quando ambos tinham dezessete anos.

Antes de Richard ir para os Estados Unidos, seus pais deram uma festa de despedida e chamaram alguns de seus amigos da faculdade e a maioria de seus amigos da escola. Claire tomou meia garrafa de Smirnoff e se pendurou em Richard a noite toda, chorosa e possessiva. Richard acalmava-a – ele tinha um dom surpreendente, a tranquilidade com as mulheres. Secretamente, tinha orgulho de dominar dois tipos de linguagem, a linguagem bruta dos atletas e a linguagem mais sutil que as mulheres pareciam falar. Disse a Claire que sempre iria amá-la. Prometeu que nunca iria traí-la. Jurou que em setembro iriam retomar de onde haviam parado.

Surpreendentemente, Megan nunca foi a Dublin. Mas, de qualquer forma, Richard terminou com Claire três semanas depois de voltar. De algum modo, a piscina pareceu convencê-lo de que tinha de fazer isso.

Peter Culhane não contou nada a Richard sobre a piscina. Queria que fosse uma surpresa. Peter foi buscar Richard no aeroporto e le-

vou-o para casa. A casa dos Culhane cheirava a lavanda e lustra-móveis. Para Richard esse era o cheiro do lar, intocado depois de seus três meses de ausência. Chovia e ele estava orgulhosamente consciente de seu bronzeado americano. Jogou as malas na cozinha, perto da ilha que continha o fogão e a segunda pia, e caminhou, como em câmera lenta, até as portas do jardim para dar uma olhada na piscina.
– Caralho! – disse ele. – É demais.
Mais tarde, ele teria vergonha desse momento de deslumbramento canhestro. Quando contava aos amigos sobre a piscina, tinha o cuidado de ser o mais casual possível, como se o sucesso material não fosse novidade para ele. Era assim que se devia lidar com coisas como piscinas, pensava Richard: como se já tivesse visto tudo aquilo antes.

Assim, começou a sacanear o pai por ele ter comprado uma piscina. "Sei lá o que os velhos estavam pensando", ele zombaria. "Porra, uma piscina em Dublin? Pros dois únicos dias de sol do ano, cara? Tipo, me passa a porra dos meus Ray-Bans."

Mas este era só um outro jeito de reprovar a segura e confiante alegria por ter uma piscina.

Intimamente, Richard estava feliz por ter ficado ausente durante a construção da piscina. Ele sabia que Peter deve ter passado o verão confabulando com os construtores sobre tintas e preços da mão de obra, sem perceber o quanto eles o achavam ridículo, esses homens com uniformes sujos e joias douradas, homens que falavam uma língua que Peter serenamente ignorava, uma língua de competência grosseira e violenta masculinidade. Mas Richard estava feliz que a piscina estivesse lá, brilhando como chumbo derretido sob o céu temperado no grande jardim.

Ele percebeu, no minuto em que viu a piscina, que tinha que terminar com Claire Lawrence. Por quê? Simplesmente porque ela não tinha classe suficiente. Ela não merecia um namorado com uma piscina. Ela ia ficar bêbada com uma garrafa de vodca e monopolizar a atenção de Richard num quarto enquanto ele poderia estar lá embaixo bebendo com os caras. Às vezes ela se cortava com uma lâmina de barbear que guardava na bolsa, dentro de um pedaço de papel, arrancado de uma revista de moda e cuidadosamente dobrado. Ela era uma vergonha. "Sempre abrindo a boca na porra da hora errada", Richard confidenciou a Barry Fox. "E nem é quando dá pra enfiar meu pau lá dentro, sacou?"

Barry e Richard bateram as mãos, cúmplices.

Nas duas semanas após os trabalhadores colocarem o aquecedor de água para funcionar, toda manhã Peter Culhane ia para o jardim com seu roupão e tomava café da manhã sentado à beira da piscina. Estava muito frio e ele acabou tendo de parar de fazer isso.

6

TRÊS SUJEITOS MATARAM CONOR HARRIS na frente do Harry's Niteclub na última noite do verão de 2004. Dois deles foram alunos da Brookfield. O outro havia estudado na Brookfield College e depois se transferido para a Merrion Academy. Essas coisas importam. Essas coisas fazem diferença.

A Brookfield College, fundada pelos jesuítas em 1872, ocupa um enclave verde perto da Mount Merrion Avenue, em Blackrock. A Merrion Academy ocupa a maior parte de um terraço georgiano em Milltown. Ambas têm como esporte o rúgbi, ambas só admitem rapazes e ambas são famosas pelas fantásticas conquistas de seus alunos. "O percentual de alunos da Brookfield que não vão para alguma instituição de ensino superior", diz um folheto, "é mínimo." A Brookfield e a Merrion Academy são consideradas as melhores escolas particulares de ensino médio da Irlanda.

De acordo com o site da Brookfield, os prédios da escola "ficam situados em áreas bucólicas, a uma pequena distância de Dublin". Na seção "Sobre a escola" do site, há um parágrafo sobre "a importância da fé para o éthos da escola", a necessidade de transmitir aos alunos uma ética de coragem e fé.

Os papéis para a admissão na Brookfield avisam que serão aceitos prioritariamente os filhos e irmãos de ex-alunos da escola. "Os pais também são chamados a contribuir para o fundo de construção" (agora estou citando o prospecto da Brookfield, uma publicação com papel brilhante em estilo celta). De acordo com a "Declaração de visão", incluída no prospecto, a Brookfield College espera que seus pupilos, ao se formarem, tenham assimilado "ideais de excelência em todos os aspectos de suas vidas – espiritual, moral, intelectual". Não sei se Richard Culhane estava familiarizado com essas palavras, mas Peter Culhane certamente estava.

Conor Harris era uma exceção a essa regra de filhos e irmãos. Ele entrou na Brookfield porque seus pais puderam pagar o que era descrito como "uma doação substancial" à escola, para a reforma do ginásio que estava planejada. Detalhes desta doação não foram revelados. A escola tem um lema em latim: *Semper et Ubique Fidelis*. O que significa: "Fiéis sempre e em toda parte."

Dois ex-presidentes da República Irlandesa foram alunos da Brookfield. De acordo com um relato, "É mais difícil entrar na Brookfield do que em Oxford".

A escola acolhe um pequeno número de alunos no alojamento todos os anos. Nem Richard Culhane, nem Conor Harris, que moravam perto o suficiente para serem levados de carro todos os dias, pertenciam a este número.

Geralmente, os pais de Conor Harris o levavam para a escola. Em seu último ano na Brookfield, Richard ia dirigindo no Nissan Almera que seus pais lhe deram em seu aniversário de dezessete anos.

Os corredores da Brookfield são cobertos por armários de madeira polida e páginas de jornais emolduradas que datam da virada do século. Essas páginas eternizam os sucessos esportivos da escola. Você não consegue visitar a Brookfield sem ser alertado sobre o quanto a escola leva os esportes a sério, particularmente o rúgbi.

No começo do quinto ano na Brookfield, Richard Culhane e Barry Fox formaram uma banda chamada The Paranoids. Richard tocava uma guitarra passável, mas Barry, o vocalista, em geral era considerado o verdadeiro talento do grupo. A melhor música que compôs foi um rock de três minutos chamado "I D'ont Tan, I Burn". Nas filipetas que distribuíam nos shows, listavam influências como Rolling Stones, Jimi Hendrix, Nirvana, Green Day e Beach Boys. Também faziam um cover de "My Generation", do The Who. O plano deles era esperar até o show de despedida – a Noite da Batalha das Bandas, que acontecia anualmente na Brookfield – e destruir seus instrumentos ao final do cover do The Who. Mas os instrumentos eram caros demais, o diretor lhes deu um alerta muito severo e no final eles não fizeram isso.

No entanto, os garotos se metiam em encrenca com uma certa frequência. Se dominados por uma nova ideia quando estavam bêbados, eles iriam segui-la sem se perguntarem se parecia boa ou não. Algumas de suas desventuras eram essencialmente cômicas – ou, pelo menos, esse era o tom que elas assumiam tempos depois.

Como quando eles fumaram muita maconha fechados no Ford Fiesta de segunda mão de Barry Fox e os guardas bateram na janela.

Ou quando invadiram um prédio em Donnybrook e Dave Whelehan, baterista dos Paranoids, espetou o pé num prego enferrujado ao pular de um muro sem olhar.

Ou quando Richard entrou escondido no estacionamento da escola e roubou uma calota do carro de um ex-aluno em visita, que por acaso seria o astro do rúgbi na Irlanda na próxima temporada.

Ou quando Barry acionou um extintor de incêndio de dióxido de carbono dentro de uma cabine telefônica na George's Street e saiu caminhando em meio à névoa, olhando para os pedestres e gritando: "EM QUE ANO ESTAMOS?"

Ou quando Stephen e Richard invadiram um centro de apoio a vítimas de estupro na Dorset Street gritando "QUEM QUER UMA TREPADINHA?" para as garotas na sala de espera.

Talkin'about my generation.

No sexto ano, no mês de abril, Richard deu uma festa de formatura na casa de Sandycove enquanto Peter e Katherine estavam em Tenerife. No pub em que estava antes, Richard acabou convidando um monte de gente que nunca vira antes para a festa. A casa foi destruída. Enquanto limpava a casa no dia seguinte, Richard achou uma camisinha usada perto da cama de seus pais. Metade das joias de sua mãe tinha sumido. Havia garrafas vazias por toda parte e marcas de cigarro no carpete da sala. Alguém tinha virado um saco de ração de cachorro no "quartinho de utilidades", que Peter Culhane, esperando sempre que todos rissem, chamava de quartinho de inutilidades. O freezer estava desligado e o piso de linóleo molhado começava a se enrugar nas pontas. Richard acabou contratando profissionais de limpeza e pagou-os com o cartão de crédito de Peter.

Não nos esqueçamos de que são rapazes respeitáveis e inteligentes. Eles faziam essas coisas principalmente para poder contá-las depois. Era sobre isso que falavam nas noites de bebedeira. Mas essas coisas acontecem com qualquer garoto rico em qualquer cidade do planeta. Nenhuma dessas histórias explica o que aconteceu com Conor. Se você está à procura de explicações, este é o lugar errado para começar.

O que torna Richard, Stephen e Barry diferentes de qualquer outro grupo de jovens ricos, em qualquer outro país do mundo?

Em primeiro lugar, eles eram irlandeses católicos: uma raça puritana. Só um jornal atentou para o fato, até onde lembro, e enterrou-o em um grande artigo que saiu durante o julgamento. Os Culhane, os O'Brien e os Fox eram católicos praticantes. Iam à missa todo domingo de manhã. Confessavam-se a cada três meses. O padre da paróquia ia tomar café em suas casas em algumas manhãs. E no corredor central da Brookfield College, havia uma estátua de mais de dois metros de altura da Virgem Maria, palmas das mãos abertas, os olhos baixos pelo sofrimento. Eu a vi. Está bem ao lado da vitrine de troféus que guarda dez taças consecutivas de campeonatos de rúgbi conquistados entre 1993 e 2003. Richard passava pela vitrine de troféus e pela estátua pesarosa da Virgem Maria todos os dias de aula durante seis anos.

Quando me pergunto o que os Culhane fazem o dia todo no casarão de Inishfall, acho que sei pelo menos parte da resposta. Eu acho que eles rezam.

Things they do look awful c-c-c-old.

Peter Culhane olhou a conta do seu cartão de crédito duas semanas depois de voltar de Tenerife e disse a Richard que ele estava de castigo por um mês. Permitiu que Richard saísse de casa uma vez: para se confessar. O padre Connelly absolveu Richard do erro da festa e desejou-lhe boa sorte no rúgbi.

A festa de formatura de Richard Culhane tornou-se lendária. Mas Richard dava de ombros, irritado, sempre que a mencionavam. Ele não queria falar sobre o assunto. Ela virou um problema particular, algo a ser mantido entre Richard, seus pais e Deus.

Conor Harris também estava na festa, é claro. Ele saía com Naomi Frears na época. Estavam superapaixonados.

I hope I die before I get old, já dizia a música do The Who.

7

AMBOS JOGAVAM RÚGBI, MAS RICHARD ERA MELHOR. Conor era mais baixo e mais magro que Richard, porém corria mais rápido. Richard não precisava correr muito. Seu tamanho fazia a maior parte do trabalho por ele. Conor era Scrum Half e Richard jogava como Fly Half. Richard não era baixo e atarracado como o pai, e de longe não parecia ser forte. Mas tinha um corpo atlético e longilíneo que conferia graça a todos os seus movimentos. De perto, era pesado e flexível.

Ele se sentia bem com o próprio corpo, e foi isso, eu acho, que fez as pessoas acreditarem que sua autoconfiança era algo natural.

"Meu Deus", disse o padre Connelly, na primeira vez em que Richard entrou em campo com o time na Brookfield Senior Cup. "O corpo daquele garoto é talhado como uma latrina de tijolos."

O padre Connelly era popular entre os garotos por causa da sua boca suja. Mas eles o levavam a sério como confessor, como padre. Ele foi uma das primeiras pessoas que Richard, Stephen e Barry procuraram na manhã seguinte à notícia de que Conor estava morto.

Eu também estava lá na primeira vez em que Richard jogou com o time da Senior Cup. Todos estávamos lá. Naquela tarde, Richard Culhane era um herói para nós. Queríamos estar lá ao lado dele, toda vez que ele chutasse a bola longe para tentar marcar. Havia uma certa avidez em Richard, um brilho de celebridade. Ele parecia importante. E ele era importante: importante para nós e para os caras mais velhos que adoravam aquele jogo e queriam que gostássemos também. Pensávamos, sem saber direito por quê, que se Richard fosse um sucesso, de alguma forma, todos poderíamos ser também. Seu talento fazia com que todos nós nos sentíssemos mais capazes, mais verdadeiros.

Conor também jogou com o time da Senior Cup. Eu o vi, de cabeça baixa, saindo correndo do vestiário. O rosto fechado, concentrado. Mas a foto que saiu no dia seguinte no Irish Times foi a de Richard. A legenda que a acompanhava dizia que Richard "era a maior promessa das escolas de rúgbi nos últimos 25 anos". Pat Kilroy, diretor da Brookfield, emoldurou e colocou a matéria no lado de fora da porta do seu gabinete.

E mesmo tendo sido Conor quem marcou os últimos pontos na final da Senior Cup naquela temporada, assegurando a vitória da Brookfield, foi Richard quem deu o passe e saiu carregado até o público e banhado com champanhe. Era a cara de Richard que se via no telão do estádio, seus cabelos encharcados e um sorriso grande e levemente superior no rosto.

Nunca ouvi alguém reclamar desse sorriso de superioridade. Muitas vezes Richard simplesmente sorria desse jeito, em geral quando achava que ninguém estava olhando. As pessoas pareciam achar que Richard Culhane merecia se sentir superior. Pareciam achar que ele era superior, de uma forma perdoável, por ter talento, beleza e popularidade. Sua superioridade fazia com que o amássemos ainda mais.

E Richard era um sujeito bonito. Nunca ouvi uma garota dizer o contrário, a não ser quando tomadas por um ódio vazio. O cabelo espetado de gel, o peito musculoso, os olhos castanhos brilhantes. Você o via sentado na cantina da faculdade de administração da Quinn School com um tornozelo apoiado no joelho oposto, vestindo uma camisa listrada azul e branca Ben Sherman e calças O'Neills, e poderia pensar: "Esse cara poderia pegar qualquer garota desse lugar."

Segundo Barry Fox, que dos três assassinos da Brookfield era o mais fofoqueiro (antes da morte de Conor, pelo menos), Richard pensava assim também. Eu poderia pegar qualquer garota desse lugar.

Isso era verdade, uma verdade concreta. Nenhuma das garotas da Quinn School, nenhuma das garotas de cabelos armados e iPods prateados, nenhuma das garotas com seus moletons American Eagle e botas de pele de carneiro da Ugg pensaria em dar um fora em Richard se, por algum milagre, a luz de sua atenção se focasse nelas. Ele era o cara mais bonito que elas já haviam visto.

Na presença dele, elas assumiam uma postura de mulherzinha e ajeitavam os cabelos. Elas ouviam o que ele falava e riam de suas piadas. Os homens também se sentiam estranhos perto dele. Uma beleza como a de Richard deixa poucas pessoas indiferentes. Na Brookfield, ele era o objeto das fantasias de garotos mais novos. Os mais velhos olhavam-no atentamente quando ele fazia um lançamento no rúgbi.

Isso poderia tê-lo tornado arrogante ou babaca, mas não foi o caso. Ele tinha orgulho de sua beleza, mas mantinha esse orgulho a uma espécie de distância irônica, como se sua beleza não fosse responsabilidade dele. Saber o tipo de poder que tinha e não cair na tentação de usá-lo lhe dava uma sensação de segurança. O que não significa que Richard não transasse bastante. Ele transava. Mas era seletivo em relação às garotas. Elas precisavam ter uma determinada aparência, um certo modo de falar, um certo ar de indiferença ou descaso para que Richard começasse a se interessar. Ele se sentia atraído por garotas que tratavam roupa, música e cinema com a mesma condescendência genial que ele, que agissem como se estivessem tirando sarro de amigos menos-bem-desenvolvidos ao compartilhar seus interesses. O que Richard realmente procurava numa garota era profundidade. O que ele procurava era o desejo de conversar.

"Eu gosto de garotas que conversam, sabe?", disse-me ele certa vez numa festa.

Eu era reconhecido naquela época como uma autoridade em questões sentimentais, especialmente no que dizia respeito a garotas. Duvido que Richard tivesse feito este comentário a qualquer outra pessoa.

Richard estava muito bêbado. "Eu gosto de saber que elas levam o relacionamento a sério", disse ele. "A gente tem de conversar sobre as coisas. É essencial, caralho." Ele se inclinou para perto do meu rosto. "Minha namorada", disse ele. "Minha namorada nunca conversa. E é esse o problema. Você entende?"

Richard era sempre o centro das atenções, onde quer que fosse. Mas também ele raramente ia a algum lugar em que um estudante jogador de rúgbi bonitão não fosse o centro das atenções. Ele ficava por perto da faculdade, ou na Eddie Rocket's de Donnybrook, ou na Brookfield, ou na casa de amigos.

O mundo de Richard era pequeno. E ele gostava que fosse assim. Aqui está ele na foto da turma do quinto ano, com uma espinha vermelha inflamada no queixo. Ele ainda é o rapaz mais bonito da sua turma de trinta. Ele está de pé no centro do grupo, segurando o troféu da Leinster Senior Cup à sua frente, como um pai orgulhoso com seu primogênito.

As pessoas sempre se surpreendiam ao saber que Richard era um bom aluno, mas ele era. Tirava seguidas notas máximas em química e biologia. "Era um prazer ter o Richard na turma", declarou o sr. Fogarty, o gordo professor de biologia a um dos jornais. "Ele era atento, respeitoso e inteligente. Eu não entendo como essa tragédia pôde acontecer. Ainda não acredito que Richard tenha algo a ver com isso."

Richard obcecado com a saúde, um antitabagista fanático. Levava os estudos a sério. Preparava e tomava um iogurte de frutas com proteína em pó todas as manhãs e sempre prestava atenção nas aulas. Certa vez, na aula de biologia, alguns alunos do sexto ano, entre eles Barry Fox, roubaram uma pequena quantidade de éter do laboratório da escola e ficaram cheirando no caminho arborizado que cercava a escola. Richard foi quem os encontrou. Ele deu um tapa na cabeça de Barry Fox. "Que merda é essa que estão fazendo?", gritou ele. "Vocês podem se matar, puta que pariu. Isso não é jeito de se comportar, porra."

Barry diria depois: "Ele realmente me assustou. Tinha um olhar duro, como se estivesse tendo um ataque ou coisa do gênero. Ele realmente não gostava que a gente traísse os princípios da escola. Ele sempre era fiel à escola. Havia um limite que não se podia ultrapassar. Algo a ver com respeito. Respeitar a escola, era com isso que Richard se preocupava."

Todos éramos apaixonados por Richard Culhane, acho eu. O que fez com que fosse tão doloroso descobrirmos depois que ele ajudara a matar Conor.

8

A SEGUNDA COISA QUE DIFERENCIAVA OS GAROTOS de qualquer outro grupo de jovens ricos era o fato de que eles eram ricos em um país que não sabia lidar com a riqueza. Não estávamos acostumados a isso, culturalmente falando. E isso causa problemas. Quando você age como alguém de classe privilegiada, do jeito que as classes privilegiadas querem, como se seu privilégio fosse a coisa mais natural do mundo, em um país onde isso ainda tem uma aura antinatural, de algo não merecido, você tem problemas.

Quando a economia irlandesa (depois de setenta anos de independência mal administrada) finalmente deu uma acelerada, todo um mundo novo se abriu. Este era o mundo da Brookfield e da University College de Dublin, das gírias americanizadas e do crédito fácil, das famílias com dois carros e da cocaína barata. Era um mundo em que, numa noite qualquer, você podia ver uma adolescente de pijama, botas e cabelo penteado para trás entrar correndo em uma loja de conveniência de um posto de gasolina para comprar um pacote de lâminas de barbear para se cortar. Por gerações, nossa classe dominante foi constituída de protestantes proprietários de terras, uma fina pseudoaristocracia cuja melancolia sonora e distante soava bem nos sérios e estáveis anos 1950. Seu fim deixou um vácuo, um período de hesitação e estagnação. Então, no final dos anos 1990, tudo mudou, tudo entrou em tempestuosa convulsão. De repente – como se de um dia para o outro – havia uma nova classe dominante, uma grande burguesia católica, residente em um triângulo de dez quilômetros ao sul de Dublin, que povoava as universidades, as quadras de tênis e os órgãos do governo com homens e mulheres capazes e confiantes. Laura Haines, Richard Culhane, Conor Harris e todos os outros eram filhos dessa classe – uma classe que ainda existe ou parece existir.

Pelo menos, dirão a você que ainda existe. Eu tenho minhas dúvidas.

No fim dos anos 1980, alguns sociólogos classificavam a Irlanda como um país de Terceiro Mundo – ou, como dizem hoje, uma nação em desenvolvimento. Hoje somos uma nação desenvolvida. Somos um país de Primeiro Mundo agora. Com todos os problemas que isso acarreta.

Enquanto o século XX agonizava, estávamos fazendo algo que ninguém na história da Irlanda jamais havia feito. Estávamos aprendendo a ser ricos.

E isso ainda não terminou. Pergunte a qualquer um. Pergunte a mim, em um bom dia. Até enquanto escrevo este relato – até enquanto trabalho nesta tentativa de dar forma ao inefável, a algo desafiadoramente amorfo –, as coisas parecem confortáveis, tranquilas, fora de perigo. As garotas ainda usam suas botas Ugg e seus perfumes Prada. Os rapazes jogam rúgbi nas escolas de subúrbios cobertos de folhas. As famílias ainda têm dois carros, "quartinhos de utilidades", adegas e empregadas do Leste Europeu para limpar suas cozinhas.

Nós sabemos que isso vai acabar, é claro; nossa era de ouro, nossa *belle époque*. No fundo de tudo o que fazemos está a consciência de que este mundinho encasulado e feliz, com todos os seus desejos e certezas, toda a sua serena ambição, não pode durar para sempre; que um dia este mundinho se tornará algo diferente, algo que descobriremos, quando um dia acordarmos em nossa próspera meia-idade, ser sutilmente irreconhecível. Sei que existem pessoas que estão esperando pelo fim, que estão prontas com suas elegias e rituais funerários. Mas elas já estão atrasadas. Este mundo – o rico sul de Dublin da virada do século XXI – já acabou. Terminou na noite de 31 de agosto de 2004. Mesmo eu só percebo isso vez por outra. Mas é essa a verdade.

Todo um mundo morreu com Conor. Simplesmente ainda não nos demos conta disso.

É claro que os rapazes não eram ricos. Eles tinham pais ricos, o que não é exatamente a mesma coisa. Filho de rico, pelo menos ao que parece, não se preocupa com dinheiro. O que determina fundamentalmente o seu caráter.

Acho que, no fundo, os ricos se perturbam com o acordo que fazem com o dinheiro. O acordo sendo: em troca do bom comportamento – em troca da adesão, aparentemente sem esforço, aos códigos e valores da sua classe – você fica com seu dinheiro. Quebre as regras e é grana o que você vai perder. Pode ser a última coisa que vai perder, mas sempre será a mais importante. É por isso que eles continuam acumulando dinheiro. É por isso que passam toda a vida acumulando dinheiro.

Nós não inventamos o dinheiro. O dinheiro nos inventou.

Peter Culhane desde cedo fez um acordo com o dinheiro. Assim que saiu da faculdade, tornou-se contador de uma importante firma multinacional de auditoria e consultoria. Ele exercia uma versão mais prestigiosa e bem-remunerada desse ofício quando seu filho matou Conor Harris em agosto de 2004.

Havia outros fatores envolvidos no acordo de Peter. Em 1976, ele se casou com Katherine Healy, a melhor amiga de sua irmã. Katherine queria casar só no civil, mas Peter disse não. Eles conversaram sobre Katherine manter seu nome de solteira. O compromisso que firmaram foi de que a correspondência bancária de Katherine seria endereçada a Katherine Healy-Culhane.

Peter vinha do que chamamos de uma família de classe média baixa. Seus pais eram professores primários que viviam em Clonskeagh. Isso significa que Peter Culhane não nasceu rico. Quando Peter era adolescente, percebeu que seus pais nunca haviam feito qualquer tipo de acordo com o dinheiro. Diferentemente de seu filho, Peter de fato se preocupava com o que ganhava. Isso parecia determinar algo fundamental em seu caráter.

Ele estudou contabilidade na UCD. Naquela época, não se fazia mestrado. Da universidade – com a ajuda de um professor que estudara na Brookfield – Peter foi contratado pela primeira de três multinacionais, primeiro para calcular impostos, e, mais tarde, para trabalhar como auditor. A casa de Sandycove pertencia à família de Katherine desde os anos 1950 e quando a mãe dela morreu (o pai morrera de leucemia antes de ela nascer) Peter e Katherine deixaram seu apartamento em Ballsbridge e se mudaram para lá. Katherine, grávida de seis meses de Richard, supervisionava o trabalho dos carregadores da mudança enquanto Richard estava no trabalho. A família de Katherine era mais rica que a de Peter. Eles ganharam dinheiro vendendo peixe e produtos de armazém. Frank, o irmão de Katherine, era dono e gerente de uma fábrica de processamento de salmão e camarões nos cais do norte.

Um mês antes de Richard nascer, Peter foi até a Brookfield College, em Blackrock, e conversou com o diretor. Claro que qualquer antigo camarada seria bem-vindo para uma visita. Claro que o filho de Peter teria uma vaga garantida. Com uma letra floreada, o diretor (que na época dos acontecimentos da minha história já estava aposentado havia muito tempo), colocou o nome do ainda não nascido Richard na lista de futuros alunos da escola. Peter foi para casa, levou sua esposa em final de gravidez para o quarto e fez amor com ela.

– Acho que vai ficar tudo bem – disse ele quando terminaram.
– Claro que vai – disse Katherine, piscando.

Os Culhane davam dinheiro para a caridade e doavam suas roupas velhas para a sociedade St. Vincent de Paul. Eles tomavam chá no Westbury Hotel toda véspera de Natal. Respeitavam, de forma limitada, o jejum da quaresma. Iam ao teatro (geralmente o Gate, raramente o Abbey) uma vez por mês. Bebiam moderadamente. Pagavam uma empregada polonesa para limpar a casa uma vez por semana.

Na época em que construíram a piscina no jardim, Peter ganhava 180 mil por ano. A faculdade de Richard custava oito mil por ano. Como ele e Katherine haviam herdado a casa, nunca tiveram que pagar uma hipoteca.

No fim das contas, a maioria dos casamentos parece um erro. O dos Culhane não era exceção. Quando Richard tinha dezesseis anos, Peter e Katherine dormiam em quartos separados. Muitos supunham que Peter tivesse uma amante, mas nunca vi prova alguma disso. Peter vivia jogando golfe em lugares como o Druid's Glen, o Mount Juliet e o K Club. Acho que seu handicap era nove. Duas das pessoas com quem jogava golfe eram o pai de Stephen O'Brien e o de Conor Harris. Antes de um jogo importante – no Captain's Day, por exemplo –, Peter pegava um dos tranquilizantes controlados de Katherine na prateleira do armário do banheiro. Antes de uma partida de rúgbi importante – se Brookfield ou a seleção da Irlanda fossem jogar –, Peter engolia duas cápsulas de um calmante natural.

Quando Richard preencheu seu formulário de inscrição nas universidades, em fevereiro de 2002, o segundo curso que escolheu foi de artes na UCD. O plano era que Richard pudesse, caso seus resultados nas provas não fossem suficientes, fazer matérias de economia e matemática como parte do curso de artes e depois fazer um mestrado em administração. O primeiro curso que ele escolheu foi o de contabilidade, pela faculdade de comércio da UCD, que era, e ainda é, ministrado na Quinn School of Business, no campus de Belfield da UCD, e fica num enorme prédio de concreto branco e vidro que parece um transatlântico aportado.

Richard conseguiu 540 pontos nas provas. Foi um dos melhores resultados do ano. Na cerimônia de formatura da Brookfield, ele ganhou uma medalha de excelência em química. Em setembro de 2002, Richard se matriculou na Quinn School of Business.

Barry Fox e Stephen O'Brien também foram para a UCD, Barry Fox estava na Quinn School, estudando administração. Stephen O'Brien fazia matérias de economia e matemática como parte de sua formação em artes. Fazia matérias também na área de psicologia. "Todas as gatinhas fazem psicologia", observava ele, sentado na cantina da Quinn School. "Olha para ela, cara. Eu comeria fácil."

No verão após o término do secundário, Richard arrumou um emprego de office boy numa grande empresa de desenvolvimento de software. O pai de Stephen O'Brien conseguira para ele a entrevista, que foi definida como "mera formalidade".

– Lembre-se de nós quando estiver com o diploma no bolso – disse Maurice O'Brien, quando Richard foi para a faculdade.

O futuro de Richard Culhane era imaculado. Seria o mesmo para todos nós?

9

A PRIMEIRA VEZ QUE VI LAURA HAINES FOI em frente ao Simmonscourt Pavilion, em Ballsbridge, no fim de maio de 2003. A primeira coisa que a vi fazer foi tirar os óculos de aviador que usava para prender os cabelos e ajeitá-los, para garantir que ficassem no lugar. Era um dia perfeito de verão. Carros, árvores e prédios pareciam limpos e claros sob a luz da tarde. Laura segurava uma maçã verde com a mão esquerda e em seu ombro direito pendia uma mochila rosa da Adidas. Ela vestia um jeans claro na altura da canela e um top que mostrava seus ombros sardentos. Quando colocou os óculos escuros no rosto e olhou para o sol, parecia impossivelmente distante, bela e fantástica.

Também usava sapatilhas de balé douradas. Ela usaria essas sapatilhas de balé douradas na noite em que Conor Harris morreu.

O Simmonscourt Pavilion é um cavernoso centro de convenções que pertence à Royal Dublin Society. Era onde aconteciam os exames da UCD ao final de cada ano acadêmico. Eu havia acabado de entregar minha última prova e estava consciente da estranha tristeza que sempre chega com o início do verão, sabendo que os próximos três meses de clima perfeito não teriam nada além de trabalho e tempo desperdiçado.

O salão de provas estava sufocante com o abafamento típico de uma velha sala de aula de colégio, mas do lado de fora o sol brilhava e o ar cheirava a grama recém-cortada e tijolos aquecidos. Laura Haines, visivelmente sozinha, estava em frente ao portão principal, esperando uma carona. Quando olhei para ela, a garota começou a comer a maçã, seus olhos insondáveis atrás dos óculos de aviador.

Sua prova final de radiografia havia sido ruim. Ela passaria a tarde na cozinha com sua mãe, curando sua ansiedade pós-prova.

Uma música vinha do rádio da guarita dos seguranças próxima ao portão principal. Era "California", do Phantom Planet, trilha de um seriado de TV, do qual Laura e seus amigos eram fãs obcecados na época.

Estudantes passavam em bandos, alegres e irreverentes, mas eu observava Laura.

Para alguns de nós, Laura parecia personificar tudo de bom da nossa geração. Era confiante e tinha estilo. Era senhora de si. Tinha consciência das diferenças sociais. Ela se preocupava com o meio ambiente e era, como ouvi alguém dizer certa vez, "muito boa com crianças". E também era bonita. Todo mundo da Brookfield queria comer Laura Haines. Todos da Merrion Academy queriam comê-la também. Assim como todos da St. Michael's, da Blackrock College e da Gonzaga. Mas você não ousava imaginar que fosse realmente possível comer Laura Haines. Comer Laura Haines era algo em que toda uma geração de garotos de classe média de Dublin pensava, mas não passava disso.

A popularidade de Laura era do tipo cuja sobrevivência parece improvável após o fim do secundário. No caso de Laura, sobreviveu. (Até o destino parecia fazer exceções para Laura Haines.) Ela continuava tão distante, bela e fantástica quando foi para a UCD quanto fora no quarto, no quinto e no sexto anos na Ailesbury College. Era provável que todos os rapazes da UCD que conheciam Laura Haines quisessem comê-la. Eu não tinha certeza disso. As coisas tornam-se menos claras quando você entra para a faculdade. Diante de tantas individualidades florescendo, você acha mais difícil generalizar. Mas Laura era o tipo de garota que caminhava por um corredor barulhento transformando-o numa trilha silenciosa de suspiros – o som sufocado que os homens emitem, o som que pode ser traduzido, grosso modo, como: *Isso não é justo. Uma beleza dessas devia ser proibida.* Então, tive certeza de que todo mundo ainda queria comê-la, apesar das múltiplas variáveis.

Devo deixar claro que Laura Haines raramente dava para alguém. Ela não era frígida nem galinha. Namorava caras e terminava com eles; às vezes dormia com eles, outras não. Sua moralidade sexual era a mais próxima do comum a que se podia chegar, naquela época, naquele lugar. É claro que ela fora criada no mesmo mundo sutil e obscuro de todas as outras garotas que conhecíamos, um mundo cheio de angústias a respeito do sexo (um procedimento preocupante e invasivo, no que dizia respeito a Laura aos quinze anos), um mundo alimentado por filmes da Disney e contos de fadas, um mundo direcionado ao inevitável final feliz conjugal, e a um estranho sentimentalismo prático que misturava o fortemente sensual com o oniricamente ficcional. Mas Laura era o feliz oposto das garotas geladas que andavam com os braços cruzados, que exigiam atenção de um jeito que mal conseguíamos compreender. Laura era franca e ligeramente misteriosa. Sua beleza parecia implicar que não havia nada oculto. Tudo parecia pairar na superfície.

(É claro que a mentalidade de grupo sempre simplifica tudo – e é isso que estou tentando invocar aqui, a Laura percebida pela mentalidade de grupo. Mas também estou simplificando as coisas neste relato. Enquanto lê, você deve se lembrar de que tudo o que digo destila um monte de contradições, que estou distorcendo e omitindo e que a verdade em volta da qual circulo é, como todas as verdades humanas, enormemente ilusória, para começar.)

Desde aquele momento em frente ao Simmonscourt Pavilion, aprendi muito sobre Laura Haines.

Soube que gostava de rimas esquisitas e de dançar músicas de Justin Timberlake e OutKast; que tinha um carinho meio secreto por baladas açucaradas como "Total Eclipse of the Heart". Seu quarto ainda era cheio de CDs que eram populares quando ela estava na escola: Blur, Oasis, Pearl Jam. Agora essas bandas eram adolescentes demais para ela.

Soube que sofria de um leve distúrbio alimentar na época da escola. Quando entrou na universidade, ela contou a Conor e depois a Richard que aquilo havia se reduzido a quase nada.

Soube que seu distúrbio alimentar nunca foi curado.

A família de Laura vivia em Ranelagh. Ela havia frequentado a Ailesbury College, uma escola particular para moças. Sua mãe frequentara a mesma escola. Eu costumava ver as alunas da Ailesbury com seus uniformes verdes quando eu ia para o colégio de manhã cedo. Elas se reuniam em grupinhos nas esquinas e pontos de ônibus para fumar. As garotas do quinto e do sexto anos saíam nas noites de sexta, geralmente para boates em Stillorgan ou Temple Bar. Nas manhãs de sábado elas saíam da cama e, ainda de pijamas, se reuniam no Coffee Society de Ranelagh para uma sessão de fofocas sobre os acontecimentos da noite anterior. Laura estava sempre no centro dessas sessões de fofoca mesmo que, do seu jeito cuidadoso, se assegurasse de que nenhuma das fofocas seria sobre ela. As pessoas contavam coisas para Laura. As garotas confiavam nela. Claro que Laura se sentia vítima de certa maldade codificada que a beleza feminina constantemente provoca em outras garotas. Mas nunca ouvi ninguém acusá-la de se comportar com crueldade ou malícia. As meninas queriam sua atenção. Queriam seu amor, sua gentileza.

Ainda acho estranho que eu não tenha conhecido Laura Haines, que nunca a tenha visto em carne e osso até maio de 2003. Já ouvira falarem dela, é claro. Da maneira estranha e limitada que alguém pode ser famoso no sul de Dublin, ela era famosa. Eu já vira fotografias dela, que chamam de flagrantes, tiradas em saídas com os amigos, fotos que eram passadas adiante na internet por pessoas que conhecem pessoas que conhecem pessoas. Foi assim que a reconheci quando a vi em frente ao Simmonscourt Pavilion naquela tarde.

Em maio de 2003, Laura Haines estava havia pouco tempo saindo com Conor Harris.

Eles se conheceram no dia da final da Senior Cup. A final daquele ano fora Brookfield x St. Michael's. Brookfield levou a taça com uma conversão milagrosa no último minuto. A maior das várias comemorações que se seguiram aconteceu no Kiely's, em Donnybrook, no fim daquela tarde.

Conor estava saindo do ônibus que trouxera o time da Lansdowne Road. Ele acabara acompanhando o time no ônibus devido a sua condição de celebridade. Laura estava com um grupo de torcedoras da Brookfield, garotas da Ailesbury College que namoravam garotos da Brookfield. Ela estava sem namorado na época. E sozinha havia três meses. Conor Harris e Laura Haines se viram entre a mesma galera, na mesma rua de Donnybrook, quando caminhavam em direção ao Kiely's.

A rua estava cheia de gente com as cores da Brookfield, aqueles vermelhos e brancos berrantes. Laura vestia uma camiseta vermelha e uma minissaia branca. Usava uma flor vermelha de plástico, um enfeite emprestado, no cabelo.
Laura e Conor começaram a conversar na rua. Eles não sabiam os nomes um do outro. Talvez isso seja o mais incrível, que, de todas as pessoas naquela rua lotada, tivessem sido Laura e Conor que se encontraram. Eles tinham dezenas de amigos em comum. As pessoas disseram, empolgadas, que eles estavam predestinados a ficar juntos.
No fim da noite eles se beijaram.
No fim da semana eles eram um casal.
Isso foi no final de abril de 2003.
Não faço ideia do que conversaram enquanto andavam naquela rua em Donnybrook. Sei que Conor, num impulso, pegou a flor vermelha de plástico do cabelo de Laura e colocou no seu. Ele acordou na manhã seguinte ainda vestindo todas as suas roupas, agarrando a flor vermelha de plástico com a mão esquerda. Na verdade, ele a guardou, escondendo-a no seu armário e contando a apenas uma pessoa sobre a flor e o que ela significava para ele.
Laura era a garota abraçada a Richard Culhane na última noite das férias de verão de 2004.
Ela estava usando suas sapatilhas de balé douradas e o casaco de moletom preto salpicado de estrelas prateadas. Ela usava o moletom porque estava frio e saíra para a boate apenas com um vestido curto de verão azul, naquela noite.
(Laura só usara aquele vestido uma vez antes, na festa de pré-formatura da Ailesbury College; e todos que a viram usando-o disseram a quem não viu que havia perdido; bons tempos.)
Então, Laura estava usando seu moletom salpicado de estrelas e por baixo dele dava para ver a barra de seu vestido e suas pernas nuas e suas sapatilhas de balé douradas.
E Conor Harris encontrou Richard Culhane na multidão.
Quando a porradaria começou, Conor caiu no chão e seis a dez pessoas o cercaram e começaram a espancá-lo. Laura recuou até tombar em um carro estacionado. Mais tarde ela diria que estava a uns três metros de distância da briga, não tinha certeza.

No primeiro julgamento, ela disse achar que gritara durante a briga, gritara para que os garotos parassem, gritando para Richard sair dali, gritando para Barry e Stephen deixarem Conor em paz.

Ela disse que não era capaz de identificar qualquer dos outros rapazes envolvidos na pancadaria.

Disse que viu sangue se espalhando no chão de concreto.

Disse que viu Conor cair. Sua cabeça bateu no chão com um terrível baque molhado.

Ela gritou para os rapazes pararem.

Eles pareciam estar muito distantes.

Quando eles pararam – e tudo isso, lembre-se, aconteceu em menos de um minuto, talvez trinta segundos, no máximo cinquenta – e Richard recuou com os olhos vidrados e Barry Fox, depois de uma pausa de duração não especificada, ajoelhou-se e tocou a cabeça de Conor para ver se ele estava respirando, Laura disse que se lembrava de ter dito: "Isso não pode estar acontecendo." Ela disse que repetiu isso e percebeu que estava chorando.

Isso não pode estar acontecendo. Isso não pode estar acontecendo.

Sangue no concreto e nas roupas de Conor. Sangue na calça e na camisa Ben Sherman que Richard vestia. Todos sem fôlego e se regozijando.

O rosto de Conor coberto de sangue.

Foi nessa altura que Stephen O'Brien disse: "A gente deu uma lição nesse veadinho."

Várias pessoas alegaram ter ouvido Stephen O'Brien dizer várias coisas. Esta é a versão sobre a qual todos parecem ter concordado. Esta foi a versão que virou consenso.

A gente deu uma lição nesse veadinho.

Isso não pode estar acontecendo.

Laura disse que no dia seguinte ela olhou para o casaco de moletom salpicado de estrelas e descobriu que estava cheio de sangue. A promotoria formulou a tese de que Laura estava muito mais perto da briga do que ela lembrava. Também acharam que o sangue no casaco vinha do punho de Richard Culhane, que tinha se machucado durante a briga. Exames de DNA poderiam ter comprovado de quem era, mas Laura lavou o casaco assim que acordou e não sobrou qualquer traço de sangue. Ela o lavara antes mesmo de Richard Culhane chegar a sua casa e contar-lhe que Conor Harris estava morto.

Assim como todo mundo, eu acho que o sangue era de Conor. Mas não tenho certeza.

No julgamento, perguntaram a Laura se ela vira Richard Culhane dar o terceiro e último chute (tum!) na cabeça de Conor. Ela disse que não se lembrava. Mas acho que ela viu. Acho que ela viu o chute. Acho que ela era uma das pessoas que estavam intimamente convencidas – convencidas de acordo com a necessidade pública, com o clamor, por decoro – de que o chute de Richard havia sido o fatal.

É claro que eu não sabia de nada disso naquela tarde em frente ao Simmonscourt Pavilion, quando eu estava ali, matando tempo com um cigarro e secretamente admirando Laura Haines, enquanto ela ficava, terminando calmamente sua maçã, e colocava os restos num bolso da sua mochila Adidas.

Ela estava esperando Richard Culhane. Ele lhe havia oferecido uma carona para casa depois de sua última prova. Conor estava ocupado naquele dia. O que ele estava fazendo? Ninguém lembra; não tenho como descobrir. Minha história é cheia de buracos. Só tenho teorias.

Vi o carro de Richard virar no portão do Pavilion. As janelas estavam abertas e seu musculoso braço direito descansava no metal quente da porta. Ele fumava um cigarro. Esse detalhe era tão estranho, tão fora de contexto, que me perguntei por um minuto se era realmente ele, se talvez ele tivesse emprestado o carro para algum outro garoto da Brookfield naquela tarde. Mas não: era Richard. Ele também usava óculos de aviador e sorriu para Laura enquanto o carro desacelerava e parava; e enquanto ela dava a volta ao redor do capô para chegar à porta do carona, Richard jogou fora o cigarro, fumado pela metade, no chão sob sua janela.

Laura entrou no carro e por um instante eles ficaram lá sentados, sem demonstrar qualquer emoção, como pequenos deuses, inescrutáveis por trás de seus óculos prateados, fora de vista.

Eu queria ser eles. Queria ser os dois, tanto Laura quanto Richard. Eles pertenciam tanto a seu tempo e lugar. Tão seguros de si e tão bonitos, que eu só podia invejá-los. Eu invejava seu futuro imediato: o *post-mortem* das provas na cozinha aconchegante, os drinques no Harry's naquela noite. E eu invejava suas vidas, aquelas vidas perfeitas, brilhantes, estilosas que apenas eles pareciam capazes de levar.

Ao lembrar-me agora, esta cena me deixa perturbado. Há muitas perguntas sem resposta.

Por que Laura estava com Richard, se ela estava apenas começando a sair com Conor Harris?

Por que Richard estava fumando um cigarro, se ele sempre odiou a simples ideia de fumar?

Por que eles se sentaram no carro em silêncio, enquanto os estudantes passavam, sem olhar um para o outro, sem se falar?

Não tenho respostas.

Isso não pode estar acontecendo.
Isso não pode estar acontecendo.
Tum. Tum. Tum.

10

No primeiro ano de Conor na Brookfield, Brendan Harris levava o filho de carro para a escola todas as manhãs, a caminho do trabalho. A família tinha dois carros: um Renault Mégane novinho que pertencia a Eileen e um Audi 800 de dez anos que pertencia a Brendan. Conor ia para a escola com Brendan, no Audi. Depois de algumas semanas, Conor começou a pedir para ser deixado na esquina da Mount Merrion Avenue, a algumas centenas de metros de distância do portão da escola. Ele disse que queria fazer o resto do caminho a pé. Brendan disse:
– Isso é ridículo, Conor. Estou indo naquela direção de qualquer forma.
– Mas, papai... – disse Conor.
Isso aconteceu numa manhã no final de setembro de 1997 e chovia forte. Os limpadores de para-brisa iam de um lado para o outro.
– Se eu fosse você, ia querer ser deixado bem em frente ao portão da escola – disse Brendan. – Principalmente numa manhã como esta.
– Mas eu não quero que as pessoas vejam.
– Não quer que as pessoas vejam o quê?
Eles estavam passando pelo St. Vincent's Hospital. Havia poças nas sarjetas.
Conor olhou pela janela e murmurou algo.
– O quê? – disse Brendan.
– *O carro* – disse Conor. – Não quero que as pessoas vejam o carro.
– O que tem de errado com o carro? – disse Brendan, magoado.
– É velho – disse Conor.
– Velho?
– Tem dez anos. Os pais de todos os outros caras têm carros do ano. O seu carro é o mais velho do estacionamento.

Brendan estacionou o carro. Os limpadores de para-brisa continuaram indo de um lado para o outro.

– Então tá – disse Brendan.

– Então tá o quê?

– Se você realmente está com vergonha de ser visto no meu carro, é melhor sair e ir andando a partir daqui.

Conor olhou em volta. A chuva formava poças que passavam da altura dos pés. Ele levaria quinze minutos para chegar andando até a Brookfield.

Ele olhou para Brendan, como se o pai estivesse brincando.

Brendan olhava fixamente para a frente entre os limpadores de para-brisa.

Depois de alguns minutos, Brendan voltou para a pista. Nem ele nem Conor disseram uma palavra até chegar aos portões da escola.

– Tchau, pai – disse Conor.

– Venho te pegar às quatro – disse Brendan.

Conor tinha treze anos.

Dois anos depois, Brendan vendeu o Audi e comprou um BMW do ano. Acho que Conor ficou muito feliz com isso, mas não me lembro de vê-lo verbalizando sua satisfação.

11

Laura Haines não fora a primeira namorada de Conor, não mesmo. Você não joga rúgbi na Brookfield sem ter um monte de garotas. Beijar uma garota numa noitada chamava-se "pegar". Conor marcava pontos com alguma regularidade, mas, como quase todos os garotos do time da Senior Cup, raramente dormia com alguém. As garotas de escolas particulares de Dublin são duronas em relação à virgindade. "Só boquete entre os arbustos", foi como Conor resumiu certa vez as experiências sexuais que tivera antes da faculdade. É claro que, como Richard Culhane e Laura Haines, ele ia regularmente à Wesley Disco em Donnybrook. A Wesley Disco era frequentada principalmente por alunos do primeiro, segundo e terceiro anos da escola secundária. Depois disso, era caído ir lá. A maioria dos boquetes entre os arbustos de Conor provavelmente aconteceram depois de uma noite naquela boate.

– Você estava na Wes na sexta à noite? – Assim começava uma típica conversa entre alunos da Brookfield numa manhã de segunda ou terça.

– Aham, fiquei um tempinho lá.
– Pegou alguém?
– Uma garota lá me tocou uma punheta.
– Ah, é? Ela era gostosa?
– Tremenda cachorra, cara.

Risos e tapinhas.

As garotas não usam roupa de baixo na Wesley Disco. Elas tiram a calcinha no banheiro no início da noite. Quando veem um cara que lhes agrada, vão até ele e lhe dão a calcinha.

Pegar garotas ao acaso dava um certo prestígio, mas os garotos da Brookfield respeitam a instituição do namoro. Conor era mais cético que a maioria com essa ideia de se comprometer com uma garota.

Apesar disso, Conor teve várias namoradas. A que mais o marcou, antes de Laura surgir e obliterar qualquer outra, era uma menina de Belfast chamada Naomi Frears. Naomi foi a garota que Conor levou à sua formatura.

A formatura é um ritual social de imensa importância no sistema de ensino particular de Dublin. Todos os anos, as escolas nomeiam comissões de alunos para organizá-la. Tradicionalmente, as formaturas da Brookfield acontecem no Killiney Court Hotel, que fica numa colina nos arredores de Dublin, com vista para a baía de Killiney.

Naomi Frears era uma garota da St. Anne's College, em Foxrock. (Piadinha: Qual a primeira coisa que uma garota da St. Anne's faz de manhã? Volta para casa.) Conor conheceu-a no Russel's, em Ranelagh, numa noite após um jogo da Senior Cup. Ele a buscou em casa antes da formatura. Levou flores e chocolates para a mãe dela. Era assim que se fazia.

Antes de partirem para o Killiney Court, Conor e Naomi posaram para a tradicional foto de formatura, na sala de estar da casa dos Frears, em Goatstown. Aqui está a foto em sua moldura dourada: Conor parece estranho e constrangido em seu smoking alugado, Naomi está pequena e frágil num vestido preto curto de tecido aveludado. Ambos sorriem com um orgulho distante.

Foi a foto mais divulgada de Conor durante os meses da controvérsia e do julgamento.

Na fotografia, ele parece um cara grandão. Mas não era tão alto quanto Richard Culhane nem tão forte quanto Stephen O'Brien.

Frequentemente olho para essa foto, porque parece captar um momento de tranquilidade, de complacência justificada. Mostra dois jovens alheios ao que vai acontecer com eles e sem convicção de que algo vá, algum dia, mudar. Olho para a foto com frequência, porque sei o que aconteceu mais tarde, naquela noite.

Todos ficam muito bêbados numa formatura. Apesar de as garotas terem passado semanas se aprontando e os garotos terem gastado duzentos paus num smoking e algumas flores, o objetivo da noite era ficar o mais bêbado possível, o mais rápido possível.

Conor bebia bastante. Até mesmo para os padrões de sua classe e geração, Conor bebia demais. Raramente isso o prejudicava. Mas na formatura da Brookfield ele passou dos limites. Posso dizer exatamente o que ele bebeu naquela noite, porque ele me contou. Antes mesmo de deixar a casa, ele e Fergal Morrison, seu melhor amigo de Brookfield, dividiram meia garrafa de vodca *Smirnoff*. Na própria formatura, ele e Fergal competiam um com o outro drinque a drinque: duas taças de vinho no jantar, seis canecas de Guinness, um White Russian, três gins-tônicas, uma dose de licor, duas de Jägermeister, duas garrafas de Miller. Nesse ponto, as pálpebras de Conor estavam inchadas e ele gritava muito. De alguma maneira, ele começou a conversar com Sarah O'Dwyer. Ela era o par de Fergal Morrison na formatura. De alguma maneira, Conor acabou pegando Sarah. Fergal cambaleou de volta do banheiro e viu os dois se beijando num canto perto de uma mesa vazia.

– QUE PORRA É ESSA, CARA? – gritou Fergal, mais surpreso que revoltado. Ele estava muito bêbado.

Conor se recusou a pedir desculpas.

Fergal sinalizou para Naomi se aproximar.

Quando Naomi percebeu o que tinha acontecido, começou a chorar.

Conor olhou para Fergal e gritou:

– POR QUE VOCÊ FEZ ISSO, SEU BABACA! – Ele colocou as palmas das mãos no peito de Fergal e o empurrou.

Fergal caiu para trás.

Conor pulou em cima dele, mas alguns caras da Brookfield o agarraram pelos braços e disseram para ele se acalmar.

– Eu vou quebrar a porra da sua cara – gritou Conor para Fergal.
– E a da merda da sua garota também. Ela é uma piranha baranga, cara. Pode ficar com ela.

Fergal concordou em levar Sarah para casa. Naomi disse que ia chamar um táxi. Conor parou-a na porta. Ele passou um longo tempo pedindo desculpas.

– Eu vou me jogar na linha do trem – gritou Conor para a garota.

– É isso que você quer, porra?

– Os trens não estão funcionando, cara – disse alguém.

– Eu vou pros trilhos e fico lá deitado. Você quer que eu faça isso? Eu vou fazer isso por você, Naomi. Eu te amo, porra. Tá certo? Conor havia começado a chorar.

Alguém disse:

– Estou te falando, cara. Os trens não vão funcionar pelas próximas quatro horas. Você vai ficar deitado lá por um bom tempo.

Naomi disse que perdoaria Conor se ele a deixasse ir para casa.

Depois que Naomi foi embora, Conor foi ao banheiro para vomitar. Ele se sentou em um reservado e chorou por meia hora.

Houve um incidente com os seguranças quando Conor tentou sair. Conor tentou puxar uma briga no vestíbulo. Os seguranças foram bastante tolerantes. Eles colocaram Conor em um táxi e disseram para ele cair fora.

Nas palavras de algumas pessoas – ditas após o acontecido, após a morte de Conor – "Conor Harris não era nenhum santo". Durante o julgamento, essas palavras eram ditas em vários lugares: no Glesson's de Booterstown, onde Peter Culhane e Maurice O'Brien costumavam ir beber; em jantares, escritórios e em salas de espera de clínicas caras; até em redações de jornais (mesmo que nunca publicadas). Ninguém dizia isso oficialmente. Era muito mais uma visão não oficial, e, como todas as visões não oficiais, expressava uma verdade válida, ainda que parcial.

Isso é algo que certas pessoas não quiseram saber sobre Conor Harris.

Às vezes, ele podia ser um verdadeiro babaca.

12

QUANDO FALO SOBRE OS PAIS DOS GAROTOS, percebo que estou falando sobre um certo tipo de gente. Os Culhane, os O'Brien e os Fox eram pessoas que conheciam pessoas. Ou conheciam pessoas que conheciam pessoas. Eles não desanimavam diante da complexidade do mundo. Eles sabiam como lidar. Eles conheciam gente do *Irish Times* e do *Evening Herald*. Conheciam gente da Deloitte & Touche e da Microsoft. Conheciam gente da Intel, da Lucent Technologies e da Independent News and Media. Conheciam gente das universidades mais importantes, Trinity e UCD. Conheciam advogados, analistas financeiros e políticos. Conheciam gente que jogava golfe com o ministro da justiça ou com o ministro das artes e cultura. Conheciam gente da RTÉ. Conheciam médicos dos melhores hospitais, neurocirurgiões do St. Vincent's e pediatras do Mater Dei. Conheciam o bispo local e bebiam com o clínico geral local. Bebiam no Horseshoe Bar do Shelbourne Hotel ou no Donehy & Nesbitt's, e comiam no Chapter One ou no Roly's Bistro. Compravam antiguidades em Dalkey ou iam ao mercado dos produtores em Leopardstown. Faziam compras na Brown Thomas, na Habitat e na Laura Ashley. Todas essas superficialidades – como saber onde comprar, comer ou beber – eram um aspecto de ser bem relacionado, de saber como o mundo funcionava, ou achar que sabia como funcionava.

Eileen e Brendan Harris eram a exceção a tudo isso. Eileen Harris, Houlihan quando solteira, nasceu e cresceu em County Carlow, uma fazenda que pertencia e era administrada por seus pais. Brendan Harris cresceu na cidade de Kilkenny. Eles nunca fizeram parte do sistema de ensino particular de Dublin. Conheceram-se na manhã seguinte à festa de um amigo. Eileen tinha 18 anos e Brendan, 22. Foi em agosto de 1975. Eles ganharam dinheiro com o restaurante que abriram em Dublin, em junho de 1982. Conor nasceu dois anos depois, em 20 de janeiro de 1984. Eileen e Brendan administraram o restaurante por conta própria durante sete anos, antes de pagarem um gerente para assumir e começarem a desenvolver a franquia em Dublin. Os restaurantes que surgiram não eram propriamente acima da média, mas também não ficavam abaixo. Os Harris compraram uma casa de seis quartos em Donnybrook e supervisionavam a administração dos quatro restaurantes que possuíam.

O investimento inicial para o primeiro restaurante viera dos pais de Eileen. Então, de certa forma, os Harris tinham dinheiro desde o início. Mas eles não tinham tanto dinheiro quanto Peter Culhane e sua esposa. Os Harris evitavam gastar dinheiro, e evitaram durante vinte anos. Eles nunca construiriam uma piscina no jardim, por exemplo. Receavam transformar seu dinheiro em bens tangíveis. Preferiam mantê-lo líquido.

Mas eles de fato colocaram o filho para estudar na Brookfield.

Eles podiam facilmente pagar oito mil por ano, é claro. Eles poderiam facilmente ter pago uma quantia ligeiramente superior para matricular Conor no Clongowes Wood, em County Kildare, onde o pai de Brendan queria que ele estudasse. Mas Brendan Harris sempre se sentiu atraído pela austeridade e o refinamento das escolas de rúgbi de Dublin. Ele via Brookfield como o caminho de Conor rumo à elite, a um tipo de vida em que conforto e autoridade pareciam garantidos, onde é aceitável que alguém conheça neurologistas do St. Vincent's e pediatras do Mater Dei.

Também tinha o esporte. Brendan queria que Conor fizesse parte do time da Senior Cup. Depois de um tempo, Conor também passou a querer isso.

Claro que fez diferença o fato de o pai de Conor não ter estudado na Brookfield. Fez diferença no modo como ele era visto pelos outros garotos. Conor tinha sempre um ar de estranho no ninho, um ar de desgosto. As pessoas da Brookfield alimentavam uma velha suspeita de que Conor simplesmente não se sentia à vontade por ser rico e estudar na Brookfield, porque seus pais não eram de Dublin e enriqueceram no setor de serviços. Às vezes dava para ver que Conor tinha consciência disso. Nos lançamentos de rúgbi, treinando nas tardes cinzentas, ele bateria um pouco forte demais, correria um pouquinho a mais, ficaria exausto e depois frustrado com a própria exaustão, com a sua aparente inadequação a estar ali.

Mas isso raramente acontecia e você só conseguia ver se procurasse.

Você poderia ver isso em Brendan e Eileen Harris também.

Brendan jogava golfe no Mount Juliet, no Druid's Glen e no K Club, mas acho que nunca sentiu realmente pertencer a esses lugares. Era a força de vontade que o mantinha ali. A mesma força de vontade que evitava que Peter Culhane, Maurice O'Brien e John Fox desanimassem diante da complexidade do mundo. Mas a de Brendan era de alguma forma mais restrita, mais limitada.

Brendan Harris gostava de cozinhar. Havia algo de íntimo, como um hobby, quando Brendan cozinhava. Ele gostava de fazer pato ao molho de laranja com cebola roxa e pastinaga. "Posso nunca ganhar uma estrela do guia Michelin", diria ele, "mas o que importa é que eu me divirta." Ele nunca convencia quando dizia isso, como um homem que defende uma filosofia em que já não acredita, ou um homem que tenta negar uma insegurança maior.

A história mais interessante que já ouvi sobre Eileen Harris era sobre quando Brendan a levou para a festa de bodas de prata de seus pais num hotel na cidade de Kilkenny. Eileen trabalhava em um florista em Carlow. Ela estava tão intimidada pela perspectiva de presentear Mary Harris, mãe de seu novo namorado, com um porta-retratos de bronze, que esperou Mary entrar no banheiro e passou o presente, junto com o cartão, pelo vão sob a porta do reservado.

Os Harris amavam seu filho. Não posso transmitir isso com clareza suficiente. Eles amavam Conor mais do que posso expressar facilmente. Mas eles eram pais. O que mais fazem os pais?

Eles amavam seu filho. É por isso que estavam com tanta raiva quando ele morreu e ninguém parecia querer assumir a culpa.

13

UMA VEZ – só uma vez – tomei café com Laura Haines e duas de suas amigas da Ailesbury College. As amigas chamavam-se Elaina Ross e Rebecca Dowling. Sentamos na parte externa do Café Moda em Rathmines numa manhã de fevereiro de 2004. Senti o estranho privilégio de ser o único rapaz numa mesa de meninas ricas. Elaina era loura e magra. Ela estudava administração na Trinity. Rebecca fazia psicologia na UCD. Rebecca era uma daquelas garotas relativamente gordas e comuns que funcionam como muletas para sua melhor amiga bonita e loura.

Fiquei impressionado por Laura contribuir tão pouco para a conversa. Mas ela fez questão de dizer que havia conhecido um novo rapaz. Com sua modéstia característica, ela evitou mencionar que era Richard Culhane.

Até mesmo na época achei estranho. Eu sabia que Laura já conhecia Richard Culhane, porque eu o vira buscá-la na frente do Simmonscourt Pavilion no verão anterior.

Eu não sabia por que ela mentiria dizendo que acabara de conhecê-lo.

Entre as motivações de todas as pessoas nessa história, as de Laura são as mais obscuras. Seu papel nos acontecimentos que levaram à morte de Conor mal apareceu nos jornais. Também achei isso estranho, porque ela havia sido o amor da vida de Conor durante todo um ano. Mas os jornais tinham suas próprias ideias sobre a morte de Conor. Era uma denúncia da nossa cultura farrista e beberrona. Era a prosperidade ensandecida. Era uma tragédia familiar. Eram todas as coisas acima.

Não acho que se deva culpar Laura pela morte de Conor. Mas acho que ela teve mais a ver com isso do que certos setores da mídia decidiram mostrar.

O papel de Laura é estranho. Eu mesmo ainda não tenho uma ideia clara sobre ele.

Mas eu estava lá na primeira vez em que Laura mencionou que tinha achado um novo namorado. Ela mencionou o fato indiretamente, mas eu podia dizer, por seu silêncio e seu sorriso, que algo importante estava acontecendo.

Naquele dia, as meninas estavam lembrando de suas formaturas.

– Você *acredita* quantas alunas da Mount Anville havia? – disse Elaina, tirando a espuma de seu cappuccino com uma colher e colocando-a no pires ("Todas as calorias estão na espuma", disse-me ela certa vez, como se contasse um segredo). – Meu Deus, nem era a formatura *delas*. Parecia uma formatura *combinada*. As escolas devem ter combinado isso. Como quando eu estava no sexto ano e eles levaram toda a minha turma à Clongowe num ônibus, para podermos pegar os garotos de lá, ou eles poderem nos pegar, sei lá. Eles montaram uma discoteca ou algo do gênero para disfarçar, mas todo mundo sabia o verdadeiro motivo. – Ela tomou um gole e cruzou as pernas. Usava uma Levis justa e botas na altura da panturrilha com salto 8. – Mas, sério. Não deviam deixar gente da Mount Anville entrar de penetra na formatura da Ailesbury College. Eles deviam, tipo, ter seguranças ou algo assim.

– É mesmo – disse Rebecca.

– Mas as garotas da Mount trouxeram uns caras lindos. – disse Elaina – Realmente *maravilhosos*. Só que eles se comportaram *tão mal.* Eu não pude acreditar. Tipo aquele cara que vomitou no vestido de Natasha O'Connor. Sabe, tudo bem que era um vestido normal para sair à noite e tal. Mas você não vomita em cima do vestido de formatura de alguém. Simplesmente *não* rola.

– Mas você não pegou esse cara? – perguntou Laura.

– Isso foi *antes* – disse Elaina, mal-humorada.

Laura e Elaina fizeram parte da comissão do bolo de sua formatura na Ailesbury College. Por causa do número de rapazes da Brookfield que haviam sido convidados (eu ouvira um boato, provavelmente uma piada, de que numa certa turma de formandas da Ailesbury um ou dois anos antes, todas as garotas haviam saído com algum cara da Brookfield), houve certa discussão sobre a decoração do bolo. Todos os anos, o bolo era decorado com as cores de Ailesbury: verde e branco. Naquele ano, várias garotas da comissão do bolo, inclusive Laura, sugeriram incluir uma parte com o vermelho e branco de Brookfield. A discussão esquentou tanto que a diretoria da escola foi obrigada a intervir e assegurar que o bolo de Ailesbury teria as cores de Ailesbury e nenhuma outra. A amargura proveniente da situação ainda estava no ar dois anos depois, e quando as garotas de Ailesbury daquele ano se reuniam, cedo ou tarde acabavam falando sobre o bolo.

Elaina olhou para o celular.

– Você não pegou o Richard naquela noite? – perguntou ela.

– Na formatura? Ah, sim – disse Laura. – Ele estava, tipo, saindo com a Claire Lawrence.

– É, mas ele levou você para a sua formatura.

– Na verdade eu acabei de conhecer alguém – disse Laura.

– Onde ele estudou? – perguntou Rebecca.

– Não interessa – disse Laura.

– Isso significa que a gente o conhece – disse Elaina. – Tipo, a gente provavelmente já pegou o cara, ou algo assim.

Elaina e Rebecca riram juntas, embora eu tenha sentido, na risada forçada de Rebecca, uma certa dor pelo fato de, quem quer que fosse o novo namorado de Laura, era quase certo de que ela jamais o pegara.

– Ele diz que eu tenho olhos intensos – disse Laura, irritada.

– Não soa como algo que alguém com quem eu tenha saído pudesse dizer – disse Elaina.

– Nem pra mim – disse eu, conseguindo arrancar uma risada e desviar de Laura a curiosidade de Elaina.

Laura me deu um soco no braço.

– Mas aposto que você gostaria que elas dissessem isso, né? – disse ela. – Você não passa de um grande romântico.

Elaina pediu uma salada Caesar que insistiu em dividir com Rebecca. Laura pediu outro café. Elas conversaram amigavelmente. E flertavam com o garçom.

Elaina mastigou uma folha de alface.

– Você viu que estão vendendo botas Ugg no Dundrum Town Centre por, tipo, 150 paus? Acho incrível.

– Achei que você não gostasse de botas Ugg – disse Rebecca.

– Bom, sabe, dei o braço a torcer.

Não sei se Richard realmente disse alguma vez a Laura que ela tinha olhos intensos. É possível que tenha dito no começo do primeiro ano de Laura na universidade, quando, após um verão separados, eles se cruzaram no Forum Bar, depois de um debate sobre prostituição na Literary and Historical Society. Se assim foi, não estava nos padrões das cantadas normais de Richard.

Por que Laura não disse às garotas que finalmente havia começado a sair com Richard Culhane?

Por que ela contou às meninas algo sobre ele que estava desatualizado havia meses ou talvez até anos?

Acabou que levei Laura de carro, de Rathmines até a faculdade. Pensei em perguntar a ela se o rapaz que ela havia conhecido era Richard. Mas eu sabia que era. Sabia porque Conor já vira os dois juntos na pista do Bondi Beach Club, em Stillorgan, e havia me contado.

14

Em seus seis anos na Brookfield, Richard só se meteu em confusão uma vez. Devido a sua notável reputação como jogador e aluno, Pat Kilroy o suspendeu por apenas um dia, em vez da semana inteira que mandava o código de conduta da escola. Ele também chamou Peter Culhane para uma conversa em sua sala.

O que aconteceu foi o seguinte. Durante as eliminatórias da Senior Cup, no último minuto do primeiro tempo, Richard estava correndo com a bola para marcar, a oito ou nove jardas da linha. A partida era entre Brookfield e Tallaght CBC. Três jardas adiante, Richard foi parado por um jogador do Tallaght. Foi uma entrada dura, acima da cintura. Richard ficou deitado no campo por sessenta segundos após o apito do juiz, convencido de que havia fraturado a mandíbula.

Ele nada comentou no vestiário. Não respondeu à revolta solidária que ofereciam Barry Fox e Fergal Morrison, como se também se sentissem agredidos. Ficou sentado lá e bebeu sua água, e quando o segundo tempo começou, esperou até o jogador do Tallaght pegar a bola e partiu para cima dele com toda a força que tinha, tendo como alvo a lombar do cara. Ele bateu com a cabeça primeiro, num atropelo selvagem, com os ombros abaixados e membros soltos. O adversário caiu. Richard pulou em cima e deu três socos (*tum tum tum*) no pescoço e nos ombros do sujeito antes que o juiz e alguns jogadores de Brookfield o fizessem largar o cara. A posse de bola era de Brookfield e Conor Harris recolocou-a em jogo.

O garoto do CBC ficou com um olho roxo e uma luxação (o que mais tarde foi confirmado) na cartilagem do ombro esquerdo. Richard foi expulso. Ele não ficou para assistir ao resto da partida. Ele nem tomou uma ducha. Pegou sua mochila no vestiário e foi para casa em Sandycove.

"Richard foi duro demais no ataque", foi o consenso sobre o incidente.
– Duro *pra cacete* – disse Fergal Morrison mais tarde. – Ele não estava *marcando* o cara, estava tentando *enterrá-lo*.
Pat Kilroy foi forçado a reprimir Richard por manchar a boa reputação da escola.
– O que você estava *pensando*, Richard? – perguntou ele.
Isso foi no dia seguinte. Richard sentou-se na sala de Kilroy com seu uniforme da escola e sua gravata vermelha e branca.
– Eu simplesmente perdi o controle – disse Richard. Ao longo da conversa com Kilroy, seu rosto ficou vermelho e sua garganta parecia coçar e fechar-se. Ele achava que desfrutar do respeito de Pat Kilroy era uma parte essencial de sua própria autoconfiança.
– Você simplesmente perdeu o controle – disse Pat Kilroy. Ele bufava. – Nunca tivemos um problema desses com você antes, Richard.
A agressão de Richard ao jogador do CBC fora gravada pela câmera do celular de alguém e ele assistira ao vídeo. Parecia a Richard que alguém tomara o controle de seu corpo durante alguns segundos violentos. Mas ele também se lembrou do prazer que sentira. Ele também queria machucar o próprio corpo. Queria continuar até ele mesmo sangrar e o outro cara morrer.
Havia algo mais de que havia gostado. Gostara de alimentar o drama sobre sua mandíbula machucada. Gostara de sentar tenso no vestiário, ignorando seus amigos, sentindo uma onda certeira de raiva apertar seu peito.
Ele sabia que aquela onda sempre estivera ali.
– Desculpe, senhor – disse ele a Pat Kilroy.
– Sei que está sendo sincero, Richard, eu sei.
– Mas ele me agrediu primeiro. – Richard achou que soara adulto, racional.
– Foi uma jogada suja, eu sei.
– Ele me agrediu primeiro e quase quebrou minha mandíbula.
Pat Kilroy foi até a janela de sua sala e olhou para a única faia púrpura no gramado da escola.

– Estou falando sobre o espírito da nossa escola, Richard. Estou falando sobre ser homem. Estou falando sobre não descer ao nível dos nossos priminhos. Nós estamos acima, Richard. É isso que nos torna seres humanos de valor.

Esse discurso significou muito para Richard Culhane. Ele queria, acima de tudo, ser um homem de valor.

Mais tarde, ainda naquela semana, Peter Culhane visitou Pat Kilroy.

– Houve uma provocação – disse Pat Kilroy. – Consigo entender por que Richard reagiu daquela forma. Mas o fato é que ele não deveria ter feito aquilo. Ele deveria ser capaz de se controlar. Quero dizer, temos sorte de aquele garoto não ter se machucado mais seriamente.

Peter segurou a cabeça com um ar de humildade.

– É mesmo, Pat. Mas você sabe que Richard é um rapaz orgulhoso. Ele não gosta que batam nele. Ele acha que tem que se defender.

– Bom, ele tem que se defender. Mas tem que saber escolher suas lutas.

– Vou dar uma palavrinha com ele – disse Peter.

– Faça isso – disse Pat Kilroy.

Depois, os dois homens andaram pelo corredor procurando a foto do time da Senior Cup em que Peter Culhane jogara, vinte e três anos antes daquela temporada.

Eu devo explicar que garotos levam socos e chutes até ficarem inconscientes nas partidas escolares de rúgbi, o tempo todo. Não é exatamente comum, mas acontece. E acontece com mais frequência nas partidas da Brookfield College.

Brookfield é o único time escolar cuja torcida vaia os adversários quando eles entram em campo. Isso é encarado pelos times das outras escolas como "arrogância" e "falta de *fairplay*".

A agressão de Richard ao garoto da CBC contribuiu para espalhar sua lenda entre os jogadores das escolas. Também contribuiu para a sua mística perante os olhos das mulheres. Durante um tempo, ele deixou o vídeo de sua agressão em sua página num site de relacionamento. Depois deletou o vídeo com medo de que aquilo o fizesse parecer um babaca.

Não entendo. Embora Richard tenha se sentido profundamente tocado pelas exortações de Kilroy, e depois profundamente envergonhado por suas ações em campo naquele dia, ele mesmo assim colocou o vídeo na internet para os amigos verem.

É claro que é possível estar ao mesmo tempo orgulhoso e com vergonha de seu comportamento.

A gente deu uma lição nesse veadinho.

Por algum tempo, circulou o boato de que o garoto do CBC tivera o que merecia porque havia feito uma piada sobre comer a mãe de Richard, o que Richard sempre negou. Insistia que ele simplesmente havia feito uma retaliação pela jogada suja do primeiro tempo. E as pessoas aceitaram o que ele disse.

Meu argumento é o seguinte: todos perdoaram Richard por sua perda de controle em campo. Alguns de nós desaprovaram. Outros acharam legal. Mas todos perdoaram. Ninguém jamais questionou isso.

15

AQUELA QUEDA, A QUEDA DE CONOR. As pessoas falaram sobre isso inúmeras vezes. Só a queda já poderia tê-lo matado. O estrago causado quando ele bateu com a cabeça na calçada poderia ter sido o dano irreversível? Seria o momento em que Richard, Stephen e Barry deixaram de ser gente e começaram a ser assassinos? Ou vítimas de uma violenta cultura do álcool? Ou brutamontes mimados sem ideia da consequência de seus atos? Os chutes foram irrelevantes? Conor já estava morto?

Isso é só mais uma coisa que não posso responder. Tudo o que essas perguntas fazem é nos deixar com ainda mais perguntas. Se Conor caiu, quem foi o responsável? Quem deu o soco que o fez cair? Ele foi nocauteado por um soco de Stephen O'Brien ou de Barry Fox? Ele se encolheu para se proteger dos socos e perdeu o equilíbrio? Ele se jogou no chão para se proteger dos punhos dos agressores?

O relatório do legista não ajuda muito. De acordo com ele, não há evidências que pudessem ajudar a reconstituir o curso exato da briga. Tudo o que temos é uma série de relatos contraditórios de testemunhas.

A maioria das brigas, especialmente se os envolvidos estão bêbados, acaba em poucos segundos. De acordo com a promotoria, as melhores evidências que conseguiram reunir indicavam que seis a dez pessoas socaram e chutaram Conor Harris por quase um minuto.

Seis a dez.

Talvez ainda haja sete pessoas lá fora que estavam envolvidas na briga que matou Conor. Os policiais só conseguiram identificar três dos agressores.

Richard foi identificado por um motorista de táxi.

Stephen e Barry foram identificados por várias pessoas diferentes que diziam ter visto Stephen e Barry dar a maioria dos socos.

A maioria das testemunhas no julgamento não conseguia se lembrar de ter visto Laura Haines tropeçar num carro estacionado enquanto se afastava da briga. Mas um homem viu isso acontecer. Porque o carro contra o qual ela se chocou era um táxi desocupado, e o motorista estava lá dentro.

Laura atrapalhou a visão que o taxista tinha da briga, disse este aos policiais, mas ele vira Richard Culhane se afastar quando a pancadaria acabou. Ele viu Richard se aproximar do táxi e estender o braço para Laura Haines. Laura parecia chateada, mas o motorista não conseguiu ouvir o que ele estava dizendo porque a janela daquele lado estava fechada.

O taxista saiu do carro e perguntou por sobre o teto.

– Aí – disse ele a Richard, apontando com o queixo para Conor. – Aquele cara está bem?

Nessa hora, a maioria das pessoas concordou e Stephen O'Brien gritou "A gente deu uma lição nesse veadinho".

Richard perguntou ao motorista de táxi.

– Você pode levar a gente pra casa?

– Acho que você deveria ficar e cuidar do seu amigo. – O motorista gesticulou para Laura. – Por favor, você poderia desencostar do carro, querida? – disse ele.

O taxista – seu nome era Mick Conroy – deixou Blackrock e foi pegar um passageiro que ia de Boostertown para o centro da cidade. Depois ele voltou para Blackrock porque "Eu estava preocupado com o rapaz. Ele simplesmente ficou deitado lá", disse ele.

Quando ele voltou – 45 minutos depois – Conor ainda estava deitado na calçada. Nessa hora, ele ainda respirava. Fergal Morrison e Dave Whelehan estavam sentados ao seu lado. Debbie Guilfoyle, namorada de Dave, estava ali perto com duas amigas. Todas estavam ligando de seus celulares.

O taxista perguntou às garotas o que elas estavam fazendo. Estavam todas tentando chamar táxis para levar Conor para casa, disseram elas.

– Não é de ir pra casa que ele precisa – disse o taxista.

Ele chamou uma ambulância.

Que chegou quarenta minutos depois.

16

TUM.
Tum.
Tum.
Quando Conor estava caído e os chutes haviam parado, Barry Fox foi quem se ajoelhou e tocou a cabeça de Conor para ver se ele estava bem.

Mais tarde, no julgamento, ele disse que Conor ainda estava respirando, até onde ele sabia.

É provável que o cérebro já tivesse sofrido danos quando Barry verificou o peito de Conor para ver se ele estava respirando. O relatório do legista indicava que a inalação de sangue fora um fator que contribuíra bastante para a subsequente morte de Conor. No relatório, a real *causa mortis* foi descrita como uma severa hemorragia interna na área do lobo central. Mas quando Barry ajoelhou-se para ver, Conor ainda estava respirando. Ele ainda estava vivo.

Isso deve ter sido por volta das 3:20 de domingo.

– Meu Deus – disse Barry. – Galera, acho que a gente devia chamar uma ambulância.

Ele ainda estava ajoelhado perto do corpo de Conor e olhando para a multidão. Ele afirma que não se lembra de com quem estava falando quando disse "Acho que a gente devia chamar uma ambulância". É lógico presumir que ele estava falando com Richard Culhane e Stephen O'Brien e possivelmente com Laura Haines, que ainda estava apoiada no carro parado de Mick Conroy, vestindo seu casaco preto manchado de sangue. Mas de certa forma, não importa com quem Barry estava falando naquele momento, porque ninguém chamou uma ambulância até quase cinco da manhã e aí já era tarde demais.

Enquanto Barry estava ajoelhado para verificar se Conor ainda estava vivo, Stephen O'Brien gritava e socava os capôs dos carros estacionados na rua principal de Blackrock.

Claro que não havia policial algum em Blackrock naquela noite. Questionava-se isso nos jornais e no julgamento. Nenhuma explicação surgia.

Enquanto Barry estava ajoelhado para ver se Conor ainda estava vivo, Richard Culhane foi falar com Laura Haines. Ele colocou o braço no ombro dela. Ela o afastou. Ela estava chorando.

Isso não pode estar acontecendo. Isso não pode estar acontecendo.

Richard olhou para Stephen O'Brien, que estava de pé no meio da rua, vociferando e pulando. Olhou para Barry Fox, ajoelhado ao lado do corpo ensanguentado de Conor Harris. Ele olhou para o círculo de pessoas iradas ao redor deles. Ele ouviu a palavra *policiais* ser pronunciada várias vezes. As pessoas apontavam. Mais gente saía da boate.

Nesse momento, os batimentos cardíacos de Richard aceleraram e sua respiração tornou-se difícil e dolorosa.

Ele lembrou que se sentia extraordinariamente feliz. E que de repente teve uma noção clara das coisas.

Ele sabia que tinham que sair dali.

Ele teve dificuldade para fazer Barry se mexer. Este é o detalhe que ficou na cabeça de muitos; Barry relutou em sair do lado do rapaz que minutos antes ele socara e chutara até a inconsciência.

Para muitas pessoas, Barry Fox era um corpo estranho, o rapaz que não deveria estar lá de forma alguma. Ele era muito pacífico, diziam as pessoas que o conheciam. Na Brookfield, houve uma surpresa geral diante do fato de que Barry Fox, entre todas as pessoas, tivesse sido um dos garotos envolvidos na morte de Conor Harris.

Para outros, o momento de bondade após a pancadaria não passava de hipocrisia.

Acho que essas visões, em si, são simplistas demais. Era típico de Barry ajoelhar-se ao lado do corpo caído de Conor para ver o quanto ele estava machucado, para ver se algo poderia ser feito; assim como era típico dele, em primeiro lugar, estar no Harry's Niteclub, bebendo cidra barata com os garotos da Brookfield; assim como era típico dele dar um dos três chutes que nocautearam Conor e que no fim das contas resultaram em sua morte.

17

COMO GRANDE PARTE DA ATENÇÃO durante as prisões e o julgamento estava concentrada em Richard Culhane e sua família, não consegui juntar muitas peças a respeito dos Fox. Mas eu conhecia Barry Fox. Ele estava no famoso time da Senior Cup que trouxe a taça para casa em 2001, o mesmo time em que Richard Culhane e Conor Harris jogaram. (É importante lembrar, aliás, que não era só porque jogavam no mesmo time que Conor e Richard seriam amigos automaticamente. Os jornais reforçaram muito a ideia de que o morto e seu algoz foram amigos no mesmo time. Mas não funcionava desse jeito. A persistente aura de novo-rico inadequado de Conor, na verdade, o excluía da panelinha de jogadores da Senior Cup de Brookfield. Conor estava no time, mas não fazia parte da galera. Ele tinha seu próprio grupo, em que alguns jogavam no time, outros não.)

O corpo de Barry Fox era forte e flexível. Lembrava uma cerca de arame. Ele tinha, nas palavras do padre Connelly, "um chute dos infernos".

Durante os simulados das provas de admissão nas faculdades, pediram para a turma de inglês do quinto ano de Barry escrever uma redação intitulada "Brookfield". Barry fez uma lírica descrição de uma caminhada matinal pela avenida até a escola, passando pela faia púrpura. Ele tirou B- na redação.

A mãe de Barry morrera de câncer de mama quando ele tinha doze anos. Alguns dos alunos do primeiro ano da Brookfield foram ao funeral. Barry faltara muito à escola naquele ano. Quando ele voltou, parecia não ter mudado em nada. Mas havia rumores de que ele precisara de terapia para superar a perda.

No período posterior à morte da mãe de Barry, o pai de Stephen O'Brien costumava ir até a casa dos Fox para cozinhar para o menino e seu pai. As famílias se conheciam havia anos.

O pai de Barry era analista financeiro e sua mãe, antes de morrer, fora enfermeira num consultório dentário. Eles cresceram na mesma rua em Dun Laoghaire. Ela morreu rapidamente: três meses depois do primeiro diagnóstico. "Eles queriam mandá-la para o Canadá", disse Barry. "Havia um tratamento novo que curava cerca de 80% dos casos. Mas ela estava doente demais. Nós a trouxemos para casa para as duas últimas semanas. Nós não dormimos. Só cuidamos dela. Eu descia para a cozinha às quatro da manhã e encontrava meu pai jogando paciência com três xícaras de chá frio na frente. Nós dois fazíamos chá o tempo todo. Cinquenta xícaras por dia. Nunca bebíamos nenhuma delas. Era só uma coisa para fazer."

Vez por outra, enquanto Barry estudou na Brookfield, padre Connelly chamava o garoto até sua sala, para ver como ele estava. A sala do padre Connelly dava para o pátio interno e Barry sentava-se ali, olhando as pedras do chão e as jardineiras sob a janela.

– Como você está, Barry? Tudo bem em casa?

– Sim, tudo bem.

Padre Connelly achava que podia arrancar muito pouco de Barry. O garoto relutava em falar algo além de como o time da Junior Cup estava indo. No fim, padre Connelly lembrava-se de suas aulas de psicologia e perguntava a Barry sobre seus sonhos.

– Com que você sonha?

Barry deu de ombros.

– O de sempre, eu acho. Tipo, nada estranho. Garotas e coisas.

– Bom, com o que você sonhou na noite passada?

Barry olhou para o teto.

– Patos – disse ele. – Eles voavam para longe. Tipo, para o sul. No inverno.

– Você ficou triste ao vê-los indo embora?

– É.

– E você sonha muito com esses patos?

– Sim, acho que na maioria das noites.

– Você acha – perguntou padre Connelly gentilmente – que esses patos podem representar sua mãe?

– Sim – disse Barry, devagar. – Acho que sim.

Barry contou aos amigos sobre os patos e isso virou uma piada constante sobre o coitado do padre Connelly. Sempre que Barry queria fugir de algum teste ou dever de casa, ele chegava à escola mais cedo e passava um bilhete sob a porta da sala do padre Connelly que dizia: SONHEI COM OS PATOS DE NOVO. O padre ia até a sala de aula e trazia Barry até sua sala para um chá com biscoitos e uma conversa. "Ah, aquele coitadinho", dizia padre Connelly aos outros garotos. "É difícil suportar a ausência da mãe."

Naquele momento, Barry fazia piadas sobre a morte de sua mãe. Era o que se fazia numa escola de rapazes. Os colegas reconheciam a necessidade de Barry de lidar com o sofrimento de uma forma mais leve e se uniram naquela manipulação, ainda que de brincadeira, do padre Connelly e seus poderes. Só uma vez o assunto ficou sério demais para Barry brincar com ele.

Todos estudávamos em escolas jesuítas, é claro. (Barry Fox também era católico.) No quinto ano, era costume as escolas organizarem um retiro em um mosteiro em Athy. Eu e Barry estávamos no quinto ano e aconteceu de a minha turma estar no retiro junto com os garotos da Brookfield.

O mosteiro era uma casa de campo do século XVIII cercada por dezesseis hectares de floresta. Chegamos de ônibus e passamos a primeira metade da manhã nos instalando. Isso foi em outubro de 2000. Deveríamos passar três noites – um fim de semana prolongado. Então, houve uma missa e a confissão. As refeições eram frugais, esperava-se que dedicássemos o fim de semana ao jejum e à contemplação e na tarde de sábado nos levariam para uma caminhada de dezesseis quilômetros por uma colina próxima, que esperavam que fizéssemos sem meias ou sapatos.

Lembro-me de ficar surpreso com a seriedade com que os garotos encaravam o retiro. Normalmente, eles deveriam ficar circulando, contando histórias sobre garotas, cuspindo uns nos outros. Mas eles estavam quietos e pensativos.

Reparei em Barry Fox, naquela primeira tarde, sozinho do lado de fora, perto da entrada da capela enquanto os outros garotos conversavam no gramado sob o sol.

Naquela primeira tarde, dividiram-nos em dois grupos e levaram-nos para auditórios empoeirados com grandes janelas. "O que é isso, terapia de grupo?", perguntou Dave Whelehan, mas alguém mandou-o calar a boca. Não sei como poderíamos chamar aquelas sessões vespertinas: orações em grupo, encontros de cura. Acho que nunca ouvi alguém chamá-los do que realmente eram: psicoterapia por outros meios. Oito ou nove de nós sentavam-se em círculo e tínhamos várias discussões mediadas por um dos monges do mosteiro. Encorajavam-nos a falar de coisas sobre as quais nunca tínhamos falado antes. Se o momento parecesse apropriado, encorajavam-nos a chorar.

Quando o fim de semana acabou, deram-nos pequenos distintivos para usar. Levamos os distintivos para Dublin e os usamos como se fôssemos maçons, uma sociedade unida pela igualdade secreta de nossos corações.

É possível que Barry Fox estivesse usando seu distintivo do mosteiro na noite em que matou Conor Harris. Não tenho como realmente saber disso.

Como Barry e eu éramos de escolas diferentes, não estávamos na mesma sessão da tarde. Só soube o que aconteceu com ele depois, por um dos meninos que estavam no grupo de Barry.

Era praxe o mosteiro, junto com a escola, convidar os pais a escreverem uma carta para seu filho em que dissessem várias coisas que achassem difícil expor em circunstâncias normais. Esta carta seria enviada para o mosteiro e entregue ao garoto de surpresa na última das sessões da tarde.

As cartas seguiam um padrão previsível. A de Conor Harris dizia: "Não tem sido fácil, mas você sabe que sempre pode confiar em nós para apoiá-lo como você é." A de Richard Culhane dizia: "Sempre estarei ao seu lado, Richie, estimulando-o para coisas cada vez melhores."

A carta de Richard fora escrita só por Peter. Katherine recusara-se a ter qualquer coisa a ver com aquilo.

Só Peter chamava Richard de "Richie".

O recebimento das cartas no final do retiro era um momento carregado de emoção. Os garotos choravam nos ombros dos outros.

– Porra, eu amo meu velho, cara – disse Conor Harris, chorando no ombro de Fergal Morrison.

A carta de Barry Fox parecia ser de sua mãe.

A história circulou na semana seguinte ao retiro. Barry abrira seu envelope e lera a carta. Apesar de a maioria dos meninos do grupo estarem chorando, Barry não disse nada. Ele não se moveu.

Naquela época, a mãe de Barry morrera havia cinco anos. Depois, ouvimos falar que a carta continha referências a acontecimentos ocorridos desde a morte da mãe de Barry.

Ele não reconheceu a letra.

No final, estava assinada, *Com amor, mamãe*.

Quem escrevera a carta? A hipótese mais lógica é a de que alguém da escola a escrevera, ou alguém do mosteiro. Mas como saberiam tanto da vida de Barry a ponto de parecer convincente? O pai de Barry colaborara no projeto? Por que alguém achara que seria uma boa ideia enviar uma carta que parecia vinda do além?

De acordo com os meninos que estavam no grupo de Barry, ele ficou calado por muito tempo. Os garotos demoraram para perceber que Barry não os tinha acompanhado nas lágrimas e abraços. Depois, eles se reuniram e perguntaram se ele estava bem.

Ele não disse nada. Levantou-se e deixou a sala.

Ele desceu a escadaria principal do mosteiro e abriu a porta. De repente, um bando de pardais alçou voo pelo céu. Uma ligeira névoa subiu dos campos eriçados.

Barry caminhou em direção ao bosque. Era uma distância de quase trezentos metros. Ele ainda segurava a carta na mão direita.

Era fim de tarde e começando a esfriar.

Os meninos do grupo de Barry se amontoaram na janela para observá-lo, ignorando os protestos do monge que mediava a sessão. "Juro por Deus", disse um garoto depois. "Achei que ele fosse se matar. Achei que ele fosse para o bosque e nós o encontraríamos pendurado numa árvore algumas horas depois."

Barry foi para o bosque levando a carta que se dizia de sua mãe e uma hora depois não havia voltado. Nesse momento, as autoridades do mosteiro já tinham alertado as autoridades da escola. O sr. Fogarty, o professor gordo de biologia (que uma vez interrompeu uma aula de dissecação para dizer numa voz aguda e alta, "Vejam! Há um passarinho com um verme na boca!") começou a organizar uma equipe de busca.

A equipe de busca de professores e alunos de Brookfield estava saindo pela porta do mosteiro quando alguém apontou para Barry emergindo do bosque. Ele parecia não estar mais com a carta na mão. Ele caminhou lentamente em direção ao grupo, sem olhar para cima.

Ao aproximar-se do prédio, seus sapatos de colegial pareciam triturar a grossa camada de cascalho.

Quando perguntaram o que estivera fazendo, ele respondeu:
– Só fiquei com vontade de dar uma caminhada.

O que acho estranho nessa história é que ninguém pediu desculpas a Barry por escrever a carta que deveria ser de sua mãe morta. O que acho estranho é que nenhum dos responsáveis pelo retiro parecia saber coisa alguma sobre o que continha a carta.

Barry disse que nunca perguntou a seu pai sobre a carta. Seu pai nunca a mencionou.

Isso sugere outra possibilidade para a origem da carta.

Poderia ter sido escrita por outro garoto da Brookfield.

Quem mais poderia saber o bastante sobre a vida de Barry para documentar convincentemente suas experiências recentes? Pouquíssimas pessoas poderiam saber sobre as cartas dos pais antes do retiro.

Mas ninguém nunca assumiu ter escrito a carta, e a carta em si parece ter desaparecido.

Resta outra questão.

O que fez Barry quando passou uma hora sozinho na floresta? Ele destruiu a carta? Ele pensou em se matar, como sugeriram algumas pessoas? Ele simplesmente ficou caminhando, se perguntando o que havia acontecido e por quê?

Eu não tenho acesso à mente ou à memória de Barry Fox. No julgamento, seu testemunho foi o mais fragmentado, o menos elucidativo. Mas sempre vi nele uma profundidade que não vejo em Stephen O'Brien ou em Richard Culhane.

Talvez seja porque eu estava na porta do mosteiro com um grupinho de alunos da Merrion Academy quando Barry emergiu do bosque. Eu o vi caminhar lentamente de volta ao prédio, pelo longo caminho de grama escurecida, seus ombros baixos e as mãos nos bolsos, um olhar de tensa introspecção em seu rosto pálido e rechonchudo.

Era assim que ele estava quando se ajoelhou ao lado de Conor Harris e inclinou-se para ver se o rapaz que ele agredira ainda estava respirando.

Barry era aquele que pensava nas coisas.

Ou pelo menos me peguei acreditando nisso.

18

QUANDO SE FALAVA EM ESCOLAS PARA MOÇAS de Dublin, sabia-se que cada uma delas tinha um tipo ligeiramente diferente de garota. Garotas de escolas diferentes vestiam-se de formas diferentes, usavam gírias diferentes e saíam com tipos diferentes de garotos. É claro que as diferenças eram minúsculas, mas, se você estivesse acostumado, poderia adivinhar onde uma garota tinha estudado depois de cinco minutos de conversa normal. As garotas da Ailesbury College eram educadas e vaidosas. Faziam coisas como estudar balé e jogar lacrosse. As garotas da St. Anne's – se fossem louras – gostavam de se autoflagelar, ou – se não fossem louras – eram gordas, paranoicas e fumavam muito. As garotas da St. Anne's (era o que pensavam em geral, mas equivocadamente) iam para a cama com quase todo mundo. (Certa vez ouvi alguém dizer que o lema da St. Anne's College, em Foxrock, deveria ser "Estou com a banda", como diziam as tietes do filme "Quase famosos".) As garotas da St. Brigid's formavam comitês estudantis e quando entravam para a universidade concorriam à representante de turma. As de Elm Park pareciam muito com as de Ailesbury, mas (dizia-se baixinho) faziam mais sexo.

É claro que as meninas que frequentavam essas escolas tinham muitas coisas em comum. Assistiam aos mesmos seriados americanos e ouviam as mesmas bandas e iam às mesmas boates. Para identificar as diferenças, você tinha que estar por dentro. Tinha que fazer parte daquele mundo.

As escolas para meninos não eram tão facilmente distinguíveis. Em outras palavras, não havia grande diferença entre um garoto que tivesse estudado na Brookfield e outro que tivesse estudado na Michael's, ou um de Blackrock ou de Merrion. Se você tivesse estudado em qualquer dessas escolas, você jogava rúgbi ou futebol e usava calças de sarja da Gap comprada nos Estados Unidos, camisas Ben Sherman e moletons Jack Jones. Usava tênis da Nike que custavam duzentos euros. Você provavelmente tinha um carro e bebia Stella Artois ou Dutch Gold ou Bulmers. E quando estivesse bêbado, cantaria "Livin'on a Prayer" ou "My Way" abraçado com os amigos.

Uma vez vi Richard Culhane cantar "My Way" abraçado com um grupo de garotos da Brookfield. Foi no salão de festas do Shelbourne Hotel no final de uma festa de gala universitária. Havia balões murchos e bandeirolas na pista iluminada e garotas cansadas em mesas vazias. Quando a música acabou, os garotos da Brookfield começaram a dar chutes para o alto, alinhados como um bando de coristas. Foram os últimos a ir embora.

19

O QUE NENHUM DELES SABIA – nem Richard, apesar de ele ter descoberto após sua prisão – era que Laura estava frequentando uma terapeuta. Seus pais a mandaram para "uma mulher em quem confiavam", depois da morte da avó da garota, quando Laura "simplesmente parecia não estar voltando aos eixos"; mas, na verdade, ela entrava e saía de depressões havia anos. Ela também tinha um transtorno alimentar, uma leve forma de anorexia, o que significava que às vezes se recusava a comer durante dias. Ela se sentava e sorria para a família na mesa de jantar, engolia algumas pequenas garfadas e remexia o resto da comida pelo prato para dar a impressão de que havia comido quase tudo. Depois se asseguraria de jogar o restante na lixeira antes que sua mãe olhasse mais de perto.

As depressões de Laura começaram no início da adolescência. Quando tinha treze anos, o cachorro da família morreu de câncer no estômago e Laura, que saía para passear com ele todas as tardes nos campos atrás da casa, ficou inconsolável. Eram férias de verão e agora ela não tinha mais nada para fazer. Ela começou a se arrastar pela casa de pijamas. A mãe de Laura raramente estava em casa e quando estava, passava a maior parte do tempo no telefone, ajudando a organizar o casamento da irmã.

Um dia, pela manhã, Laura foi ao jardim. Ela olhou para a cerca de um metro que seu pai havia construído ao redor do canil para dar ao cachorro um pouco de espaço para brincar sem estragar os canteiros de flores.

Laura foi até o galpão do jardim e encontrou uma lata de tinta branca e um pincel de cerdas duras. Ela começou a pintar a cerca do cachorro da esquerda para a direita, cobrindo a madeira sem verniz com uma camada de branco. O pincel era velho e as pinceladas fortes. Quando a primeira camada secou, ela recomeçou. Todo o trabalho tomou sua tarde inteira.

Quando terminou e a segunda camada secou, ela derrubou a cerca aos chutes, tábua por tábua, metodicamente.

– O que ela está fazendo lá fora? – perguntou seu pai, quando chegou do trabalho e foi até a janela da cozinha.

– Não a perturbe – disse a mãe de Laura. – Pelo menos ela está se ocupando.

A terapeuta de Laura chamava-se dra. Alison Reid e o pai de Laura a conhecera na universidade. Até onde consegui descobrir, Laura gostava dela, até a preferia a seus pais para desafogar a ansiedade e a dor. Os jornais não souberam da dra. Reid até quase o fim do julgamento. Numa manhã de outubro, a dra. Reid chegou em seu consultório num prédio vitoriano em Ranelagh e encontrou um câmera e jornalistas esperando do lado de fora. Ela se recusou a falar com eles, embora a sua amizade com a família Haines tenha inspirado alguns artigos sobre o que a imprensa chamava de "rede dos velhos camaradas", como se a dra. Reid fosse apenas o mais novo membro de uma conspiração nacional a ser desmascarada como o verdadeiro mal por trás da morte de Conor Harris.

Laura via a dra. Reid toda terça à tarde.

– Como nós estamos nos sentindo esta semana, Laura? – perguntaria a dra. Reid.

– Bem – disse Laura.

– Como se sente em relação à comida neste momento?

– Tudo bem, eu acho.

– Você está comendo?

– Duas refeições por dia. Mas estou fazendo exercícios, então elimino as calorias.

– Nós conversamos sobre a importância de um equilíbrio saudável entre comida e exercícios, não é, Laura?

– Acho que sim.

– E como vai o Conor?

– Ele é legal. Tipo, ele presta atenção no que eu estou comendo.

– E como você se sente em relação a isso?

– Que ele me ama, eu acho.
– Mas?
– Mas... isso também meio que me deixa puta. Tipo, por que ele se preocupa com o que eu como? Porra, isso não é problema dele.
– Se ele ama você, quer vê-la saudável. Provavelmente, isso é importante para ele.
– É.
– Você acha que Conor te ama?
– Acho que ama.
– E como se sente em relação a isso?
– Você sempre quer saber isso. Sempre quer saber como eu me sinto em relação às coisas.
– Não é sobre isso que estamos falando aqui? Como você se sente em relação às coisas?
– Sim, mas isso é o quê? Algum mantra que você aprendeu na faculdade de psicologia?
– Você está tentando evitar minha pergunta, Laura?
– Não.
– Acho que o Conor ama você. Como se sente em relação a isso?
– Sinceramente?
– Claro.
– É como se... bem, me aborrece um pouco. Ele parece um cachorrinho. Sabe como às vezes as pessoas são, tipo, tão *vulneráveis* que você só sente vontade de chutá-las?
– Conor faz você se sentir assim?
– Mais ou menos. Só às vezes. Ele tem um jeito de me olhar, quando eu digo a ele que não quero comer ou coisa assim, como se fosse tudo culpa dele, como se ele não fosse bom o suficiente para mim porque não quero comer para deixá-lo feliz. Mas não tem nada a ver *com* ele. Sempre repito isso para o Conor. Isso não tem nada a ver com ele.
– Você acha que ele realmente se sente assim?
– Não sei – disse Laura. – Eu não sei o que as pessoas sentem.
Eu ouvi Laura dizer essas palavras, *Eu não sei o que as pessoas sentem*, numa festa na casa de Conor Harris, um ano antes da prisão de

Richard. Acho que ela estava dizendo a verdade. Acho que o maior defeito de Laura, no meio de tudo isso, era uma falta de empatia, uma incapacidade de intuir como as outras pessoas se sentiam – a respeito dela, de Richard Culhane, de Conor Harris e de como ele morreu.

No fim de cada quarta sessão, a dra. Reid dava a Laura sua receita mensal de Lexapro. Ela tomara um comprimido desse antidepressivo na noite em que Conor morreu. Por coincidência, Lexapro fora o remédio receitado a Eileen Harris para ajudá-la a lidar com as dificuldades diante do cancelamento do julgamento de Richard por homicídio. Mas isso foi dois anos depois e aí tudo já havia mudado.

20

QUANDO TINHA TREZE ANOS, Laura Haines perguntou à sua mãe se podia usar piercing nas orelhas. Ela disse que todas as meninas da Ailesbury College estavam usando. Mary Haines levou Laura até a farmácia em Blackrock e a menina contorcia-se e esquivava-se enquanto o farmacêutico picava os lóbulos de suas orelhas. O farmacêutico tinha o cheiro dos pirulitos que Mary sempre trazia para Laura depois de uma consulta médica. Os furos incharam quase imediatamente e Laura reclamou até que Mary, desesperada, comprou dois picolés para melhorar o inchaço e Laura seguiu sua mãe com dois picolés pressionados contra a têmpora, esperando até que suas orelhas ficassem dormentes.

Ouvi descreverem (geralmente mulheres, como se fizessem uma confidência) Laura Haines como "superficial". Não sei bem o que isso significa, além de uma preocupação geral com as aparências, com a superfície estética das coisas. Creio ser um erro pensar que Laura fosse obcecada por trivialidades. Mas as pessoas eram enganadas pela quantidade de atenção que ela dava à própria aparência e pela forma como vivia.

Vale registrar os aspectos materiais da vida de Laura. Nisso, como em tantas outras coisas, ela é quase representativa – tão representativa quanto qualquer indivíduo pode ser, com todas as peculiaridades de cada um.

Mais ou menos a cada dez dias, Laura gastava 190 euros num salão de bronzeamento em Ranelagh. Lá ela deveria passar meia hora numa caixa de plástico em forma de caixão, assando na luz do sol artificial. Algumas garotas faziam isso nuas, mas Laura sempre vestia uma calcinha de biquíni, resultando (de acordo com Conor) numa bunda sempre marcada por um pálido trapézio de pele não bronzeada.

Laura só cortava o cabelo em um único cabeleireiro. Só comprava em certas lojas. Quando tinha quinze anos, ela perguntara a um amigo de seu pai se ele já havia ido ao Dundrum Town Centre. Quando ele disse que não, Laura disse: "Meu Deus, você não *viveu*." A família riu do comentário, mas Laura estava falando sério.
Ela comprava um celular novo a cada seis meses. Seu preferido era um microscópico celular japonês com câmera, cor-de-rosa.
Ela comprava brincos, colares e pulseiras e esquecia-se deles. Seu quarto geralmente estava impecável – paredes brancas e quadros de cortiça vazios, bichinhos de pelúcia arrumadinhos em fila – mas seu closet era um caos de bijuterias rejeitadas e roupas usadas apenas uma vez.
Laura se vestia de uma forma que qualquer um criado no sul de Dublin naquela época reconheceria imediatamente. "Elementos essenciais do uniforme" – retiro a citação do *Irish Times*, 1º de dezembro de 2007 – são uma camisa feminina do Leinster (49,99 euros) e botas Ugg de pele (249 euros), tudo da Arnotts.
Todo mês de setembro, Laura ia com sua mãe a Paris para comprar roupas que ela não conseguia achar em Dublin.
Ela encomendava moletons da American Eagle e calças esportivas da Abercrombie pela internet. No inverno usava um cachecol DKNY.
Laura e suas amigas tinham vários nomes para pessoas que tinham menos dinheiro do que elas ou que não puderam estudar em escolas particulares. Elas as chamavam de "povinho" ou "gentalha". Distinções de vestuário eram feitas com frequência. Usar apenas uma calça rosa não fazia você parecer brega. Mas calças *e* casacos cor-de-rosa certamente faziam. Essas distinções eram rigorosamente policiadas. Laura era uma das encarregadas desta função.
Garotas que queriam saber o que vestir consultavam a página de Laura Haines no Bebo. Laura diria: "Queria ser tão magra quanto a Mischa Barton." Outras garotas diriam: "Queria ser tão magra quanto Laura Haines."
Laura usava perfume Prada e desodorante Ralph Lauren.
É tentador ver essas coisas como extras. Mas na verdade eram fundamentais. Um *sine qua non*.

21

Na escola, costumávamos contar uma piada sobre a diferença entre irlandeses e americanos.

Um americano passa de carro por uma enorme casa numa colina. Ele vê uma piscina, uma jacuzzi aquecida, um carro esporte, um utilitário e um jardim planejado. Vê um haras atrás. E vê o dono de tudo isso em frente ao portão de casa, de mãos dadas com sua linda esposa, olhando o sol se pôr em sua vasta propriedade.

O americano balança a cabeça e pensa: "Um dia vou ser igualzinho a ele."

Cinco minutos depois, um irlandês passa pela mesma casa. Ele vê a piscina, a jacuzzi aquecida, o carro esporte, o utilitário e o jardim planejado. Vê o haras atrás. Vê o homem e sua linda esposa olhando o pôr do sol.

O irlandês balança a cabeça e pensa: "Um dia ainda pego esse filho da puta."

22

STEPHEN O'BRIEN costumava se vangloriar dizendo que já tinha comido pelo menos uma garota de cada escola particular de Dublin. "Estou com saudades da Mount Anville, cara", ele lamentaria com os colegas da Brookfield. Em noitadas no Russell's ou no Wicked Wolf, Stephen diria a seus amigos para sair à caça de uma garota da Mount na pista e dizer a ele caso achassem.

Se ele era conhecido como um garanhão, era da forma afetuosa, até mesmo condescendente, que as pessoas reservam a um homem em quem não confiam inteiramente. Ninguém sabia exatamente se devia acreditar nas histórias que Stephen contava sobre suas conquistas. As histórias não podiam ser provadas, eram problematicamente privadas demais.

– Conheci uma garota numa discussão em grupo na semana passada – dizia ele. – Tomamos um café. Bam! Vinte minutos depois ela estava chupando meu pau num banheiro ao lado de Dramsoc.

– O'Brien ataca outra vez! – gritava Barry Fox.

Eles se cumprimentavam.

O problema dessas histórias é que elas poderiam de fato ter acontecido. E Stephen era um cara boa-pinta. Ele não era universalmente adorado como Richard Culhane, mas nas baladas ele pegaria quase tantas quanto o outro. Como Conor Harris, ele tinha uma queda por pegar namoradas dos outros. Mas Stephen tinha uma explicação para isso. Ele dizia que estava fazendo aquilo só para ser filho da puta.

Stephen foi o primeiro garoto de sua turma na Brookfield a perder a virgindade. Aconteceu numa noite depois da Wesley Disco, no banco de trás da BMW de Maurice O'Brien, que estava estacionada na entrada da garagem da casa da família naquele momento. Stephen levara uma garota da St. Anne's chamada Ailbhe Connor para casa, de táxi. A fim de comprovar a história, Barry Fox e Richard Culhane foram de carro até a casa de Ailbhe Connor na tarde seguinte e perguntaram-lhe sobre o caso.

Ela disse que a história era verdadeira, mas Stephen O'Brien não tinha sido o primeiro cara dela.

Isso aconteceu quando Stephen O'Brien estava no quinto ano da Brookfield. Foi na fase da adolescência masculina em que os garotos ficam vermelhos com as mínimas insinuações, as menores falhas. Mas quando Stephen contou como perdera a virgindade, ele não ruborizou.

No último ano do curso, Stephen transferiu-se para a Merrion Academy porque abriu uma vaga e Maurice O'Brien, ex-aluno da Merrion, queria que seu filho se formasse na mesma escola que ele.

O que Stephen O'Brien realmente queria era uma namorada firme. Como quase todo mundo da Brookfield, ele acreditava num código cavalheiresco de compromisso e respeito. E como todos os misóginos ele era sentimental em relação às mulheres.

Para conservar sua longa tradição e continuarem existindo, as escolas particulares devem inculcar uma sentimentalidade conservadora em seus pupilos. Case com a garota de seus sonhos, seja feliz, seja fiel.

Semper et Ubique Fidelis.

A primeira namorada de Stephen foi uma garota da St. Brigid's chamada Aisling Kelly. A St. Brigid's, em Killiney, era conhecida por seu tradicionalismo meio empresarial e as garotas eram conhecidas por suas virtudes. Acho que foi isso que chamou a atenção de Stephen em sua primeira namorada.

A primeira vez em que vi Aisling Kelly, ela vestia um cardigã de senhora, verde-escuro e fechado com enormes botões de plástico, e uma saia arrematada por um cinto largo de couro; ela carregava um fichário com as anotações de aula, cada seção separada em ordem alfabética e marcada com etiquetas verdes ou rosa.

– O que você acha que vai cair na segunda prova de biologia? – perguntou-me.

Stephen terminou com ela dois meses depois.

– Você comeu a garota, cara? – perguntou Fergal Morrison, duas semanas mais tarde, verbalizando a pergunta que estava na cabeça de todos.

Em silêncio, Stephen levantou a mão para um cumprimento cúmplice.

Duas semanas depois de terminarem, Stephen enviou uma mensagem de texto para Aisling que dizia: ADIVINHA QUEM CHUPOU MEU PAU NOITE PASSADA? PISTA: NÃO FOI VC!!!!

Um fato a respeito de Stephen que nunca saiu nos jornais: ele se preocupava com a calvície. Maurice O'Brien era careca e só tinha um tufinho de cabelo no alto da cabeça. As entradas de Stephen estavam ficando cada vez mais evidentes por volta dos seus 18 anos. Isso era algo que ele mencionava apenas aos melhores amigos e só em momentos de verdadeira intimidade.

Você não sacaneava Stephen por causa do cabelo. Simplesmente não se fazia isso.

Stephen não parecia um cara violento. Ele parecia um cara *forte* – você simplesmente deduzia sua força. Mas você não pensaria nele como um assassino.

Alguns dias depois de Stephen ter terminado com ela, Aisling reclamou com as amigas que ele não sabia colocar uma camisinha direito. "Ele não ajeita a pontinha. Sabem como é? Ele simplesmente desenrola o treco. De jeito nenhum eu ia acabar fazendo um aborto de um filho da porra do Stephen O'Brien. Então eu disse a ele pra deixar de ser babaca e me deixar em paz."

As pessoas começaram a comentar que fora Aisling quem rompeu com Stephen, em vez do contrário. Ninguém na Brookfield acreditava nesses rumores.

Maurice e Kitty O'Brien eram os prósperos filhos de um médico e um advogado, respectivamente. Alunos da Trinity – com dois anos de diferença –, eles haviam se conhecido quando cursavam administração de empresas em Oxford. Eles possuíam uma casa de três andares em Ranelagh que compraram e reformaram no final dos anos 1970. Maurice era um alto executivo na filial irlandesa de uma multinacional de desenvolvimento de software. Kitty possuía e administrava um salão de beleza em Donnybrook. Eileen Harris e Katherine Culhane frequentavam o salão, onde Kitty O'Brien dava-lhes descontos.

Pergunto-me se importa o fato de que todos os três rapazes que foram presos pela morte de Conor Harris eram filhos únicos. Isso faz diferença? Historicamente, é claro, a classe média sempre teve menos filhos que qualquer outra classe. Mas essas eram famílias católicas – famílias irlandesas. Por que os Culhane, os O'Brien e os Fox não tiveram mais de um filho? Isso contribuíra para o que aconteceu na última noite do verão de 2004?

Tentando dar um sentido aos acontecimentos dessa única noite, a noite em que Conor morreu, me vi tragado por mistérios cada vez mais profundos: mistérios sobre o caráter, mistérios sobre influências, mistérios sobre motivações. Essas são questões que ninguém pode responder. Mas mesmo assim eu gostaria que fossem respondidas.

Barry Fox deu uma festa de ano novo em 2003. Foi a festa em que Barry e Stephen O'Brien quase saíram na porrada.

Já era incomum o simples fato de Stephen ter sido convidado. As festas de ano novo de Barry geralmente eram eventos para alunos da Brookfield. Mas na época, Stephen estava saindo com uma nova garota – Clodagh Finnegan, sua namorada de longa data, que estava lá na noite em que Conor morreu – e ela era irmã de Andy Finnegan, que jogava no time de rúgbi da Brookfield.

Stephen conhecera Clodagh no baile dos calouros da UCD, em setembro de 2003. Na época, Stephen estava no segundo ano, mas ir ao baile dos calouros ainda era a regra entre todos os estudantes da Quinn School e ex-alunos da Brookfield. Clodagh era uma ex-aluna da St. Anne's que usava moletons com saias curtas de babados sem meias-calças. Ele usava uma franja comprida demais e meio torta que fazia ela inclinar a cabeça para trás para poder vê-lo. Acho que Stephen O'Brien estava apaixonado por ela. Não era óbvio, pois Stephen não demonstrava, a não ser quando estava bêbado, mas eu achava que ele e Clodagh iam durar. Eles formavam o tipo de casal que rapidamente você percebe que vai continuar junto.

Clodagh terminou com Stephen quando descobriu que ele estava envolvido na morte de Conor.

O que Stephen curtia em Clodagh era o fato de ela gostar de sexo tanto quanto ele.

– Ela me deixa meter onde eu *quiser*, cara – disse ele a Richard Culhane.

– Hum... isso já é informação demais, Steve – disse Richard.

O único problema de Clodagh era que ela deixava os amigos de Stephen putos.

– Aquela garota não cala a porra da boca – Barry Fox reclamou comigo certa vez.

Os garotos sentavam no Eddie Rocket's e ouviam Clodagh falar com Steve.

– Você não entende, Steve, ela é uma *vagaba* – dizia Clodagh. – Ela chega pra mim e começa "*Clodagh,* você viu a lista do plantão? Por que seu nome foi escalado pra sábado à noite e você tem que chegar na hora certa e blá-blá-blá. Então eu tô lá. Sim, sim, tudo bem e blá-blá-blá. Mas então, CARACA, adoro essa música, você já ouviu? É FANTÁSTICA. Diz tanto sobre mim e o Michael. Imagina: essa música, o carro, a estrada no campo, um baseado. Sabe o que eu tô falando? Então, tipo, por *que* você está sendo tão *babaca* em relação a isso? Você só tá fazendo isso porque o Daniel disse que ia me deixar fazer uma pausa pra fumar meia hora antes e Steve, ela quer *tanto* dar pra ele, não dá pra acreditar. Então eu tava lá fora, na minha pausa pra fumar e... você pediu batata frita? Eu pedi? Eu pedi um milkshake.

O mundo adulto – o mundo do traquejo social e moral no qual todos os outros estavam gradualmente encontrando seu caminho – era algo que pairava acima dos limites da atenção de Clodagh. Se ela o via, nunca o via por inteiro; via as partes que se relacionavam a ela e estas ela transformava em material para seu blá-blá-blá infinito.

Steve ficava sentado em um silêncio estoico, assentindo nos momentos apropriados e ouvindo cada palavra.

Na noite em que Conor morreu, Clodagh estava no táxi que Richard Culhane, Laura Haines e Stephen O'Brien tomaram para casa. Richard e Laura ficaram em silêncio durante toda a viagem. Stephen e Clodagh conversaram sobre a briga durante todo o percurso até a casa de Richard.

Na tarde seguinte, o motorista do táxi chamou a polícia. Mas os policiais já sabiam que Conor morrera. Eles levariam três semanas para identificar as quatro pessoas que tinham pegado o táxi para casa. Conor Harris não estava na festa de ano novo de Barry Fox em 2003. Ele estava numa festa menor na casa dos pais de Laura Haines. Barry deu a festa na casa de veraneio de seu avô em Wexford. Trinta e cinco pessoas foram para lá no ano novo. Elas não ficaram especialmente impressionadas com a casa. As paredes eram úmidas e os quartos, frios. Havia uma canoa de plástico dentro do banheiro. A casa ficava na praia e uma curta faixa de grama avançava desta como se fosse tocar levemente o mar. O avô de Barry construíra a casa no fim dos anos 1960 e nunca a reformara.

– Barry – gritou Stephen O'Brien enquanto dava uma volta pela casa –, tudo bem se a gente zonear isso aqui?

Barry reuniu todos na sala de estar e disse:

– Gente, tudo bem se vocês ficarem meio doidões. Só tem uma coisa que peço a vocês, tudo bem? Meus pais vêm pra cá no fim de semana que vem, então não usem o quarto no final do corredor porque é o quarto deles, tá?

Todos concordaram.

Por precaução, Barry trancou a porta do quarto dos pais.

A festa rapidamente saiu de controle. Fergal Morrison montou um *bong* de cerveja na cozinha e toda hora alguém entrava embaixo do negócio enquanto outra pessoa enchia a mangueira. Alguém acendeu uma fogueira no quintal. Dave Whelehan sentou diante da mesinha de centro da sala e apertou baseados. A sacanagem começou em um dos quartos. Havia gente jogando pôquer no chão do banheiro. Havia gente disputando queda de braço na mesa da cozinha. Alguém vomitou num vaso de plantas no corredor. A canoa foi retirada do box e colocada no jardim. No fim da noite, ela estava em cima do carro de Richard Culhane.

Richard passou a maior parte da noite conversando com uma garota da Mount Anville chamada Kate Kerrigan. Ele tocava a própria nuca com a mão esquerda. Kate tocava o nariz de Richard e ria.

Fergal Morrison vomitou na pia da cozinha.

Quando a contagem regressiva terminou e entramos oficialmente em 2004, o ano em que Conor Harris morreu, a festa começou a acalmar.

Stephen O'Brien passara as duas horas anteriores à contagem regressiva beijando Clodagh no sofá da sala. Clodagh disse que queria ficar onde os baseados estivessem sendo apertados. Stephen não fumava haxixe, mas estava feliz de estar sentado no sofá, com Clodagh em seu joelho e com a mão sob sua saia. Ela estava usando uma calcinha mínima e ele conseguia facilmente colocar um dedo ou dois em sua boceta.

Nessa hora, Stephen já havia detonado seis Stella Artois e meia garrafa de vodca. Clodagh estava bebendo garrafas de ice.

Enfim, Clodagh sussurrou no ouvido de Stephen:
– Então, você vai me comer ou não?
Eles procuraram um quarto vazio. Não havia nenhum. Os dois banheiros estavam ocupados.

Stephen encontrou a porta trancada no fim do corredor e arrombou-a.

Ele e Clodagh fizeram sexo na cama dos pais de Barry.

Na cozinha, Barry olhou em volta e disse:
– Onde estão o Steve e a Clodagh?
Ele olhou em volta. E aí foi até o quarto de seus pais.
– Que *merda* é essa? – gritou Barry. – A única coisa que eu pedi a você, Steve. A única *merda* que eu pedi pra você!

A tranca da porta estava quebrada e a madeira em volta toda partida. Nesse momento, Clodagh e Steve já tinham acabado. Steve tinha colocado sua calça jeans. Clodagh, ainda nua, se escondeu embaixo das cobertas.

– Relaxa, cara – disse Steve. – Toma um calmante ou algo assim. Tipo, eu pago uma tranca nova.

– Esse não é o problema, cara – disse Barry. Ele estava quase chorando. – Essa foi a *única* coisa que eu pedi pra não fazer e você foi em frente e fez. Você é *tão* idiota, Steve.

– Desculpe, Barry – disse Clodagh, baixinho.

– Ah, vai à merda, cara – disse Steve. Ele colocou a camiseta. – Eu não sabia, tá?

– Isso é uma mentira de merda, cara. Cai fora da minha casa. Você é um babaca de merda.
– Você não pode me botar pra fora – Steve estava começando a rir. – A gente tá na merda de um buraco no meio do nada. Pra onde eu deveria ir?
– Só cai fora. E leva a tua puta idiota com você, tá certo?
Steve estava de pé, muito perto de Barry. Os dois eram altos, mas Stephen era um pouco mais.
– Cai... fora – disse Barry.
– Não seja babaca – disse Steve. Ele tinha parado de rir.
Barry voltou para a cozinha.
– Vou chamar a polícia – disse ele.
Uma pequena multidão apareceu. Steve, com o orgulho ferido, foi atrás de Barry.
– Relaxa, cara, pelo amor de Deus. Vou até pedir a Clodagh pra lavar os lençóis e tal. A gente não fez nada estranho, tipo, eu só a comi e pronto.
– Você é um babaca sem respeito – disse Barry.
– Vai se foder, cara – disse Steve.
Barry ficou de costas para Steve. Ele havia pegado seu celular e começado a discar.
Steve pegou uma taça de vinho em cima da geladeira e jogou no chão.
– Isso é o que eu acho da merda da sua casa – disse ele.
Barry largou o telefone e deu um soco em Steve. Eles trocaram uns socos antes de serem separados por, entre outros, Richard Culhane.
– Isso não vale a pena – gritou Richard. – Isso não vale a pena.
O nariz de Steve estava sangrando. Richard o levou ao jardim para acalmá-lo.
Barry andava pela cozinha dizendo: "Merda".
No jardim, Steve pressionava o nariz com um guardanapo de papel enquanto inspirava e sorria.
– O que foi, Richard?
– Cara, você não devia ter comido sua namorada na cama dos pais dele – disse Richard.

– Como é que eu ia saber que era a porra da cama dos pais dele? Ele é TÃO BABACA!

Steve chutou um vaso de flores. O vaso quebrou-se em pedacinhos, com um baque surdo.

Barry apareceu na porta.

– Que merda você fez?

– Vai se foder! – disse Steve.

– Saia da minha casa, seu babaca careca – disse Barry.

Steve pegou outro vaso e o jogou no para-brisa do carro de Barry.

Não se sacaneava o cabelo de Stephen O'Brien.

De alguma forma, Richard Culhane acalmou a situação. Geralmente ele conseguia fazer isso. Ele sempre era a voz da razão, a voz moderada. Ele convenceu Stephen a pagar a substituição do para-brisa. Ele o convenceu a pedir desculpas por ter trepado na cama dos pais de Barry. Convenceu Barry a deixar Steve e Clodagh ficarem na festa, já que eles não tinham para onde ir. Convenceu Barry a desculpar-se com Clodagh por chamá-la de puta.

–Você é um herói – disse Clodagh a Richard. – Sério.

Para Barry, ela disse:

– Desculpa por causar esse D-R-A-M-A na sua festa.

Ela soletrou: D-R-A-M-A.

Tum.

Tum.

Tum.

PARTE DOIS
LA BELLE ÉPOQUE

23

TODOS FOMOS AO FUNERAL DE CONOR. Como foi necessária uma autópsia, o enterro só ocorreu duas semanas após a noite de sua morte. O tempo estava impressionante: céu azul e uma luz do sol de brilho meio acinzentado. Os enlutados suando em suas roupas escuras. O funeral foi um acontecimento para a mídia, apesar de Eileen e Brendan Harris terem feito de tudo para isso não acontecer. Também foi um funeral do rúgbi: a Igreja do Sagrado Coração, em Donnybrook, estava lotada com os times da Senior Cup de cinco escolas de Dublin, junto com seus amigos, famílias, namoradas e ex-técnicos. Alguns jogadores da seleção da Irlanda estavam lá. Os professores de Conor na Brookfield estavam sentados nos bancos da frente. Havia amigos do golfe de Brendan Harris e mulheres da oficina de costura que Eileen Harris frequentava às quintas. Os funcionários dos quatro restaurantes de propriedade dos Harris estavam lá. Maurice O'Brien e sua esposa, e o pai de Barry, Gerard Fox, estavam lá. Peter e Katherine Culhane estavam sentados em algum lugar no meio. Havia rumores de que Gerald Clinch, advogado de Peter Culhane, estivera no funeral de Conor, mas não o vi naquele dia, só que eu também não sabia como ele era naquela época, antes de sua foto ter aparecido nos jornais.

Laura Haines estava lá, sentada perto do fundo com seus pais, usando óculos escuros para esconder o inchaço dos olhos.

As cores da Brookfield estavam bastante presentes. O caixão de Conor foi coberto com uma camisa da Brookfield enquanto passava pela nave lateral ao fim da cerimônia. Eileen não queria isso, mas Brendan dissera:

– Isso fazia parte do que ele era. E as pessoas esperam isso.

– Não estamos fazendo isso para os outros – disse Eileen.

– Estamos sim – disse Brendan.

Esta observação era muito significativa. Ele queria dizer que o funeral de Conor não seria apenas uma oportunidade de vivenciar o luto. Seria também uma oportunidade para os Harris demonstrarem toda a sua raiva, o quanto estavam comprometidos em justiçar o filho assassinado.

Também significava que, para ele, os funerais sempre pareceram um martírio público desnecessário. Ele queria chorar a morte do filho em particular. Mas o mundo não lhe permitiria isso.

– Ele foi assassinado, Eileen – insistia Brendan. – Não me importa o que os outros digam. Ele foi assassinado.

Cada vez que dizia isso, a raiva de Brendan parecia ganhar um novo ímpeto.

Ele aprendera que se não formos realmente fortes, muitas vezes a raiva já é o suficiente.

Na noite anterior ao funeral, Brendan tinha retirado a lixeira de recicláveis e colocado na calçada. Ele queria manter-se ocupado. Queria mergulhar no ambiente doméstico, na casa. De pé na entrada da garagem, ele olhava para as casas vizinhas, para os carros brilhantes parados. Via as luzinhas vermelhas dos alarmes piscando nos painéis de jipes e utilitários.

Segurança, pensou ele. *Nós a perdemos agora. Não estamos mais seguros.*

Pediram que repórteres de jornais e equipes de TV ficassem fora da igreja, mas, durante a missa, houve flashes ocasionais. Eu esperava que aquele dia tivesse um ar de celebração, talvez um sentido de novidade, mas o escrutínio de tantos estranhos, a intromissão de tanta gente no que deveria ser uma cerimônia íntima pareciam tornar todos mais sérios e solitários. Foi um acontecimento pesado: o ar abafado estava carregado e as pessoas caminhavam com passos tensos ao chegar à igreja.

O funeral apareceu no noticiário das seis, como parte da cobertura da investigação da morte de Conor. A imagem de seu caixão sendo carregado e retirado da igreja por seis pálidos e barbeados universitários de cabeça e olhos baixos era de uma solenidade estilizada. Seus rostos pareciam dizer: *Ele era um dos nossos. Nós tomamos conta dos nossos até na morte.* Muitos acharam esta a parte mais difícil do dia. A imagem seria exibida na TV todas as tardes naquela semana.

Nessa fase, a polícia trabalhava com a hipótese de que uma rivalidade entre escolas de rúgbi teria motivado a briga que matou Conor. A igreja, transbordando de gente, estava abafada. Os Harris estavam sentados no primeiro banco. Logo atrás estavam os outros parentes: irmãos e primos, sobrinhos e sobrinhas, tias e tios. Logo atrás dos parentes, os colegas de classe do último ano de Conor na Brookfield, vestindo ternos escuros e lenços vermelhos e brancos, respeitosamente engravatados. Os rapazes pareciam artificialmente austeros, sentados em fileiras silenciosas nos bancos de madeira. Acho que era uma espécie de reunião de turma desagradável para eles, mas haviam crescido o suficiente para saber da necessidade de deixar de lado sua frivolidade em horas de crise como aquela.

Richard Culhane estava sentado na primeira fileira dos alunos da Brookfield, em silêncio.

Eileen e Brendan Harris mal tinham consciência da dimensão do funeral de Conor. Para eles, as duas semanas entre a descoberta do crime e a manhã de setembro em que finalmente puderam enterrá-lo pareciam ter se passado em uma torpe atmosfera de irrealidade invasiva. Eles haviam aparecido brevemente na televisão e conversado exaustivamente com os policiais sobre a última vez em que falaram com Conor (pelo celular dele, alguns minutos antes de o rapaz entrar no Harry's Niteclub, quando parecia completamente normal, insistiram seus pais, completamente calmo). Eles tiveram uma conversa particular com o padre da paróquia. Iam e vinham entre sua casa em Donnybrook e o St. Vincent's Hospital, esperando ouvir que o corpo de Conor seria liberado. O legista estivera em Limerick, participando de uma necropsia numa vítima de tiroteio entre gangues e só conseguira voltar a Dublin quatro dias após a morte de Conor. Mesmo quando ele chegou e começou a examinar o corpo do garoto, ficou claro que sua investigação levaria um longo tempo. Conor havia apanhado demais, dissera ele à polícia, confidencialmente (mais tarde isso vazou para a imprensa). Levaria algum tempo para descobrir a causa da morte.

– Isso não pode estar acontecendo – dizia Eileen Harris. – Isso não pode estar acontecendo.

Lembro que todos diziam esperar que Eileen Harris ficasse arrasada após a morte de Conor. Continuavam dizendo isso durante as prisões e o julgamento. Mas mesmo que estivesse superficialmente nervosa, ela estava com tanta raiva quanto o marido e isso parecia dar-lhe forças para continuar.

A espera pelo laudo do legista deixara os Harris com raiva. Mas, é claro, isso era apenas o começo.

O legista acabou entregando laudo na manhã do funeral de Conor. Esta foi a principal notícia no jornal das seis, que tratou o funeral em si como um apêndice.

O que tornou o funeral ainda pior é que ninguém tinha ainda maiores informações sobre a morte de Conor.

Brendan e Eileen Harris sentaram-se na frente da igreja sem seu filho. Lembro-me de achar estranho que, em vez de estar sentado entre seus pais, Conor estivesse deitado em um caixão de madeira coberto com a camisa da Brookfield, alguns metros à frente deles.

Olhei para os Harris. Nunca vira antes duas pessoas tão feridas, tão profundamente diceradas.

Eles ainda não haviam arrumado o quarto de Conor. Eles sequer conseguiram entrar lá. O quarto de Conor, onde ele guardava seu material de rúgbi da Brookfield e uma surpreendentemente inócua coleção de pornografia (só peitos e bundas, alguns vídeos lésbicos, uma foto de uma boceta aberta), e onde guardava a flor vermelha de plástico que pegara do cabelo de Laura Haines, no dia do final do campeonato em 2003.

O serviço começou.

O padre (qual era o nome dele mesmo?, apesar de eu estar na igreja naquele dia, acho que não consigo lembrar) começou dizendo como era terrível a perda que a família de Conor havia sofrido. Ele disse que esta perda era profundamente sentida pelos amigos da escola e da faculdade de Conor, por seus professores e colegas de equipe.

Ele condenou a cultura de farra e bebedeira da Irlanda, que ele acreditava ser a responsável pela morte de Conor.
– Os jovens fazem pouco caso da vida. Bem, a vida não é para ser menosprezada e agora estamos encarando essa terrível verdade.
Ele disse que a morte de Conor era uma grande perda para o rúgbi.
Quando o padre finalmente acabou de falar, o tio de Conor – irmão de Eileen – foi ao púlpito e leu um poema de A.E. Housman, "A um jovem atleta morto", do qual só consigo lembrar uma estrofe agora:

Os olhos que a noite sombria fechou
Não podem ver o recorde que se quebrou,
E o silêncio não soa melhor que os aplausos,
Depois que a terra os ouvidos cobriu.

Há outros versos, que encontrei no meu exemplar de *A Shropshire Lad* e que acho que eu deveria ter notado no dia do funeral, deveria ter prestado atenção e lembrado.

Agora não mais inflamarás a multidão
De rapazes que desgastaram a própria honra,
Corredores de fama ultrapassada,
E cujos nomes morreram antes do homem.

Agora penso bastante nesses versos. Naquele dia na igreja, muito poucos de nós estavam com cabeça para poesia. Muito poucos de nós estavam com cabeça para qualquer coisa.
Naomi Frears – onde ela estivera o tempo todo? – leu uma passagem do Evangelho.
O coro cantou "In Paradisum" do *Requiem* de Faure.
Então Brendan Harris levantou-se para falar do filho.
– Meu filho foi assassinado – disse ele. – Apanhou até a morte, a sangue-frio, de vândalos quando deveria estar voltando seguro para casa. Minha esposa e eu queremos justiça. Queremos ver os responsáveis por esse crime hediondo serem punidos. Queremos a volta ao

equilíbrio. Agradecemos a solidariedade e compreensão demonstradas por tantos nas duas últimas semanas. Obrigado a todos que nos ajudaram... – Ele parou, e achei que fosse chorar, mas sua raiva parecia ficar cada vez mais forte – ... neste momento difícil. – Seus olhos brilhavam e os punhos estavam cerrados. Ele não soava como um homem agradecendo aos presentes por sua solidariedade. Parecia um juiz dando uma sentença de morte.

Se eu soubesse na época o que todos sabemos agora, eu teria me virado a fim de olhar para Richard Culhane quando Brendan disse essas palavras. Mas, como quase todo mundo naquela igreja abafada, eu não sabia de nada. Eu era, forçosamente, tão ignorante quanto os outros.

Lembro de me perguntar, durante a cerimônia, se Conor e Laura tinham transado. Eu sabia que ele dormira com Naomi Frears. Eles tiveram uma transa para fazer as pazes depois do incidente na formatura da Brookfield. Mas, com Laura, nunca se sabe. Quando estávamos no sexto ano, alguém espalhou o boato de que Laura Haines era tão apegada a sua virgindade que só fazia sexo anal, guardando o cabaço para o homem com quem fosse se casar. Esse era o tipo de boato destrutivo espalhado pelas garotas do universo de Laura. Ninguém que eu conhecesse levou isso a sério. Está certo que Laura era bem seletiva em relação aos caras com quem dormia. Mas isso não deveria ser admirado? Não deveríamos dizer a ela que estava fazendo algo bom, que a continência sexual é uma das mais verdadeiras, mais dolorosas virtudes que tínhamos perdido?

No entanto, eu tinha certeza de que Conor tinha transado com ela. Você não se apaixona tanto por alguém que não esteja comendo.

Quando Brendan Harris acabou de falar e voltou em meio a um silêncio absoluto para seu lugar ao lado da esposa, o padre levantou-se e começou a missa.

– Tomai e comei – disse ele. – Este é o meu corpo, que será entregue por vós.

Tum. Tum. Tum.

A gente deu uma lição nesse veadinho.

Entre as pessoas que comungaram estavam Richard Culhane e Barry Fox. Eles foram até o pé do altar com o resto do antigo time da Senior Cup.

Surpreendentemente, ou talvez não, Stephen O'Brien permaneceu sentado durante a missa. Ele sentou-se atrás, entre os garotos da Merrion Park. Ele também usava óculos escuros. Ele não os tirou durante o serviço.

Quando a missa acabou, Pat Kilroy levantou-se para falar.

Pat Kilroy era o diretor da Brookfield College. Ele fora o treinador do time da Senior Cup durante quase dez anos. Ele os treinara na vitória sobre a St. Michael's em 2002. Ele conhecia Conor Harris, Richard Culhane e Barry Fox como se fossem seus filhos.

Pat Kilroy perguntara aos Harris se ele poderia falar no funeral de Conor. Eileen disse não. Brendan disse sim.

Pat Kilroy ("Sr. Kilroy" para gerações de alunos comuns da Brookfield, "Pat" para os pais e os garotos do time da Senior Cup) ficou no púlpito e olhou para a congregação com os cantos da boca caídos, como uma máscara de palhaço. Ele usava um terno preto e uma gravata com as cores da Brookfield. Estava perdendo cabelo acima da testa, formando entradas triangulares. Era um cinquentão da região de Clare e tinha a postura despreocupada do professor que está acostumado a ser obedecido: desengonçado e à vontade, as mãos confiantes.

O sr. Kilroy era uma autoridade relaxada, diziam. Na maior parte do tempo ele era genial e orgulhoso, duas qualidades merecedoras de respeito e admiração, na opinião dos garotos. "Mas não queira deixá-lo puto", disse certa vez Barry Fox. "Você não vai querer tê-lo como inimigo."

Pat Kilroy estava de pé no púlpito resplandecente. As pessoas tossiam e sussurravam.

– Todos ficamos – começou ele – profundamente tristes quando soubemos da morte de Conor. – Ele limpou a garganta. – Tristes por seus pais, em primeiro lugar. Mas tristes por nós também. Tristes, pois reconhecíamos que a Brookfield, e por extensão o país, havia perdido um de seus grandes jogadores. Não um grande jogador em potencial. Mas um craque já pronto, apesar de sua juventude e falta de experiência profissional. Conor não era um desses meninos que vão jogar pela universidade quando chega a hora de nos deixar. Mas acho que todos esperávamos que ele voltasse a jogar em algum momento, para reviver as glórias passadas e conquistar novas.

Ele limpou a garganta novamente. Inclinou-se sobre o púlpito com uma empolgação peremptória, mas sua voz saiu úmida, com catarro preso.

– Como todos vocês sabem – disse ele –, o rúgbi é grande parte do nosso estilo de vida na Brookfield. E enquanto Conor permaneceu na escola, acho que eu não conheci alguém que levasse esse estilo de vida no coração tanto como Conor Harris.

Lembro de pensar, "e Richard Culhane?", e sei que metade das pessoas à minha volta pensaram o mesmo.

– Em sua dedicação – disse Pat Kilroy –, em seu espírito esportivo, sua educação dentro e fora de campo, sua força de vontade e comprometimento, Conor Harris era um exemplo para todos nós.

Eu ainda estava pensando em Richard Culhane. O que eu pensei foi o seguinte: "O que você está dizendo valeria também se fosse Richard quem tivesse morrido."

No julgamento fora estabelecido – legal e oficialmente – que Richard havia participado da briga de Blackrock apenas no fim, quando deu o chute final na cabeça de Conor. Em particular, as pessoas haviam me garantido que não fora assim. Quando a briga começou, Richard estava distribuindo socos como todos os outros. Ele estava lá no começo da briga e lá ficou, batendo indiscriminadamente, até o fim.

É claro que, de certa forma, *foi* Richard quem morreu. Só que ainda não sabíamos disso.

Mas ele morreu. Assim como Pat Kilroy.

Quando o funeral acabou, todos deram pêsames aos Harris e saíram, ficando nos degraus da igreja. Fazia um verão indiano nas ruas. Havia um cheiro de sal na brisa marinha.

– Que dia lindo – alguém disse.

Fiquei perto da porta da igreja vendo as pessoas conversarem. Atrás da multidão, além dos portões externos da igreja, as equipes de TV apontavam suas máquinas-carapaça. Eu ainda estava pensando no que Pat Kilroy dissera no fim da cerimônia. Sua descrição da dedicação e espírito esportivo de Conor era tão incongruente com minhas próprias lembranças da intensidade e disposição para a briga que eram características determinantes do jogo de Conor que me senti inquieto. Queria que as pessoas soubessem a verdade sobre aquele rapaz. Por um instante, considerei contar às pessoas, uma de cada vez, corrigindo o registro. Mas era impossível. Eu poderia apenas ficar ali enquanto o caixão era retirado da igreja para o sepultamento. Mas lembro-me de ser assombrado depois pela força da minha reação às palavras de Pat Kilroy.

Como se pode ver, antes mesmo do funeral, Pat Kilroy já sabia o que acontecera em frente ao Harry's na última noite de férias daquele verão definitivo.

Pat Kilroy sabia quem havia matado Conor Harris. Ele soube ao olhar para a multidão do alto do púlpito. Ele poderia ter apontado de seu poleiro de madeira para os garotos que suavam ali dentro.

Do lado de fora da igreja, Brendan Harris ficou sozinho com a cabeça baixa. Vi Peter Culhane ir até ele e apertar sua mão. Eles assentiram juntos por um instante. Então Eileen Harris chamou seu marido de volta.

O caixão passava lentamente pela multidão. O sol estava bem no meio do céu e as folhas das faias balançavam com a brisa leve. Rapazes bronzeados, de volta de suas férias em Portugal, Marbella e Maiorca, balançavam a cabeça e confortavam suas também bronzeadas namoradas.

O caixão foi retirado da igreja por seis ex-alunos da Brookfield, ex-colegas de equipe de Conor.

Um deles era Richard Culhane.

Ele se oferecera para carregá-lo.

24

Tanto Richard Culhane quanto Barry Fox ganharam bolsas para jogar rúgbi na University College de Dublin, mesmo antes dos resultados das provas. Em outras palavras, suas vagas na universidade estavam garantidas. Tudo o que tinham a fazer era somar pontos suficientes nas provas finais – algo que nenhum garoto da Brookfield jamais deixara de conseguir. Conor Harris também recebera a proposta de uma bolsa por seu desempenho no rúgbi. Todos os anos, a UCD se oferece para arcar com as mensalidades de meia dúzia de alunos de escolas particulares, geralmente garotos que tivessem um desempenho excepcional durante a Senior Cup. Em troca, os garotos jogavam no time da UCD. O time da UCD sempre está entre os melhores da liga de Dublin. Funciona como um dos celeiros de jogadores para a seleção irlandesa.

Richard Culhane recusou a bolsa.

– Há outras pessoas que precisam mais do dinheiro do que eu – disse ele. – Eu vou jogar no time, mas não preciso da bolsa.

Peter Culhane ficou muito orgulhoso com a decisão do filho.

– Ah, ele é um rapaz generoso – disse Peter. – Nós o criamos bem.

Conor Harris e Barry Fox aceitaram suas bolsas de estudos. Ambos, como se provou depois, conseguiram excelentes resultados nos exames. Mas eles eram alunos da Brookfield. O sucesso já era de se esperar.

Os rapazes que recebiam bolsas por serem atletas eram estimulados a fazer um curso que parecesse relevante à carreira esportiva – fisioterapia, administração esportiva, educação física. Mas os garotos da Brookfield sempre acabavam fazendo administração de empresas.

A UCD ocupa um enorme campus ao sul da cidade, entre Donnybrook e Clonskeagh. A maior parte do campus foi construída no início dos anos 1970 e sua arquitetura é uniformemente sombria e angulosa. A Quinn School, onde os garotos estudavam, era uma exceção. Foi construída no início do século XXI e possui uma área para uso de laptops, uma sala de descanso, um café e um átrio. Possui rede *wi-fi*. Espera-se que todos os alunos comprem seu próprio laptop e o levem para as aulas.

Laura estava matriculada em enfermagem na UCD. Ninguém esperava que ela seguisse uma carreira de enfermeira. Ela estava percorrendo o caminho mais longo rumo à faculdade de medicina já que, ao contrário do que se esperava, suas notas nas provas haviam sido relativamente ruins.

Treinar no time de rúgbi da UCD era uma experiência extenuante, mas os rapazes estavam acostumados. Eles haviam treinado depois das aulas todos os dias, durante três anos, fazendo flexões e abdominais no velho campo da escola enquanto Pat Kilroy gritava com eles e soprava seu apito.

Ainda assim, Richard Culhane era mais dedicado que a maioria, mesmo na faculdade, mesmo quando sua vida social passava pela confortável expansão que aguarda todo garoto de escola particular que carrega junto sua classe quando entra na universidade. Ele treinava durante a semana à noite nos campos iluminados por holofotes e quando não havia treinos coletivos marcados. Ele dava vinte voltas na pista de atletismo mesmo sob chuva. Eu o via quando eu estava indo para o ponto de ônibus. Ele sempre estava completamente absorto, como se não conhecesse outro mundo, como se as respostas a todas as perguntas pudessem ser encontradas no final da pista em que ele diligentemente corria.

25

EM UM CERTO VERÃO, quando Conor tinha dois anos, Brendan Harris construiu um muro entre seu jardim e o do vizinho. Ele fez o trabalho sozinho, porque não queria pagar operários.

Conor cavava a trincheira cada vez mais funda com uma pá de plástico e gritava, "Tô ajudando papai na *constução*, papai fazendo a *constução*!" Ele observava o pai trabalhar em um silêncio neutro, parando para beber um copo d'água que Eileen trazia da cozinha. Brendan parecia exalar um poder estranho e primitivo enquanto ficava ali, com a cabeça inclinada para trás, seu pomo-de-adão trabalhando enquanto ele engolia a água. Mas naquela época, Conor aceitava o poder e o mistério de Brendan sem questionar. É tão fácil amar o pai quando se é pequeno. Quando se é muito jovem, talvez nossos pais pareçam assim:

Como uma construção do amor que há em nós.
Um dia ainda pego esse filho da puta.
Tum.
Isso não pode estar acontecendo. Isso não pode estar acontecendo.
Tum.
A gente deu uma lição nesse veadinho.
Tum.

•

26

Conor Harris e Laura Haines formalizaram o relacionamento numa festa desanimada de sexta-feira à noite na casa de Fergal Morrison em Milltown, menos de uma semana depois de terem se cruzado em Donnybrook, no dia da final da Senior Cup. Eles estavam sentados no canto de um salão gigantesco onde o pai de Fergal colocara a mesa de sinuca. Fergal estava tentando ensinar sua namorada de então, Caoimhe Murphy, a jogar sinuca e algumas pessoas estavam em volta de um pequeno bar perto da porta da cozinha. Conor e Laura sentaram-se numa larga cadeira de vime a um canto e ficaram conversando e se beijando.

– Então – disse Conor, em um momento apropriado da conversa.
– Você agora é minha namorada?
Eles escutavam as bolas batendo na mesa de sinuca.
Laura deu uma risadinha.
– Acho que sou.
E assim ficou decidido.

Acho que naquela hora, Conor Harris percebeu o quanto estava obcecado por Laura Haines. Estava obcecado pelo corpo dela em particular. Mais tarde, naquela noite, no quarto de hóspedes da casa de Fergal Morrison, eles se viram nus pela primeira vez. Mas não fizeram sexo, não direto. Laura disse que seria melhor esperarem um mês para transarem. Quando os garotos da Brookfield perguntavam a Conor se já havia comido Laura, ele apenas sorria e não dizia nada.

As pessoas tinham inveja de Conor Harris e Laura Haines, mas ninguém conseguia descrevê-los como um casal perfeito. Enquanto se relacionaram, Conor parecia afoito demais e Laura distante demais. Eles não eram o casal perfeito, como mais tarde as pessoas descreveriam Laura e Richard Culhane.

Quando se via Conor e Laura juntos, percebia-se uma tensão na atenção que dispensavam um ao outro. Conor estava sempre se aproximando para ouvir tudo o que Laura dissesse. Achavam que ele fazia isso para que ninguém mais ouvisse o que ela dizia. As pessoas achavam que Conor queria Laura só para ele, que ele fosse o único alvo dos sentimentos que ela expressava.

Durante um tempo, eles foram o tipo de casal que passa a noite inteira se beijando num canto.

Mas não era uma característica deles isolar-se tanto. Eles voltaram ao convívio social em menos de um mês. Perto do Natal de 2003, haviam parado de transmitir aquela aura de espaço sagrado que não permite que outras pessoas falem com um casal numa boate.

Nessa época, eles estavam dormindo juntos regularmente. A casa de Laura geralmente ficava vazia durante o dia. E havia festas e viagens de fim de semana. Laura tomava pílula, mas eles sempre usavam camisinha. Apesar disso, em fevereiro de 2004, eles tomaram um susto com uma possível gravidez.

A menstruação de Laura estava três semanas atrasada. Ela disse a Conor para não se preocupar com aquilo.

– Como eu posso *não* me preocupar com isso? – perguntou Conor.

– Tá tudo bem – disse Laura. – Essas coisas acontecem. Vou ficar menstruada e vai ficar tudo bem.

– E se não ficar? – insistiu Conor.

Eles estavam almoçando no café da Quinn School. Laura vestia uma calça cor-de-rosa e uma camiseta Ralp Lauren branca com a gola virada para cima. Eles discutiam o tempo todo. Conor se pegou olhando para os seios de Laura sob a camiseta branca.

– *Por que* está tão *preocupado*? – sussurrou Laura.

– Porque eu sou novo demais pra ser pai, sabe, querida? Não estou a fim de estragar minha vida.

– Não seria a *sua* vida – disse Laura. – Só pare de se *preocupar*.

– O que você vai fazer? Tipo, se fosse tê-lo?

– Eu *não* "vou tê-lo", Conor.

– Mas o que faria se estivesse grávida?

– Você está me deixando louca, Conor Harris. Pare com isso.
– Você iria abortar ou não?
O rosto de Laura estava tenso. Ela colocou sua xícara de café de volta no pires e colocou o pires na bandeja. Ela se levantou e afastou-se da mesa.
– Onde você vai, porra? – disse Conor. Ele olhou em volta para ver se alguém havia testemunhado a saída de Laura.
Richard Culhane estava sentado perto da janela.
Conor foi atrás de Laura.
Até o fim da semana – quando Laura ficou menstruada – as coisas ficaram mal entre eles. Conor dizia ver bebês em todos os lugares. Quando foram ao cinema em Dundrum, o filme fora precedido pela propaganda de um centro de apoio a jovens grávidas. Eles estavam de mãos dadas, mas quando viram o anúncio, repentinamente soltaram as mãos e sentaram-se mais distantes. Quando Laura disse-lhe que havia ficado menstruada, Conor colou seu rosto ao dela num espontâneo gesto de alívio. Desde então, quando faziam sexo, eram ainda mais cuidadosos.

Um dia, eles foram almoçar no Dundrum Town Centre. Laura disse que precisava comprar algumas roupas. Conor ficou na cola dela enquanto Laura se arrastava pelas lojas.

Na BT2, ela viu um casaco de moletom de que havia gostado. Era preto e salpicado de estrelas prateadas.

Conor disse:
– Vou comprar pra você.
– Não – disse Laura. – Você está duro.
O casaco custava 250 euros.
Conor perguntou:
– Você quer?
– Tudo bem – disse Laura. Ela experimentou o casaco. – Tem esse bolso na frente – reclamou ela. – Fica parecendo que estou grávida.
– Deus me livre – disse Conor.
– O que isso quer dizer?
– Nada.

– Tá na cara que isso quer dizer alguma coisa, Conor.

– Quero dizer, Deus te livre de que alguma coisa faça você parecer grávida. Aí você poderia, sem querer, parecer uma pessoa normal.

Eles haviam brigado por causa do peso de Laura. Conor nunca superou a misteriosa hostilidade da namorada quando caíam nesse assunto. Ele estava entediado com as compras infinitas da garota e com a forma como ela vigiava a própria aparência.

– Tudo bem – disse Laura. – Só por isso não vou comprar.

– Mas você fica bonita com ele. Veste bem.

Mas Laura recusou-se a comprar o moletom.

Não quero dar a impressão de que eles passavam o tempo todo brigando. Ou de que não se divertissem juntos. Eles faziam coisas normais de namorados. Faziam compras no Powerscourt Townhouse Centre. Iam a partidas de rúgbi juntos. Sentavam no Stephen's Green em dias de sol. Caminhavam na praia em Sandymount. Jantavam em restaurantes indianos. Iam ao cinema.

Eles ficariam juntos até abril de 2004, quando, aparentemente sem motivo, Laura foi tomar um café com Conor no Arts Café da UCD e disse ao rapaz que não podia mais namorá-lo.

Só mais de um mês depois ela começou a sair com Richard Culhane.

Todos disseram ter ficado surpresos por ter durado tanto.

Por que Laura rompeu com Conor?

Continuo repetindo a mesma pergunta, mas já não espero uma resposta. A pergunta que me faço toma diversas formas, mas sempre começa da mesma maneira: *Por quê?*

Por quê?

Por quê?

Por quê?

Por que Laura terminou com Conor? Ele achava que tinha alguma coisa a ver com o fato de ele ter perguntado se ela abortaria se ficasse grávida. Achou que tivesse algo a ver com sua obsessão, com o fato de que, nas palavras de Laura, "ele ficava olhando para os peitos dela o tempo todo".

Não acho que qualquer dessas hipóteses seja totalmente satisfatória.

Acho que tem a ver com o fato de que Laura estava, e sempre esteve, apaixonada por Richard Culhane.

Então, por que Laura namorou Conor? Richard estava sozinho na época da final da Senior Cup de 2003. Nada impedia Laura de sair com ele. Então, por que ela escolheu Conor?

Por quê?

Conor ficou muito mal com o fim da relação. Ele foi direto para o bar da faculdade e começou um porre que durou dois dias inteiros. Naquela primeira tarde ele fumou dois maços inteiros de cigarros e começou a passar mal. Depois de sete ou oito horas entornando cerveja e destilados – sete ou oito horas durante as quais ele sentiu o peito apertar e sua respiração tornar-se dolorosa –, ele foi procurar Laura na biblioteca, de onde pediram para que ele se retirasse pois estava fazendo muito barulho. Ele ligou para Fergal Morrison e disse: "Cara, a Laura terminou comigo. Preciso de um ombro amigo."

Fergal encontrou-se com Conor e eles foram ao Russell's, em Ranelagh. Tempos depois, Fergal testemunharia que Conor tentou começar uma briga do lado de fora com um aluno da Trinity que pedira fogo para acender um cigarro. Ninguém mais que estava lá – Dave Whelehan, Caoimhe Murphy, alguns garotos da Brookfield – lembra-se disso. Fergal pode ou não ter inventado isso para ajudar na defesa de Richard Culhane. Prefiro acreditar que isso de fato aconteceu. É o tipo de coisa que Conor faria na noite em que sua namorada lhe deu o fora.

Laura me disse que Conor tentara ligar para ela sete ou oito vezes naquela noite. Ela se recusou a atender o telefone. "Acho que ele devia ter mais autoestima", disse ela. Ela disse que sentia muito por ele, mas não havia nada que pudesse fazer. "Ele tem que superar isso, como qualquer um."

Laura dizia que uma das coisas de que menos gostava em Conor era sua agressividade. "Mas suponho que você tem que aceitar isso, se está saindo com um jogador de rúgbi", disse ela, com um ligeiro vestígio de orgulho.

Em janeiro de 2004, Conor partiu para defender a honra de Laura quando um garoto de Blackrock começou a perturbá-la numa boate em Rathmines. Ninguém bateu em ninguém, mas Laura disse que o clima ficou "bem pesado". Ela sorria falando disso, mas não sei se tinha consciência deste sorriso, ou do jeito que brincava com o cabelo ao contar a história.

Acho que a verdade é que a violência excitava Laura. Acho que ela gostava da noção de poder e ameaça que pessoas como Conor Harris e Richard Culhane eram capazes de passar. Ela gostava de homens que a fizessem sentir-se frágil fisicamente. Gostava de homens que a protegessem.

Provavelmente – embora eu não tenha como prová-lo – Laura traiu Conor pelo menos uma vez. Se você lançasse esta hipótese a qualquer amiga de Laura na época, ninguém se surpreenderia. Elas nem teriam perguntado com quem você achava que Laura estava dando suas escapadas.

Essa parte era óbvia.

Quando acabou a bebedeira, Conor foi para casa em Donnybrook. Ele chegou na hora do jantar, bem na hora em que Eileen estava servindo chilli com carne e arroz, mas ele disse que não estava com fome e subiu para o quarto. Ele deitou-se de bruços na cama e fez algo que só contaria a uma pessoa: chorou até dormir.

Nunca duvidei de que Conor Harris estivesse apaixonado por Laura Haines, assim como nunca duvidei de que Richard Culhane também estivesse apaixonado por ela; assim como nunca duvidei de que Laura só amasse Richard e de que ela ainda o ama, mesmo agora que ele foi embora para Inishfall e ela está aqui, com o resto de nós, sozinha.

27

A TERCEIRA COISA QUE DIFERENCIAVA os garotos de qualquer outro grupo de jovens ricos era o fato de serem filhos dos homens que controlavam o país.

Os garotos da Brookfield tornavam-se altos funcionários do governo, investidores, advogados, médicos, ministros, juízes, analistas financeiros, donos de construtoras, empresários. Quando tinham filhos, mandavam-nos para a Brookfield.

Blaise Pascal (1623-1662) dizia que a monarquia hereditária era o melhor sistema de governo, pois evitava a necessidade de conflito. Se você disser, "Deixe o mais sábio governar!", haveria uma sangrenta guerra civil para se decidir quem é o mais sábio. Se disser, "Deixe o filho do rei governar!", todos apontarão o filho do rei e dirão: "Ele é nosso rei!"

Semper et Ubique Fidelis.

28

Eu nunca fui a Inishfall, mas Conor Harris já. Ele esteve lá no verão em que completou onze anos.

Richard Culhane e Conor Harris foram da mesma turma na escola primária. Isso foi mencionado na cobertura da mídia sobre o caso, mas nenhum jornalista, até onde posso dizer, tentou desvendar o seu significado.

Isso significava que Richard Culhane e o rapaz que ele matou eram amigos de infância.

Sua amizade fortaleceu-se quando os dois estavam na quinta série primária, na Mary Immaculate Primary School for Boys. A Mary Immaculate ocupa um terreno particular perto de Stillorgan. Foi construída no início dos anos 1980 e inaugurada pelo presidente da República na época, Paddy Hilary. Ainda é a mais cara das escolas primárias de Dublin, e naturalmente os Harris e os Culhane queriam ver seus filhos estudando lá. Poucos dias depois de Peter Culhane matricular seu filho ainda não nascido na Brookfield, matriculou-o na Mary Immaculate. Os Harris matricularam Conor quando ele tinha cinco meses.

Quanto mais eu penso na vida que Richard e Conor levaram, mais me parece que seus destinos estavam além do que podiam controlar. Parece que eles nunca pensaram nisso. Eles aceitaram suas vidas sem um pio: as escolas particulares, os amigos capazes e vigorosos, as belas casas.

Quando se é criança, a escola mais parece coisa do destino do que uma experiência. Para Conor e Richard (e todos os outros desta história), creio que este sentimento ultrapassava em muito a escola. Acho que se estendia a toda sua vida adulta – ou teria se estendido, fossem outras as circunstâncias.

Se Conor tivesse sobrevivido, por exemplo.

Então, Richard e Conor chegaram à Mary Immaculate no mesmo ano. Eles tiveram os mesmos professores e fizeram os mesmos deveres de casa. Eles só se tornaram amigos no final do verão após a quarta série. Eles se sentaram lado a lado numa tarde e riram juntos. Naquele mês, ambos haviam se tornado coroinhas na igreja local. Isso significava que sua amizade mantivera-se em alta quando o ano letivo terminou. Eles jogavam futebol juntos e andavam de bicicleta e subiam em árvores e faziam todas as outras coisas que meninos fazem nas férias de verão. Conor era figurinha fácil na casa dos Culhane em Sandycove. Richard ia à casa de Conor com menos frequência. As amizades de escola costumam ter um desequilíbrio de hospitalidade. Os meninos nem ligavam para isso, apesar de Eileen Harris se preocupar bastante, achando que sua família fazia muito pouco por Richard.

Conor e Richard tornaram-se melhores amigos, do jeito natural típico dos meninos. Em outras palavras, eles não pensavam ou falavam um com o outro a não ser quando estavam juntos.

– O que você acha de ligar para o Richard? – sugeria Brendan Harris ao ver Conor zanzando pela casa numa tarde de domingo.

– Ah, é – diria Conor, como se aquilo nunca tivesse passado pela sua cabeça.

Quando as férias de verão chegaram, Richard disse a Conor que ia passar seis semanas em Inishfall. No fim – depois de feitos os telefonemas normais, a negociação normal com Brendan e Eileen Harris – ficou combinado que Conor poderia passar duas semanas de suas férias no casarão branco que pertencia à avó de Richard.

Os Culhane viajaram para lá no início de junho. Uma semana depois, Brendan Harris levou Conor à estação de trem.

– Você tem certeza de que vai ficar bem? – perguntou ele.

– Papai, eu vou ficar *bem* – disse Conor.

– Você sabe que pode pedir ajuda aos guardas se precisar.

– Estou feliz com isso – disse Conor. – Não tenho muitas oportunidades de ficar sozinho.

Isso foi algo que Conor ouvira sua mãe dizer uma semana antes, ao se preparar para uma viagem de trem até o norte, para visitar sua irmã.

Peter e Richard Culhane buscaram Conor na estação de Tralee e o levaram de carro a Inishfall.

A ilha fica a meio quilômetro da costa oeste do país. Uma barca faz a travessia sem horário regular, apesar de a cidadezinha de Inishfall também se ligar ao continente por uma ponte de concreto construída recentemente. Durante certas baixas da maré, é possível caminhar até a ilha. Nos dois lados da ponte, enquanto Peter Culhane dirigia, estendia-se uma faixa de quase dois quilômetros de areia cor de bronze, que refletia a luz do sol.

– Maré alta – disse Richard, com conhecimento de causa. – Nós poderemos caçar caranguejos nas piscinas que se formam na pedra lá perto da casa.

– O que é uma maré alta? – perguntou Conor.

– A gente estudou isso em geografia – disse Richard. – É quando, quatro vezes por ano, a maré sobe muito.

– Ah, é – disse Conor.

A cidade em si era pequena: enquanto passavam por ela a caminho da casa, Conor viu um grupo de casinhas decrépitas numa ladeira que dava em um pequeno cais de pesca. No alto da ladeira, havia uma igrejinha com uma torre pontuda. Uma luz cinzenta e suave preenchia o espaço entre as casas à beira-mar e as rochas do triste porto. Bandeirolas triangulares – remanescentes de algum festival de verão – ainda pendiam úmidas dos muros descascados. No campo cercado, vagava um novilho, bajulado por sua corte de moscas.

Katherine Culhane estava esperando no gramado do casarão branco. Conor saltou do carro e seguiu Richard pela grama ressecada, salpicada de conchas. O lugar cheirava a algum tipo de desastre marítimo – como a carcaça enferrujada de um barco de pesca carcomido pelo sal marinho. Conor pisou em uma carapaça rachada de caranguejo abandonada e cumprimentou Katherine Culhane, que segurava uma taça de vinho, apesar de ser apenas – Conor pensou em como sua mãe se regozijaria reprovando aquilo – quatro da tarde.

Eles jantaram no jardim de inverno, com vista para o mar que escurecia. Dentro da casa, Conor teve uma lembrança confortante de um lar: ali ele via as mesmas luminárias antigas e mobília cara que pareciam estar em todas as casas que já visitara em Dublin.

Depois do jantar, Richard disse que estava cansado e queria dormir cedo. Conor, que repentinamente viu-se perdido e com saudades de casa, disse que faria o mesmo. Peter disse que achava ser uma boa ideia.

Conor escovou os dentes na água levemente salgada e veio à sua mente a imagem desagradável e surreal de Peter Culhane instalando canos na praia, puxando água do mar para economizar na conta da água. Na quase-escuridão, ele se deitou no quarto estranho ouvindo sons familiares. Mas era apenas o som áspero de Peter Culhane, tossindo e fungando no quarto ao lado.

Richard apenas fingira estar cansado. Enquanto Conor estava deitado acordado no quarto embaixo, Richard estava sentado em sua cama no quarto do sótão, jogando no computador e pensando.

Apesar de gostar do papel de anfitrião – naquela primeira tarde, ele guiara Conor em uma rápida visita aos locais secretos da ilha – Richard arrependia-se um pouco da vinda de Conor. Ele tinha consciência de que a amizade dos dois era coisa de escola e que trazê-la tão peremptoriamente para o espaço sagrado das férias de verão seria sujeitá-la a pressões que ela não fora feita para suportar. Ele também estava consciente, pela primeira vez, de que a família de Conor *não* possuía uma segunda casa para onde pudessem fugir todo verão. Percebeu que Conor não era familiarizado com coisas como marés altas e veleiros. Na verdade, Richard havia começado a se ver como alguém econômica e intelectualmente superior a Conor, e sabia que sua própria piedade não seria suficiente para sustentar a situação nas duas semanas que deveriam passar juntos.

No dia seguinte, os meninos sentiam-se um pouco melhor. Depois do café da manhã, eles desceram as dunas até a praia e foram caçar nas piscinas rasas perto d'água. Na hora do almoço, cada um carregava um agitado balaio de caranguejos. O interesse de Conor pelas criaturas era quase científico. Ele as via lutando e arranhando as laterais do balaio, subindo umas sobre as outras para chegar ao topo.

Katherine os fez deixar os balaios do lado de fora na hora do almoço. Quando terminaram de comer, Richard propôs que eles devolvessem os caranguejos a seu habitat. Naquele momento, a maré havia subido, então eles ficaram sobre um pequeno rochedo que dava para a água e competiram para ver quem jogava os caranguejos mais longe. No fim das contas, eles acabaram atirando os caranguejos contra as pedras, competindo para ver quem explodia mais caranguejos.

Quando se cansaram disso, foram dar uma volta na ilha. Pararam num pomar cercado por um muro para roubar maçãs, que eles jogavam para os bois até um homem numa bicicleta gritar para eles pararem.

– Vou te mostrar a praia secreta – disse Richard.

A praia secreta era uma pequena faixa de areia varrida pelo vento, na parte oeste da ilha. Quando chegaram lá, após cruzarem as dunas úmidas de areia dura, viram que já havia gente lá: um casal com dois filhos pequenos.

– Não é legal quando tem gente aqui – reclamou Richard.

Mas Conor estava feliz por eles terem encontrado outras pessoas. Eles haviam passado a tarde inteira sozinhos e, para Conor, a ilha estava começando a parecer isolada e abandonada.

Naquela altura, o humor dos garotos estava febril, histérico. Ficaram derrubando um ao outro enquanto corriam para a praia secreta, rindo descontroladamente e gritando palavrões para a brisa que vinha do mar. Agora Richard estava no rochedo que dava para a faixa de areia e franzia a testa enquanto recuperava a respiração.

Conor reparou que o humor de Richard mudara quando viu estranhos na praia. Uma parte dele sabia da fragilidade do bem-estar de Richard. Ele havia sentido uma leve hostilidade em algumas das coisas que Richard dissera enquanto eles atravessavam a ilha. ("Como você *nunca* pegou um caranguejo? É tão normal.") Ele nunca soube por que fez o que fez em seguida.

O que ele fez em seguida foi escalar o rochedo ao lado de Richard e acenar loucamente para as pessoas na praia.

– Ei! – gritou ele, rindo. – Ei, caiam fora da nossa praia!

As pessoas na praia se viraram para olhar para os dois garotos. Conor deu um tapa no ombro de Richard e começou a correr. Ele ainda estava rindo enquanto corria pelo alto do rochedo. Ele ainda estava rindo quando olhou para trás e viu Richard disparar atrás dele, saltando uma fenda no rochedo e aterrissando pesado e desajeitado na elevação do outro lado. Ele ainda estava rindo quando viu Richard se desequilibrar e cair.

Conor parou de correr. Ele estava tão excitado que se pegou pulando quando olhou para trás e viu onde perdera Richard de vista. Ele voltou para a beira da fenda e olhou para baixo. A pouco mais de dois metros, Richard estava jogado numa superfície rochosa. Era óbvio que havia caído de bunda.

As pessoas da praia já estavam subindo pelas pedras e chegando até eles.

Conor, que ainda não havia parado totalmente de rir, ficou sobre o rochedo e apontou para Richard, que olhou para ele, acima, os olhos cheios de raiva e vergonha. Então, o riso de Conor cresceu em volume e complexidade. Ele apontou para seu amigo lá embaixo, que estava sentado naquela que certamente era a mais ridícula das posições: esfregando o traseiro machucado e olhando incrédulo para cima.

As pessoas da praia chegaram e correram para Richard, que a esta altura já começara a chorar.

Conor continuava rindo, divertindo-se e deleitando-se. Ele não conseguia parar. Ele sabia que havia aberto uma vantagem em relação a Richard. De repente, toda a autoridade de uma amizade desequilibrada parecia ter voltado às mãos dele.

Logo, ficou evidente que Richard agia como alguém que estava gravemente machucado.

– Bela queda, rapazes – disse o pai das crianças que eles haviam visto brincando na praia secreta, balançando a cabeça com ar paternal.

Ele ajudara Richard a ficar de pé. As mãos e braços do garoto foram arranhados pelos espinhos e a grama seca quando ele caiu. Ele torcera o tornozelo, mas não fora tão grave a ponto de não poder andar.

Quando Conor parou de rir – quando a aparente gravidade da situação pareceu impor-se a ele – o menino desceu e disse às pessoas da praia que ajudaria Richard a voltar ao casarão branco. E assim ele fez: os dois garotos caminharam para casa em silêncio, Richard com a expressão fechada e grave de alguém que foi profundamente ofendido, Conor com o coração palpitante de quem sabe que cometeu um erro.

Quando chegaram à casa, Katherine Culhane, acordando de seu cochilo vespertino, deu um show ao cuidar de Richard. Passou iodo nos cortes em suas mãos e fez chá gelado enquanto ele ficava estirado no sofá do jardim de inverno.

Os meninos fizeram um pacto mudo de fingir que Richard caíra acidentalmente, que ninguém vira e Conor havia pronta e solidariamente ajudado-o quando descobriu que seu amigo havia se machucado.

Por dois dias, Richard recusou-se a falar com Conor. Como nenhum dos dois queria que Peter e Katherine soubessem que eles estavam brigados, ficavam nos mesmos cômodos da casa e fingiam brincar juntos. Richard jogava videogame e esperava seu tornozelo melhorar. Conor lia histórias em quadrinhos e livros de aventura e sentia-se péssimo.

No terceiro dia de manhã, Richard convidou Conor a jogar futebol na praia.

Até onde sei, nenhum dos dois voltou a mencionar a queda de Richard diante do outro. Certamente, nunca mencionaram as risadas de Conor.

No retorno às aulas em setembro, Conor e Richard não eram mais amigos.

Richard nunca contou a ninguém o que acontecera em Inishfall. Acho que Conor contou para Laura. E contou para mais uma pessoa que não tinha como saber se aquilo era verdade.

Agora eu interpreto isso como mais um motivo, mais um ponto duvidoso. Seria o suficiente? Richard Culhane matara Conor Harris em frente ao Harry's Niteclub em Blackrock no dia 31 de agosto de 2004, porque quando eles tinham onze anos Richard caiu de bunda e Conor riu? Seria motivo suficiente? Foi por isso que Conor morreu?

(Harry's Niteclub em vez de Nightclub. Como me acostumei com esse antigo e popular erro ortográfico. Quando penso nisso agora, parece emblemático do caso Harris em todos os seus aspectos mundanos e espalhafatosos: um erro claro imortalizado em néon brilhante.)

Não. O que aconteceu em Inishfall não é motivo suficiente para a morte de Conor. Talvez nenhum motivo em si seja suficiente. Talvez nada sequer contribua satisfatoriamente para o todo. Talvez – embora eu ache essa ideia difícil de aceitar – simplesmente não haja motivo, nenhum mesmo, nem as suspeitas comuns e rudimentares como *Foi um acidente* ou *Foi o destino* ou *Estava na hora dele, cara. Estava na hora dele.*

Tum.

Tum.

Tum.

A queda de Richard. Fico pensando nisso. Ele caíra de apenas uns dois metros sobre areia macia, com exceção de algumas pedras e espinhos. Os cortes e arranhões em seus braços eram feios, mas sararam em poucos dias. O que estava ferido, é claro, era sua dignidade, aquele aspecto de seu caráter que Richard, mesmo em criança, tratava com o maior respeito, uma qualidade que às vezes era confundida (pela imprensa, por exemplo) com pedantismo. Richard elegera-se superior a Conor, em conhecimento, em dinheiro, em maturidade. E ali estava Conor, rindo de sua dor. Para Richard, esta ofensa era imperdoável.

Mas não sei se ele continuou com esse ressentimento mais que os dois dias que levou para fazer as pazes com Conor. Nem sei se muito tempo depois Richard ainda *lembrava* da queda do rochedo ou da reação de Conor. Não há como saber, pois ele nunca tocou no assunto.

Não obstante, a queda de Richard do rochedo em uma praia varrida pelo vento é uma imagem que sempre volta à minha mente. A visão de Richard caindo, Richard sumindo de vista, Richard sendo sugado por uma fenda e repentinamente, dolorosamente, desaparecendo, como se tivesse sido puxado para dentro da terra por algo que desejava muito que ele estivesse lá – talvez a gravidade, ou o destino.

29

Quando Laura não comia, seu hálito cheirava a leite azedo e Conor tentava evitar seus beijos. Ela explicara seus problemas com a comida, o que para a família de Conor era como ter problemas com os móveis ou com o ar. Não se questiona os elementos, diria a mãe dele de trás do barulho de sua máquina de costura. E Conor concordava com ela, apesar de estar apaixonado e certo de que os problemas de Laura não importavam.

Havia algo de cansado na sabedoria de sua mãe, pensava Conor, como se aquilo tivesse chegado a ela tarde demais. Ele a ouvia fascinado, com medo de demonstrar o quanto significavam para ele as coisas que ela dizia. Espera-se que garotos choquem suas mães, que virem seu carinho e bondade de cabeça para baixo, mas Conor sempre amolecia diante da vulnerabilidade da mãe. Ele tinha um interesse infantil no que ela tinha a dizer.

Desde que havia abandonado a parte pesada dos negócios gastronômicos da família, Eileen Harris trabalhava em casa sem regularidade, vendendo colchas de retalhos que ela mesma fazia e, às vezes, almofadas e mantas que descansavam nas salas de estar não usadas de seus amigos e vizinhos ricos. A vizinhança de Donnybrook era assim: cheia de gente que podia manter um cômodo que jamais usava. Laura vinha de uma casa assim, que ela certa vez descrevera a Conor como uma "casa de família normal, de seis quartos" e que sempre impressionava-o com a imaculada organização toda vez que ele lá entrava. Todas as superfícies da casa brilhavam. Os cômodos continham um suave silêncio, como se esperassem que você fosse limpo e calmo como eles. A cozinha era toda em mármore e aço inoxidável, e parecia jamais ter sido usada para algo tão mundano quanto o preparo de comida.

Certamente, Laura jamais a utilizara com tal finalidade. Ela dificilmente tocava em comida se pudesse evitar. Recebia a sugestão de um almoço com melancólica indiferença. Conor nunca viu nisso um problema. Depois de sua morte, esqueci do transtorno alimentar de Laura e quando me lembrei dele, ao escrever este relato, o problema tornou-se algo lapidar, inevitável, parte do passado. E talvez o mais estranho, tornou-se algo que tinha a ver com Conor. Apenas mais um fato ligado à sua morte.

30

ENQUANTO CONOR CRESCIA, Brendan Harris aprendia a ser um estranho ao seu filho. Isso era o que homens de sua classe e geração faziam: achavam a vida particular uns dos outros constrangedora. Peter Culhane sempre fora estressado e vago com seu filho. Era um processo natural para ele. Aprendera isso com seu pai. Mas Brendan Harris teve que aprender por conta própria.

Brendan recebeu o sinal de seu filho. Pouco depois de entrar na Brookfield, Conor começou a chamar o pai de "Dave". Com os colegas, Conor geralmente se referia aos pais como "os velhos". Eram duas formas que tínhamos de negar os pais.

Numa tarde de sábado, em maio, Brendan encontrou Conor sentado num velho banco de ferro no jardim da casa dos Harris em Donnybrook. Isso foi uma semana depois de Conor e Laura terminarem. Pedacinhos de flores-de-maio caíam da árvore sobre o banco. Brendan caminhou lentamente pelo jardim com as mãos nos bolsos.

Conor passara os dois dias anteriores deitado no quarto ouvindo CDs do Alice in Chains que pegara emprestado com o irmão. Agora, ali estava ele, sentado sob o sol, com seus óculos ray-ban e bebendo algo borbulhante.

– Tudo bem, Con? – perguntou Brendan.
– Hum-hum – respondeu Conor.
– Sente-se melhor?
– Hum-hum.

Eileen Harris pendurara um sino dos ventos de bronze num galho da árvore. Ele balançava e tiritava com a brisa fresca.

– Como você acha que foi nas provas? – perguntou Brendan.
– Bem – disse Conor.

Silêncio.

– Eu sei que é difícil – disse Brendan.
– O quê?
– Lidar com... você sabe, coisas do coração.
– É?
– É – disse Brendan. Ele franziu a testa diante de um canteiro cheio de ervas daninhas. – É sim. Sabe como é, todos já passamos por isso.
– Não – disse Conor. – Nem todos.
– Eu passei por isso – disse Brendan.
– Bom pra você – disse Conor.

Brendan ofendeu-se com isso. Ofendeu-se com a recusa de Conor em ver que sua experiência não era única. Para Brendan, decepções amorosas eram universais, o que trazia certa paz. A maneira de superá-las era compartilhar sua dor com mais alguém.

Mas acho que, pelo menos em uma coisa, Conor estava certo. Ele nunca conseguiria fazer Brendan entender o que significava perder Laura Haines.

Mais uma vez, Brendan franziu a testa diante do canteiro de ervas daninhas. Depois virou-se e entrou em casa.

Conor continuou sentado no banco. Minutos depois, ouviu o baque seco de Brendan dando tacadas de golfe na garagem, mandando aquelas bolas recheadas de mistério infantil (seria veneno?, cola?, a substância mais dura conhecida pelo homem?) para dentro de uma lata de lixo reciclável.

Só ouvi Conor falar do pai uma única vez. Seu tom de voz era de frustração, quase de dor.

"Às vezes eu olho pro meu velho e me pergunto que porra ele acha mesmo de mim. Quer dizer, fico querendo perguntar 'quem é você?'."

Richard Culhane não pensava assim. Ele via o pai com um misto de desprezo compassivo e amor exasperado. Mesmo quando Richard estava no final da adolescência – barbeando-se duas vezes por dia, dormindo na casa da namorada, bebendo, dirigindo – Peter ainda bagunçava o cabelo do filho durante o café da manhã.

– Ele ainda não percebeu que eu cresci – disse Richard.

O que nos leva a uma verdade mais ampla. Os pais de todos nós sofrem da mesma relutância em nos deixar viver a própria vida. Eles nos amaram e compreenderam quando éramos crianças, mas, quando nos tornamos adultos, acham-nos complicados demais, estranhos demais, autodestrutivos demais. De repente, eles não nos entendem mais. As únicas habilidades que nossos pais conseguem enxergar são aquelas que viam em nós quando éramos crianças.

Nós nos ressentimos por isso, por sua incapacidade de abandonar aquele leve tom de intimidade condescendente e pela maneira abrupta com que se revelam amadores diante de nós, tristes versões aproximadas de nossos eus profissionais em nossas autoconfiança e personalidade recém-adquiridas.

E ainda assim encaramos sua prosperidade como algo natural. Moramos em casas que eles compraram e fizemos viagens que eles pagaram. Víamos nossos pais, como as crianças sempre fazem, como entidades separadas das coisas que fizeram por nós. Logo, a gratidão nunca esteve em questão. Não era assim que as coisas funcionavam.

Às vezes eu olhava para a casa dos meus pais e me perguntava por que milagre, por que sistema inimaginável de barganhas e cálculos aquilo havia surgido. No final da adolescência, comecei a me dar conta de que nossa casa não havia surgido de partenogênese, que não havia simplesmente aparecido do nada antes de eu nascer, mas que meus pais a haviam comprado, mobiliado e transformado no que era, uma coisa de cada vez, tudo antes de sequer pensarem em minha existência. Eu nunca consegui me imaginar fazendo o mesmo.

No período que se seguiu à morte de Conor, as pessoas costumavam dizer que Richard Culhane ou Barry Fox ou Stephen O'Brien (ou até mesmo o próprio Conor) "tiveram tudo muito fácil". É claro que isso não é verdade. A vida não é fácil para ninguém. Mas é verdade que esses meninos haviam nascido para uma vida que fora amortecida, suavizada. Era uma vida bem polida, sem arestas – com nada além das dores e preocupações universais. Mas esse polimento, essa suavização, já havia terminado quando os garotos nasceram. Eles não tinham nada a acrescentar àquilo. Só tinham que dar continuidade.

Imagino sempre qual o efeito disso sobre eles – sobre sua geração. Talvez nunca tenham pensado nisso, é claro. Ou talvez tenham pensado só depois, depois do fato, depois de sua supostamente inquestionável existência pré-pronta ter agonizado e desaparecido.

Enquanto dava suas tacadas na garagem, Brendan Harris lembrou-se da fácil intimidade que tivera com seu filho quando Conor era criança.

O nascimento de Conor fora difícil. Eileen Harris ficou em trabalho de parto durante catorze horas antes de seu segundo filho dar as caras. Ele parecia vermelho e amargurado, como se tivesse visto algo no útero que o desagradou mais do que devia. Ele cresceu para ser um homem forte – fisicamente forte, quero dizer. Tinha o gosto, e a impaciência, dos homens fortes pelas coisas delicadas – mas nunca perdeu os resquícios daquela careta azeda, o ar de quem conheceu a maldade muito cedo e viu claramente como ela era.

Quando Conor morreu, Brendan esqueceu dessa primeira expressão amarga no rosto rosado do filho. Nós nos esquecemos de coisas assim em relação aos mortos porque não há nada para nos lembrar delas.

31

CLAIRE LAWRENCE SE AUTOMUTILAVA, mas Laura Haines era diferente. Ela estava sob controle, com a cabeça no lugar. Não estava aos pedaços. É claro que Richard conhecia Laura havia anos. Mas a força desta verdade – de que ela era autossuficiente, até mesmo arrogante, e que na maior parte do tempo ela não parecia sequer precisar dele – só o atingiu verdadeiramente quando ela tornou-se oficialmente sua namorada.

Richard Culhane e Laura Haines estavam sob uma faia no gramado da Brookfield quando se beijaram pela primeira vez. Era uma tarde de domingo no início de maio de 2004. Eles haviam passeado pelo píer de Dun Laoghaire e depois pegaram o trem para Blackrock e compraram queijo e vinho na Marks & Spencer. Enquanto atravessavam a rua em frente ao portão da Brookfield, Richard pegou a mão de Laura. Eles se sentaram sob a faia e fofocaram sobre as amigas de Laura. Eles ignoraram o queijo, mas beberam o vinho em copos de papel. Depois de um momento de silêncio (a brisa, o sol, o som do fluxo do tráfego de domingo), Richard inclinou-se e beijou Laura.

– Era uma questão de *tempo* – disse Laura, feliz.

Eles ficaram sentados sob a árvore até ficar frio e terem que voltar para casa.

Apesar da beleza de Richard e de sua conversa fácil (ele sabia conversar, com conhecimento de causa, sob vários assuntos surpreendentes, do preço dos imóveis até vinho e política francesa), ele não havia saído com tantas garotas. Na verdade, provavelmente ele se descreveria, meio melancólico, como um homem ainda em busca do amor verdadeiro. Isso fazia parte do seu encanto: as pessoas se sentiam mais seguras com o fato de que até Richard, com seus prodigiosos dons como estudante, filho, amigo, amante, ainda desejava uma única alma que complementasse a sua.

Richard admirava a própria solidão. Isso era algo que se percebia nele quando você o via treinando no campo, sozinho, na chuva. Sei que uma parte dele temia comprometer-se com o amor. Mas Laura parecia ultrapassar esse medo. Quando eles se viram pela primeira vez? Não consegui descobrir. Richard e Laura pareciam conhecer-se desde sempre. Pareciam sempre estar nos mesmos bares, nas mesmas festas, conhecer as mesmas pessoas e saber das mesmas fofocas. De seu jeito peculiar, eles sempre foram fiéis um ao outro, apesar de não se conhecerem de fato, apesar de saírem com várias outras pessoas. Os outros achavam a ideia dos dois juntos sedutora. E acho que eles concordaram com isso. Tinham consciência de seu próprio poder, sua própria autoridade leve e natural. Sem dúvida, Richard e Laura estavam no centro das coisas. Eles davam uma aura de autenticidade a cada evento de que participavam. Mesmo antes de ficarem juntos, o mundo deles – o mundinho do sul de Dublin, com suas escolas particulares, festas e boates – girava em torno de Richard e Laura. Seu relacionamento há muito tempo parecia inevitável, anunciado, um *fait accompli*.

    Eu os vi dançando juntos uma vez, numa festa na casa de Dave Whelehan. Era fim de noite e os poucos casais restantes dançavam uma música lenta na cozinha. Laura dançava com a cabeça no peito de Richard. Richard beijava a cabeça de Laura enquanto eles dançavam sobre o piso de terracota. Os dois pareciam tristes, apesar de não terem brigado. Eu os vi e senti-me triste também. A imagem ficou em minha mente. Aquele momento parecia significar alguma coisa.

    Acho que Laura nunca dançou daquele jeito com Conor Harris.

32

– ESSE NÃO É UM DOS SEUS AMIGOS, RICHARD? – perguntou Katherine Culhane. Ela olhou em volta da cozinha, parcialmente calma sob a luz da manhã. Ela olhou para o filho. – Não é horrível?

Estranhamente, ou talvez não, acho que o verdadeiro momento de mudança nesta história não é o da morte de Conor, mas aquele em que os garotos descobriram que mataram Conor na manhã seguinte. O momento em que os garotos viraram assassinos – pelo menos para si mesmos, não ainda para a justiça, não ainda para seus pais e amigos.

Foi o momento em que eles não sabiam mais quem ou o que seriam.

Imagine-os em suas cozinhas, com seus sucos de laranja, ou cafés ou chás. Suas mães ligaram o rádio, como de costume, para ouvir as notícias enquanto preparavam o café da manhã para os filhos.

E a principal manchete do *Morning Ireland*. Jovem espancado até a morte em frente à boate em Blackrock. O jovem foi identificado como Conor Harris, de Donnybrook, em Dublin. A polícia investiga relatos de que Conor envolveu-se em uma briga momentos antes de ser espancado.

– Esse não é um dos seus amigos, Richard?

Mas Richard não diz nada, pois não há nada que ele possa dizer.

33

O QUE FEZ RICHARD CULHANE QUANDO SOUBE QUE Conor Harris estava morto? Ele foi para o jardim da casa de Sandycove e olhou para a piscina de seu pai. Seu cabelo ainda estava grudado e morno com a água do banho. Ele mal dormira. Era uma manhã nublada e a chuva pontilhava levemente a superfície brilhosa da piscina. Richard olhou para a água, colocou as mãos nos bolsos e pensou: *Estou fodido. Deus, nós o matamos. Porra, matamos o cara. (A gente deu uma lição nesse veadinho.)*
Por vários minutos, Richard sentiu-se infinitamente calmo. Ele olhava o canto inclinado de uma lajota encher-se de água. Sua cabeça, até onde ele conseguia se lembrar depois, estava completamente vazia. Ele estudava os desenhos que os pingos da chuva formavam na superfície da piscina. Ele riu um pouco, disse ele. *Riso histérico*, foi como algumas pessoas diagnosticaram essa risada depois. *Uma reação nervosa.*
Outras pessoas não foram tão gentis.
– E no que estava pensando, sr. Culhane? – perguntaria a promotoria sobre o momento em que Richard saiu para olhar a piscina.
Richard piscou.
– Em nada.
– Absolutamente nada?
– Não lembro – disse Richard –, mas acho que não estava pensando em nada.
– Mas o senhor *riu*.
Richard, no banco das testemunhas, ruborizou e baixou a cabeça. Ele havia mencionado as risadas uma vez, num interrogatório policial e aquilo havia chegado aos jornais. Tornaram-se um ponto importante no caso. Mas as perguntas o haviam exaurido. Desesperado,

ele havia contado a verdade sobre o momento, que era o fato de ter rido.

O que ele devia ter feito?, ele se perguntou. O que as pessoas esperavam que ele fizesse? Caísse de joelhos? Se debulhasse em lágrimas? Gritasse por misericórdia?

Rezasse?

Quando Richard tinha catorze anos, o cachorro da família, Snowball, ficou preso no depósito nos fundos do jardim e machucou a pata num prego enferrujado. Katherine levou Richard e Snowball ao veterinário em Dun Laoghaire. Quando Richard saiu do carro, viu que Snowball tinha sujado de sangue suas calças de moletom brancas O'Neills. O veterinário desinfetou a pata de Snowball e fez um curativo. Enquanto o veterinário trabalhava, Snowball contorcia-se e uivava de dor. E Richard estava ao lado e ria sem parar, apesar de saber que seu cachorro sentia dor, apesar de saber que ele mesmo estava muito chateado. Ele ria.

Riso histérico, diziam-lhe as pessoas. *Uma reação nervosa.*

Richard queria explicar isso para a corte, mas não conseguia encontrar palavras.

Ele ficara de pé sobre as lajotas e olhara para a superfície da piscina.

Deus, pensou ele, *nós o matamos.*

Depois ele quase vomitou.

Richard disse que, então, viu seu futuro. Viu tudo, as prisões e interrogatórios da polícia, os julgamentos e os anos na cadeia. Richard soube que muito em breve estaria visitando edifícios importantes – prédios onde apenas coisas importantes se desenrolam: igrejas, tribunais, hospitais. Você sabe que está encrencado quando seu futuro fica cheio de edifícios importantes.

Estou fodido, ele não parava de repetir para si mesmo. *Estou fodido estou fodido estou fodido estou fodido estou fodido.*

Ele também pensou (estranhamente, e não pela última vez): *Hora de ir nessa, cara. Hora de ir.*

Ele se inclinou e apoiou as mãos nos joelhos. Ele estava com taquicardia. Achou que fosse vomitar na piscina. Estranhamente, ele lembrou-se de uma manhã em Ocean City, a manhã depois de uma festa numa casa de praia que os rapazes tinham alugado, quando ele cambaleara até a varanda às sete da manhã e depositara meio litro de vômito leitoso e coalhado nos arbustos secos do outro lado da cerca.

Ele olhava para a piscina.

Estou fodido, ele pensou.

"Bom", disse a si mesmo. "Melhor não contar nada a ninguém, Richard, meu rapaz."

Richard virou-se para a janela da cozinha e viu que Katherine havia subido. O choque e o enjoo haviam passado. Recuperando a seriedade, ele pegou seu celular e ligou para Barry Fox. Barry Fox era madrugador. Ele estaria acordado. Ele teria ouvido as notícias.

– Alô?

– Foxer, é o Richard. Você já soube da merda?

– Que merda?

A voz de Barry estava rouca, voz de velho. Richard ouviu o som de um colchão que se movimentava sob o peso de alguém se levantando.

– A porra do Conor Harris está *morto*, cara – disse Richard.

– Por quê? O que ele fez?

– Não, estou dizendo que ele está *morto* mesmo. Tipo, *não está mais vivo*. Ele morreu no hospital na noite passada, caralho.

– O quê? Como? – Silêncio. – *Que merda*.

– Deu na porra do *Morning Ireland*. A porra da minha *mãe* acabou de ouvir.

– Ah, caralho. Ah, merda.

– Escuta, Barry, alguém viu a gente ontem à noite? Quer dizer, alguém pode identificar a gente ou coisa parecida?

– Porra, como é que eu vou saber, cara? Você ligou pro Steve?

– Não, calma, tá? Liguei pra você primeiro.

– E o que é que a gente vai fazer?

– Olha, vem pra minha casa, tá? A gente vai conversar e sair dessa.

– Tudo bem, estou aí em mais ou menos meia hora. – Houve uma pausa. – Cara, a Laura sabe?

– Não sei – disse Richard. – Ainda não falei com ela.

– Tá.

135

Richard ligou para Stephen O'Brien.
— Richmeister — disse Steve. Sua voz era rude. — O que você conta?
Richard contou a ele.
— Puta merda — disse Steve, baixinho.
Vinte minutos depois, Barry Fox e Stephen O'Brien estavam sentados na sala de estar de Richard. Ainda chovia lá fora.
— Bom — disse Richard — quantas pessoas viram a briga?
— Sei lá, mais de vinte — disse Barry. — Foi no meio da porra da *rua*. A polícia já está a caminho, cara.
— Nada de pânico — disse Richard. — No noticiário disseram que ainda não havia suspeitos.
Todos estavam de pé, Richard e Barry perto da janela, Steve encostado no sofá. Stephen e Barry vestiam suas velhas camisas vermelho e brancas da Brookfield. Richard dera a sua para Laura Haines. Às vezes, a garota a usava para dormir. Ela dizia que tinha o cheiro de Richard.
— Meu Deus — disse Stephen O'Brien. — Você já contou pra Laura?
— Puta que pariu, Steve, estou tentando pensar em uma coisa de cada vez, tá certo?
— Tudo bem, cara, fica frio.
Por cerca de um minuto ninguém falou. Estava silencioso o suficiente para Richard ouvir o som do isqueiro barato de plástico que Stephen O'Brien usava para acender um cigarro perto da janela. Então, Barry Fox disse:
— O que a gente faz?
Richard olhou para Barry. Ele sabia o que tinham que fazer.
Eles não falaram com seus pais. Não falaram com a polícia. Não falaram com um advogado. Nem falaram entre si.
Richard levou-os de volta a Blackrock. Ele os levou à Brookfield e falaram com Pat Kilroy.
Eles haviam matado um rapaz na noite anterior e naquela manhã falaram com o homem que os treinara quando jogaram na Senior Cup de rúgbi.

34

Para Richard, ficar mais velho significava descobrir mais e mais do desconhecido em si mesmo, como se ele tivesse sido um mistério o tempo todo e só estivesse começando a perceber que não era mais criança. Mas enquanto dirigia rumo à Brookfield na manhã de 1º de setembro, ele se encheu de uma estranha excitação. Ele não se achava mais inexplicável. Mais tarde, ele começaria a acreditar que fora porque, naquela manhã, ele havia confrontado a primeira verdade inquestionável sobre si mesmo: que ele era capaz de matar.

Apesar de ser domingo, os rapazes sabiam que Pat Kilroy estaria na escola, treinando o time da Senior Cup ou o da Junior Cup para o início da temporada. Mas como nenhum dos times estava treinando naquele dia, Pat Kilroy estava em sua sala, montando os horários das aulas. O padre Connelly também estava lá, na capela da escola, escrevendo cartas de referência para ex-alunos.

Richard dirigiu até o pátio da escola. O motor morreu. Tiques baixos invadiram o silêncio repentino. Os rapazes estavam sentados imóveis no carro, Richard e Barry na frente, Stephen sozinho no banco de trás. Enquanto se dirigiam à Brookfield, a chuva havia parado, mas agora recomeçara, caindo no cascalho do pátio e embaçando o vidro do carro de Richard.

– Vamos lá – disse Richard.

Mais tarde, Richard diria que durante toda aquela manhã e tarde de domingo havia se sentido como se estivesse em um filme, que a ocasião exigia diálogos dramáticos, declarações enérgicas. Ele só disse isso em particular, é claro. Só disse isso a Laura Haines, que falou que entendia mais ou menos.

Os garotos entraram em sua velha escola. Subiram as escadas principais, proibidas aos alunos, e bateram na porta da sala de Pat Kilroy.

Do lado de fora, pendurado na parede, havia um artigo de jornal emoldurado sobre a estreia de Richard Culhane na Senior Cup.

Pat abriu a porta e franziu a testa.

– Meninos! – disse ele. – Ótimo vê-los aqui. O que os traz por essas bandas?

– Olá, Pat – disse Barry. – Podemos dar uma palavrinha com o senhor?

Pat fez com que entrassem na sala e eles se sentaram nas cadeiras em frente a sua mesa. Quando estudavam na Brookfield, só sentaram naquelas cadeiras quando haviam se metido em encrenca.

Pat sentou-se atrás da mesa e olhou para os rapazes.

– O que houve? – perguntou ele.

Os rapazes não se entreolharam. Eles olhavam para o chão ou para a mesa.

Richard disse:

– O senhor ouviu o rádio esta manhã?

– Não, por quê? – disse Pat. – Está tudo bem, rapazes?

Eles lhe contaram que Conor estava morto.

– *O quê?* – disse Pat Kilroy.

– A gente não sabia que ele estava morto – disse Barry Fox. – A gente não sabia que ele estava morto, senhor. A gente não queria fazer nada disso. Foi só um acidente. Foi só um acidente.

– Cala a boca, Barry – disse Stephen O'Brien.

Barry estava com os olhos cheios d'água.

– O que estão dizendo? – perguntou Pat Kilroy. – Estão me dizendo que Conor Harris, que estudou nesta escola, morreu ontem à noite?

Pat Kilroy era muito bom em seu trabalho. Ele já havia pensado no telefonema que daria aos pais de Conor, nas palavras que usaria no funeral se lhe pedissem para discursar, na missa em memória na capela da escola. Ele ainda não havia registrado as palavras de Barry sobre a morte ter sido um acidente. Isso levou mais um minuto.

– Ouvimos no noticiário hoje de manhã – disse Richard.

– Você disse que foi um acidente? – disse Pat Kilroy. Ele olhava curioso para Barry Fox.

– É – disse Richard.
– Vimos Conor numa boate ontem à noite – disse Stephen O'Brien.
– ... e o que aconteceu com ele? – perguntou Pat Kilroy.
– Houve uma briga, senhor.
Os cantos dos lábios de Pat Kilroy curvaram-se para baixo.
– E vocês três se envolveram nesta briga?
– Sim – disse Stephen.
Pat Kilroy olhou para as três crianças desajeitadas sentadas em frente a sua mesa.
– Ah, garotos.
Essa foi a única vez em que Pat Kilroy permitiu que o medo e a decepção transparecessem em sua voz. Os garotos tremeram quando ele disse "Ah, garotos." Eles haviam crescido ouvindo Pat Kilroy gritar com eles no campo de rúgbi, mandando-os se controlarem, pararem de agir como menininhas, para pelo amor de Deus não serem tão fracos. Mas aquele "Ah, garotos" foi mortal: naquele tom de apreensão trêmula, aquele tom de decepção insuportável.

Depois, Stephen O'Brien diria que foi naquele momento que percebeu que realmente estava na merda.

É estranho dizer que até aquele momento os garotos não haviam pensado em Conor Harris ou em sua família. Eles mal haviam pensado em si mesmos. Eles foram ensinados a não olhar para os próprios sentimentos tão de perto. Para Richard, Stephen e Barry, aquelas duas palavras de Pat Kilroy – *Ah, garotos* – instantaneamente subverteram quinze anos de educação. Eles foram forçados a reconhecer que haviam ultrapassado a barreira do irrevogável: das coisas que não podem voltar atrás.

Ah, garotos.

– Contem-me o que aconteceu – disse Pat Kilroy.
– Ele começou a nos provocar – disse Stephen O'Brien.
Barry disse cansado:
– Ele provocou o Richard.
Richard assentiu.
– Ele saía com a minha namorada.

– E foi por causa disso? – perguntou Pat Kilroy.
Houve um momento de silêncio.

Penso agora que este momento de silêncio na sala de Pat Kilroy na Brookfield poderia ter sido o momento que evitaria tudo o que aconteceu depois, todas as dúvidas, toda a culpa mal direcionada. Este momento fora a chance de Richard dizer a verdade, ou pelo menos admitir que a verdade era mais complicada do que a questão sobre quem estava comendo Laura Haines, mais complicada do que um único incidente em frente a uma boate às três da manhã, mais complicada do que uma traição infantil ou um erro de bêbado. Aquele poderia ter sido o momento em que todas as dúvidas sobre os motivos poderiam ter sido esclarecidas, com os meninos admitindo o que se tornou cada vez mais claro com o passar do tempo e a distância que ganhamos da morte de Conor: ninguém sabia *por que* Conor teve que morrer, não havia um bom motivo para isso, fora simplesmente algo natural no modo de vida daquelas pessoas.

Tudo o que sabemos é que ele morreu. Qualquer outra coisa é um tiro no escuro.

Richard não disse nada. Depois disse:

– Sim.

Pat Kilroy olhou para os três rapazes, um de cada vez. Ele estava acostumado a lidar com a dolorosa transparência dos jovens, é claro. Ele se tornara imune àquilo. Mas havia algo mais. Um pensamento lhe ocorreu: *Não passam de crianças berrando no colo da mãe.*

E pensou também: *Suas vidas acabaram.*

Richard olhou para o homem do outro lado da mesa. Ele podia ver que Pat Kilroy desejava muito fumar um cachimbo ou fazer palavras cruzadas ou ter algum outro ritual masculino intrincado onde pudesse enterrar seu desconforto e medo. Ele percebeu que Pat Kilroy estava confuso. Ele sabia o que aquilo significava. Significava que os recursos normais já estavam falhando.

Mas Kilroy se refez. Levantou-se e foi até a janela da sala, as mãos para trás.

– Certo – disse ele, e limpou a garganta. – Agora eu sei que vocês estão meio em pânico por causa disso. É compreensível. Mas é claro que vocês sabem que *nós faremos tudo o que estiver ao nosso alcance* para garantir que tudo saia da melhor forma possível.

Ele não precisava dizer aos garotos quem estava incluído naquele *nós*.

(Mas se você tivesse perguntado diretamente a qualquer dos quatro homens naquela sala, "*Nós* quem?", eles não conseguiriam responder.)

Pat Kilroy disse:

– Vocês fizeram bem em me procurar, rapazes.

Os garotos ficaram claramente felizes ao ouvir aquilo. Eles se esticaram cuidadosamente. Seus ombros relaxaram. Pat Kilroy sentiu um influxo repentino e excitante de nostalgia: de seus próprios tempos de escola, de seus dois anos no time da Senior Cup, do tempo, agora perdido para sempre, em que não havia três rapazes entrando em sua sala com passos pesados, pedindo ajuda.

E Pat Kilroy nunca duvidou de que os garotos estivessem pedindo ajuda – apesar de esta palavra jamais ter sido pronunciada. Além disso, nunca ocorrera a ele se perguntar por que os meninos não haviam procurado primeiro os pais, já que estavam sofrendo. Para Pat Kilroy parecia justo, até mesmo inevitável, que os meninos houvessem levado seu fardo a ele, em primeiro lugar.

No entanto, outras pessoas se perguntaram – nem preciso dizer que eram pessoas que nunca estudaram em uma escola particular, que nunca estiveram em uma escola jesuíta, que nunca jogaram em um time na Senior Cup. Para entender por que os garotos procuraram primeiro Pat Kilroy, você tem que entender a importância e o papel central que o rúgbi desempenha em suas vidas, um jogo de choques e bloqueios, de pancadaria e corridas de três jardas.

Quando os garotos saíam e se embriagavam, conversavam sobre rúgbi: sobre jogadores como Brian O'Driscoll e Ronan O'Gara, sobre as chances da Irlanda na Copa das Seis Nações. Para os três garotos, o rúgbi era basicamente a única coisa que tinham em comum com seus pais. A maioria das emoções importantes que viviam diariamente tinha a ver com o rúgbi, tinha a ver com vitória e sacrifício, ganhos e dores; tudo isso era vivido dentro dos limites do esporte –

mas não eram menos válidos ou genuínos por isso. E Pat Kilroy era o homem que os conduzira nessa vivência, que sabia como resolver seus problemas, que sabia restabelecer a confiança dos rapazes, que sabia socorrê-los em suas derrotas.

– O que eu quero que vocês façam – disse Pat Kilroy – é me contar tudo o que aconteceu, até onde vocês conseguem lembrar.

Então eles contaram tudo o que aconteceu, até onde conseguiam lembrar. Omitiram certos detalhes: por exemplo, os três chutes e o quanto tinham bebido. Deixaram de fora o *A gente deu uma lição nesse veadinho*. Deixaram de fora a forte sensação de alívio que sentiram quando finalmente conseguiram esmurrar a cara de Conor Harris.

Quando terminaram, Pat Kilroy estava sentado à sua mesa, inclinado para trás em sua cadeira, de olhos fechados. Durante a narrativa – Stephen O'Brien havia se encarregado de contar grande parte da história – Pat Kilroy assentira, mas não fizera comentário algum. Agora ele se inclinara para a frente e apoiava os cotovelos, com um leve rangido, no couro que cobria sua mesa.

– É terrível – disse ele – que um jovem possa perder a vida por algo tão pequeno.

Os três rapazes olharam para o chão. Nunca ocorrera a eles enxergar o incidente sob esta ótica. A primeira coisa que pensaram foi em sua própria cumplicidade. Agora percebiam que um rapaz que eles conheciam morrera: uma percepção ao mesmo tempo patética e chata. Naquele momento, Barry Fox lembrou-se de ter pensado: *Porra, por que ele tinha que morrer?*

Pat Kilroy inspirou e balançou a cabeça.

– Vocês fizeram bem em me procurar – repetiu ele. – Nós temos que passar isso para o papel. Só assim teremos um registro da verdade. E... – ele se virou irritado – vocês podem esclarecer tudo para si mesmos. Como vocês se sentiriam se eu chamasse o padre Connelly para nos ajudar?

Os garotos assentiram debilmente.

– Tudo bem, vou descer e pedir para ele subir. Não se preocupem agora, rapazes. Tudo está sob controle.

Pat Kilroy saiu por cinco minutos. Durante esse tempo, nenhum dos garotos falou ou se mexeu. Eles estavam cientes da necessidade de pedir aprovação oficial, acompanhamento oficial, para a menor de suas ações. Tinham consciência de que se começassem a se comportar bem agora, o que quer que acontecesse depois poderia ser suavizado, aliviado.

O padre Connelly abraçou os meninos quando chegou. Então ouviu o que eles tinham a dizer e concordou com Pat Kilroy sobre a necessidade de uma declaração por escrito. Propuseram que cada um dos três rapazes escrevesse um breve relato do que aconteceu e que depois conferissem os relatos um do outro para verificar se suas versões eram as mesmas em todos os pontos. Então Pat Kilroy e o padre Connelly assinariam as declarações e as guardariam na escola.

Os meninos reconheceram neste plano a marca de uma autoridade maior que eles mesmos. Eles se submeteram a ela agradecidos.

Eles levaram meia hora para escrever as declarações. Quando Richard entregou a sua a Pat Kilroy, ele disse:

– O senhor vai guardá-las, não? Caso a gente precise.

– Vou guardar – disse Pat Kilroy. – Elas vão ficar no cofre. Não cairão em mãos erradas e sempre estarão lá caso vocês precisem.

Kilroy e o padre Connelly leram as declarações – nenhuma delas maior que uma folha de rascunho – e as assinaram. Os garotos quiseram escrevê-las no papel timbrado da escola – eles queriam ver o brasão da Brookfield e seu lema (*Semper et Ubique Fidelis*) no canto superior direito. Pat Kilroy resistira um pouco à ideia, mas cedera.

– Obrigado, senhor – disse Richard, quando as declarações foram assinadas.

Em seus anos no time da Senior Cup, Richard sempre chamara o sr. Kilroy de "Pat". Agora, "senhor" parecia ter sido arrancado dele por obediência à culpa – ou pela repentina consciência de sua juventude, sua infantilidade, sua falta de sofisticação.

Richard, Barry e Stephen assistiram enquanto Pat Kilroy selava as declarações em um envelope e o depositava em um cofre escondido (os garotos observaram com fugaz assombro) atrás de uma grande fotografia do time da Senior Cup de 1978.

Então padre Connelly ajoelhou-se e guiou-os numa oração.

– Pai nosso que estais no céu – disse ele –, santificado seja o vosso nome. Venha a nós o vosso reino. Seja feita a vossa vontade, assim

na terra como no céu. O pão nosso de cada dia nos dai hoje. Perdoai as nossas ofensas, assim como nós perdoamos a quem nos tem ofendido. Não nos deixei cair em tentação, mas livrai-nos do mal. Amém.
– Amém – disseram Stephen O'Brien, Barry Fox e Richard Culhane.
– Amém – disse seu velho mentor.

Quando os garotos foram embora, Pat Kilroy trancou a porta de sua sala e passou um longo tempo sentado diante da mesa. Depois, terminou seu trabalho matutino – aqueles horários problemáticos – e fechou sua pasta. Quando chegou a seu carro, parou e olhou para trás, em direção ao velho prédio da escola. Deu meia-volta, olhando em despedida. Ele viu o pátio, a faia, as casinhas que abrigavam os armários dos alunos.

Ele levava as declarações em sua pasta.

Não queria deixá-las na escola.

35

SE AQUELAS DECLARAÇÕES AINDA EXISTISSEM, talvez todos nós soubéssemos um pouco mais sobre o motivo da morte de Conor. Mas Pat Kilroy as destruiu no dia em que os garotos foram presos. Ele as queimou na lareira da sala de sua casa na Mount Merrion Avenue em Blackrock. Ele nunca explicou por que achou aquilo necessário. Há várias hipóteses. Primeira: as declarações incriminavam os garotos num grau que Kilroy considerava perturbador. Segunda: as declarações continham um ou mais aspectos que a polícia já sabia serem falsos e Pat Kilroy destruiu os documentos para salvar os garotos da acusação de obstrução da justiça. Terceira: o fardo da responsabilidade pela posse das declarações tornara-se pesado demais para Pat Kilroy suportar. Quarta: as declarações em si eram insuficientes para absolvê-los e Kilroy acreditava que apenas contribuiriam para sua ruína final. Quinta: Pat Kilroy queria evitar causar uma dor desnecessária aos pais dos garotos – e a Eileen e Brendan Harris.

Há uma sexta hipótese. É possível que as declarações retratassem a vida e o comportamento dos ex-alunos da Brookfield de uma forma que Pat Kilroy achou inaceitável e ele as destruíra apenas por isso.

Um artigo publicado em um renomado jornal dizia o seguinte sobre Pat Kilroy e o desaparecimento das declarações:

> Não é sempre que se pega uma rede de ex-alunos numa ação reacionária, tentando desesperadamente defender três dos seus. Mas as três declarações eram essencialmente isso, não importa o que contivessem. Foi um garoto de escola comprando um seguro para três outros garotos de escola. Pat Kilroy guardou as confissões assinadas num grande envelope pardo? Pode ser. Sempre foi com envelopes pardos que se

obteve vantagem na República. Só não tente fazer isso se cresceu em Darndale. É isso o que nós temos neste país: uma lei para os ricos, outra para os pobres.

O artigo expressava um sentimento compartilhado por muitas pessoas. É claro que a questão das declarações secretas foi só um ínfimo aspecto do que as pessoas viram como uma falha maior da justiça: o julgamento cancelado que, no fim das contas, deixou Richard livre. No entanto, isso foi mais uma prova de que os donos do país não estavam preparados para sacrificar "três dos seus", mesmo por um crime tão grave quanto um homicídio.

Não questiono a validade desse argumento. Mas acho que as motivações de Pat Kilroy, quando ajudou os garotos a escreverem suas declarações e ofereceu-se para escondê-las no cofre da Brookfield, tinham uma origem mais complexa do que as exigências de lealdade à classe ou a necessidade de proteger a reputação da escola. Se foi uma "ação protecionista", sua motivação devia-se mais a um senso de humanidade. As declarações eram uma corda jogada para três homens que se afogavam. Talvez Pat Kilroy tenha destruído os documentos porque percebeu que aquela corda não bastaria para salvá-los.

36

O QUE OS RAPAZES FIZERAM quando saíram da sala de Pat Kilroy, deixando para trás aquelas três declarações assinadas?

Barry Fox pegou um ônibus até a cidade para tomar café da manhã com a namorada. Ela não sabia da morte de Conor e Barry não contou. Enquanto passavam diante dos campos de críquete da Trinity College, Barry parou de repente e se apoiou numa cerca, inclinado até a cintura. Seu estômago revirou e depois cuspiu um monte morno de saliva e bile.

– Ressaca – disse ele à namorada. – A noite passada foi meio pesada.

Stephen O'Brien pegou uma carona para casa com Richard. Ele subiu para o quarto e dormiu. Quando sua mãe chamou-o para jantar, ele desceu e comeu em silêncio. Depois ele voltou para cima e dormiu por treze horas.

Clodagh Finnegan soube da morte de Conor à noite pelo noticiário das seis. Ela ligou imediatamente para Stephen, mas ele havia desligado seu celular.

Após deixar Stephen O'Brien na porta de casa, Richard Culhane estacionou numa rua sem saída próxima e caiu em desespero. Reclinou o banco do motorista o máximo que pôde, colocou a cabeça entre os joelhos e respirou o mais rápido e mais profundamente que conseguia, tanto que vários minutos depois ficou com medo de que seus pulmões tivessem ficado irritados. Ele se acalmou observando o tráfego na rua através do para-brisa.

Depois foi ver Laura.

Ela ainda estava de pijama. Richard sentiu um vestígio de desejo: vestígio, pois ele presumiu que seu relacionamento estava acabado e que aquela seria a última vez em que falaria com Laura.

Laura beijou-o e arrastou-se até a cozinha. *Ela sabe,* pensou Richard. *Porra, ela já sabe.*
Ele disse:
– Você já soube da notícia?
– Que notícia? Acabei de acordar – disse Laura.
Ela fez duas xícaras de café em sua cafeteira. Ele conseguiu perceber que ela estava com raiva por ele ter brigado na noite anterior. Ele pensou em pedir desculpas por aquilo, mas sabia que soaria insuportavelmente vazio depois – quando ele tivesse lhe contado o que ela precisava saber. Ele desejava voltar a um mundo em que um dia com Laura mal-humorada fosse a coisa mais difícil que tivesse que enfrentar.
– Acho que é melhor você se sentar – disse Richard. Mais uma vez ele estranhamente acreditava estar em um filme – representando para uma plateia invisível, mostrando os detalhes de uma história já há muito conhecida.
Laura desviou o olhar das xícaras de café e olhou para ele, percebendo pela primeira vez a barba por fazer, os olhos cansados e vermelhos de insônia.
– Por quê? – disse ela. – O que houve?
– Senta – disse Richard.
Lentamente, Laura sentou-se na cabeceira da mesa bagunçada da cozinha. Richard pegou uma cadeira e sentou-se o mais perto possível dela. Ele achava que não conseguiria olhar nos olhos dela. Olhou em volta na cozinha, com sua geladeira embutida e seu excesso de ornamentos brilhantes.
A gente deu uma lição nesse veadinho.
Richard pegou a mão de Laura e disse numa voz comedida:
– O Conor morreu.
As lágrimas de Laura foram silenciosas e imediatas. Elas caíam de seu rosto e aterrissavam levemente numa tigela de cereais suja, misturando-se com os restos de leite.
– Ai – disse ela. – Coitado do Conor.
Houve um momento de silêncio: Laura chorava silenciosamente e Richard olhava para um ímã que a mãe de Laura havia colocado

na porta da geladeira. O ímã dizia: SÓ MULHERES CHATAS TÊM CASAS LIMPÍSSIMAS.

Então Laura olhou para Richard e lembrou-se ou pareceu se lembrar daquele chute final e gratuito. Ela sentiu algo estranho e indefinível, um misto de sentimentos denso demais para ser analisado. Mais tarde, ela identificaria essa sensação como a dar muitas coisas que acabam de repente.

Ela colocou a mão no rosto de Richard e disse:

– Você parece sujo.

– É que eu não tive tempo de fazer a barba.

– Coitadinho. – Laura esfregou os olhos e ficou com marcas de rímel molhadas e granuladas nos dorsos das mãos. – Você dormiu?

Richard balançou a cabeça.

– Quando você soube? – perguntou Laura.

– Hoje de manhã no rádio.

– Não foi culpa sua – disse Laura. – Não foi culpa de ninguém.

Pat Kilroy havia dito o mesmo, é claro. Mas Richard precisava ouvir aquilo da boca de Laura. E quando ela falou, Richard percebeu que ela não falava sério, que não era verdade, que mais uma vez ele estava imerso na visão de seu futuro – todas aquelas visitas a prédios importantes.

– Liguei pro Foxer e pro O'Brien – disse ele. – Fomos ver o Pat.

Laura começou a chorar de novo.

– Ai, meu Deus. Ai, merda. O Conor morreu. O Conor morreu. Preciso ligar pros pais dele. Ai, meu Deus.

– Não acho que você deva ligar pros pais dele, querida.

– Bom, que merda eu *devo* fazer? – Laura levantou-se e começou a caminhar pela cozinha.

Richard desenrolou uma folha de papel toalha e ofereceu a ela. Laura assoou o nariz e começou a rasgar o papel molhado com os dedos. Richard já havia digerido o pior: Laura não estava surpresa com a morte de Conor. Ele tentou lembrar da briga. Havia sido tão séria assim? Tão pesada?

– Só preciso pensar – disse Richard. Então completou: – Desculpe. Lamento muito o que aconteceu.

— Bom, se você não tivesse *brigado*, porra — disse Laura.
Ele se perguntou se devia ter preparado algo para dizer a Laura.
Desculpe, querida, mas acho que posso ter matado seu ex-namorado.
O humor desse pensamento lhe dava forças.
— Porra, foi ele que começou.
(Há dúvidas se Richard, Barry ou Stephen ficaram de algum modo felizes com a morte de Conor — digo, felizes a curto prazo, mais ou menos durante o dia após a noite de 31 de agosto. *A gente deu uma lição nesse veadinho,* dissera Stephen O'Brien. Essa espécie de sentimento de triunfo — trazido pela adrenalina, pela raiva — leva tempo para evanescer. Como Richard já sabia, a recuperação da raiva violenta é um período de obstinação e indocilidade. O corpo não abandona tão facilmente tal sensação de poder e de ter um alvo. Esta seria a interpretação fisiológica. Também há o aspecto moral. Os rapazes ficaram, mesmo que por um dia, felizes com a morte de Conor? Eles achavam que o cara merecia isso?)
— Não ouse dar desculpas — disse Laura.
— Desculpe.
O velho sol brilhava pela janela da cozinha, criando paralelogramos dourados no piso de terracota.
— Ele sempre foi um babaca de merda — disse Laura.
Ela sentou-se diante da mesa e chorou. Richard inclinou-se sobre o balcão, pensando: *A culpa é minha. Ela está chorando por minha causa.* Ele se sentiu mal com isso. E também sentiu-se ofendido. Teve vontade de dizer, *Sou eu quem está ferrado aqui, Laura. Veja qual é o problema de* verdade. Mas não disse nada.
Ele sabia que fazer Laura entender seu problema racionalmente levaria tempo: talvez o dia inteiro. Apesar disso, ele sentia uma certa urgência em fazer aquilo.
— Preciso saber o que houve naquela boate — disse ele.
— Não houve nada.
— Alguma coisa aconteceu. Você saiu com ele.
— Eu não "saí com ele", Richard. Ele encontrou comigo. Tinha um monte de gente.
— Precisamos esclarecer nossa história, Laura.

— Não, *você* precisa esclarecer *sua* história, Richard. O Conor morreu.
— Eu *sei* disso, Laura.
— Isso não pode estar acontecendo – disse Laura. – Isso é horrível.
— Foi um acidente – disse Richard pela primeira vez. – A gente não queria fazer aquilo.
Laura inspirou, fungando.
Richard perguntou:
— Onde estão os seus velhos?
— Jogando tênis – disse Laura. – Ai, merda. Eu tenho que contar a eles. Merda.
Ela olhou para ele, lacrimejando.
— Seus pais sabem?
— Minha mãe sabe que o Conor morreu – disse Richard. – Meu pai está jogando golfe.
— Quem viu? – perguntou Laura.
— A briga? Não sei. O Foxer acha que umas vinte pessoas.
— Foram todos os nossos *amigos*, Richard.
— Estava escuro – disse Richard. – Meu Deus, nem *eu* consigo lembrar o que aconteceu.
Eles conversaram assim o resto da tarde. Conversaram sobre como seria o funeral. Sobre o que diriam à polícia se viesse procurá-los. Combinaram de não dizer nada a seus pais e amigos. Combinaram de, a partir daquele dia, jamais falar sobre a morte de Conor.
No fim de tudo, subiram para o quarto de Laura e ficaram deitados na cama desarrumada. Laura ligou o som e pôs a música em volume baixo. Mais tarde, nenhum dos dois lembrava que disco tinham escutado.
Por volta das cinco da tarde, eles transaram. Richard percebeu que, daquele momento em diante, os poucos segundos anteriores ao orgasmo seriam a única trégua que teria do pensamento sobre a morte de Conor. Sua consciência já estava tão pronta para o combate, tão completamente devotada ao trabalho de expulsar a culpa, que, enquanto estava deitado no quarto escuro de Laura, reconheceu algo de novo em sua vida, uma nova impossibilidade: a impossibilidade de pensar em coisas comuns.

Richard ficou na casa de Laura até as dez da noite. Depois que foi embora – após uma longa despedida entre beijos e lágrimas – ele permaneceu na rua em frente, segurando as chaves do carro e dizendo a si mesmo que tudo ficaria bem. Ele ouvia o som de uma bola quicando na lateral da casa. As janelas que via tinham uma iluminação calorosa e tudo estava tranquilo. Mas o céu estava ficando escuro e enquanto andava até o carro, conseguia sentir o vento chegando, despenteando seu cabelo e fazendo os pelos do seu braço arrepiar – com o frio, com o segredo.

Richard Culhane foi para casa e dormiu.

37

No verão anterior à sua morte, Conor trabalhou como mâitre em um dos restaurantes de seus pais no centro da cidade. As pessoas achavam aquilo estranho. Sempre parecera faltar a Conor exatamente as qualidades que são associadas a um bom anfitrião. Todos concordavam que ele até chegava a ser rude e agressivo; que ele era cascagrossa e nada sutil. O Conor que conheci tinha a força e a simplicidade dissimulada do esporte que jogava tão bem. "Ah, o Conor é meio difícil de lidar", disse Eileen Harris certa vez, "mas tem um bom coração, e é isso o que importa afinal."

Conor realmente tinha seus encantos. As mulheres gostavam de seu humor. Ele parecia infantil, mas nunca inocente. Tinha uma frustração infantil com a falta de eficiência e o desperdício. Suas habilidades sociais pareciam limitadas: ficava sem jeito entre os adultos e nervoso perto de crianças pequenas. Conor, evidentemente, tinha 21 anos quando morreu. Talvez ele fosse mais lento do que Richard ou Laura para abandonar as características mais frustrantes da adolescência, a prudência da maturidade aliada a um voluntarioso repúdio por mâitre a seu oposto.

Mas no fim das contas, ele se mostrou um bom recepcionista. Todas as manhãs vestia terno e gravata e dirigia até a cidade. Assumia seu posto reservando mesas e dava boas-vindas aos clientes com um sorriso cortês. Ele escolhera trabalhar num dos restaurantes que Brendan Harris menos visitava. A família concordou que foi uma decisão inteligente.

Numa tarde daquele verão, fui visitar Conor no trabalho. Ele parecia um outro homem. Gostei dele na época: parecia ter passado por algum tipo de evolução sutil, mas definida, talvez rumo à vida adulta, ou a uma maior crença em seu próprio valor.

Todos eles trabalharam naquele verão, é claro. No ano anterior, haviam passado o verão nos Estados Unidos. Richard Culhane de vez em quando fazia tarefas de escritório na empresa de investimentos do pai. Stephen O'Brien foi trabalhar na empresa do pai de Barry Fox e vice-versa. Era assim que funcionava.

"Você vai fazer bons contatos aqui, Richard", disse Peter Culhane ao filho. E Richard de fato fez contatos. Ele criou uma rede. Encantava os chefes de seu pai da mesma forma que encantava todas as outras pessoas: com sua aparência, sua aura tranquila, um senso de propriedade que ele pareceu selar com uma leve piscadela ao ver o escritório no primeiro dia, como se dissesse: "Sim, esta é a minha vida, tudo que tenho a fazer é entrar nela quando estiver pronto."

Mas os contatos desapareceram, a vida que Richard considerava tão fácil de conseguir saiu de seu alcance – não gradualmente, mas instantaneamente: no momento em que Conor Harris caiu no chão.

38

NA SEXTA-FEIRA, 2 DE AGOSTO DE 2004, Conor Harris encontrou-se por acaso com Laura Haines em frente à Quinn School na UCD. Conor vestia uma camisa do Leinster, calças cáqui e óculos escuros. Laura vestia calça de moletom, botas Ugg e um suéter da Hollister. Como não era época de aulas, nenhum dos dois se preocupou em se arrumar: Laura estava sem maquiagem e Conor estava sem gel no cabelo.

A conversa foi desajeitada:
– Oi – disse Conor.
– Oi.
– Tudo bem com você? O que veio fazer aqui?

Laura carregava uma pilha de livros de enfermagem.
– Fui à biblioteca, e você?
– Problemas de matrícula.

(Ainda outro mistério: nem Brendan nem Eileen Harris lembram-se de Conor ter algum "problema de matrícula" no fim do verão de 2004. A universidade confirmou, durante o julgamento, que em 2 de agosto, Conor sequer ainda havia pago as taxas da universidade. Então, o que Conor estava fazendo em frente à Quinn School naquela tarde? Esperando para ver se Laura aparecia? Encontrando outra pessoa?)

– Você vai jogar este ano? – perguntou Laura.
Conor deu de ombros.
– Espero que sim.
Laura olhou em volta: o campus silencioso, o sol de verão.
–Você está saindo com alguém? – perguntou Laura.
Conor deu de ombros.
– Como vai o Richard?
– Ele está bem – disse Laura. Ela tentou dar um ar de leveza. – Soube que você ficou com a Lisa McKeown.

Conor corou – algo que Laura nunca vira acontecer. Ela percebeu que Conor ainda estava apaixonado por ela.

– Foi coisa de momento – disse Conor.

– Bom, ouvi dizer que ela gosta de você – disse Laura, carinhosamente.

Conor disse:

– Bom, todo mundo gosta de mim, gata.

Eles riram.

Conor perguntou:

– Você vai sair hoje à noite?

– Sim, a gente vai no Bondi – disse Laura. – E você?

– Ainda não sei. Devo ir no Harry's.

– A Lisa vai lá?

– Vai sim. É por *isso* que eu vou.

– Escuta, Conor – disse Laura –, se cuida, tá? Você é um cara legal.

Eles se abraçaram e Conor observou Laura enquanto ela se afastava. ("A bunda dela", disse-me ele certa vez, "foi *feita* para uma calça apertada.") Ela desapareceu na esquina, a caminho da biblioteca.

Na manhã do dia seguinte, Laura desceu e encontrou a mãe na cozinha, passando café no filtro. Havia uma sacola com o logo da BT2 sobre a mesa.

– Conor Harris passou aqui ontem à noite – disse Mary Haines.

– Ele me disse para dar isso a você. – E ela fez aquela cara que as mães fazem, uma cara que diz *Já vi tudo*.

Laura abriu a sacola. Dentro dela, embrulhado em papel de seda, estava o moletom preto de estrelas prateadas.

– Ai, meu Deus! – disse Laura.

– É lindo – disse Mary. – Experimenta.

Laura experimentou.

– Faz parecer que estou grávida.

– Não faz não – disse Mary.

Laura foi até a sala de estar e olhou-se no espelho sobre a lareira. Ela decidiu que realmente o moletom não fazia com que parecesse grávida.

Ela voltou para a cozinha.
– Que horas o Conor passou aqui? – perguntou Laura.
– Lá pelas oito – disse sua mãe.
– Ele ficou por aqui?
– Não, ele não ficaria. Mas é um rapaz muito educado.
– Eu *não* voltei com ele, mãe – disse Laura.
– Eu nunca disse isso – disse a mãe de Laura. – E aí? Vai ficar com o casaco?
– Não sei – disse Laura. – Tipo, ele custa 250 euros.
A mãe de Laura fez a cara de "já vi tudo" novamente.
– *Para* com isso, mãe.
Naquela tarde, Laura vestiu o moletom para almoçar com Richard Culhane.
– Esse é novo – disse Richard, alcançando o outro lado da mesa. – Onde você comprou?
– Minha mãe comprou pra mim – disse Laura. – Estou usando pra fazê-la parar de encher o saco.

É claro que Laura imediatamente reconheceu o casaco como aquele que causara uma briga entre ela e Conor no shopping de Dundrum. Ela também sabia por que Conor o comprara para ela. Ela sabia que ele estava se desculpando por seu comportamento e perdoando-a ao mesmo tempo.

Ela não sabia era como se sentia em relação àquilo. A atenção de Richard fez om que se sentisse constrangida com o casaco. Mas ela nunca considerou a possibilidade de devolvê-lo ou jogá-lo fora.

Devo explicar que não era raro Richard reparar nas roupas novas de Laura. Todos os garotos do grupo de Richard eram hiperobservadores em relação ao que os outros vestiam. Mas Richard reparara no moletom salpicado de estrelas por outro motivo. Ele reparara pois já o havia visto antes.

Na tarde de 2 de agosto – um dia antes de almoçar com Laura –, Richard estava em frente ao Dundrum Town Centre com dois colegas de sua turma na Quinn School. Richard estava esperando os rapazes terminarem seus cigarros. Ele olhou para a praça ensolarada e viu Conor Harris em frente a um quiosque de café com uma sacola da BT2.

Impulsionado por um obscuro senso de caridade – o senso de que ele era o pretendente vitorioso – e pelo significado remanescente do tempo em que eram companheiros de time na Brookfield, Richard cruzou a praça para dar um alô.

– E aí, Richard – disse Conor. – Como vai?
– Vai se indo – disse Richard. – Como vão as coisas com você?
– Bem, bem.

A conversa não foi menos sem jeito do que aquela que Conor teve com Laura mais cedo, naquela tarde.

Ele e Richard conversaram durante alguns minutos sobre a escalação para um jogo da Irlanda. Então Richard perguntou:

– O que você comprou?
– Ah, nada – disse Conor.
– Deixa eu dar uma olhada – disse Richard.

(Aqui está mais uma vez a fixação em roupas tão peculiar a esses rapazes e seu mundo. Conor e Richard pareciam duas princesas mimadas falando sobre seus últimos achados. Mas sobre o que mais eles poderiam conversar?)

Conor abriu a sacola da BT2 e mostrou o casaco a Richard.

Agora me pergunto por que ele fez isso. Ele sabia que Richard reconheceria o casaco quando Laura o usasse – isto é, se ela o usasse. Mas as razões de Conor podem ter sido bem simples. Ele estava tentando provocar uma briga. Estava tentando fazer Laura e Richard terminarem.

– Meio feminino pra você, não? – disse Richard.
– Ah, sabe como é – disse Conor. – Comprei pro aniversário da gata.

Richard franziu as sobrancelhas.

– E quem é sua gata agora? Lisa McKeown?
– Tipo isso – disse Conor.

Algo obscureceu naquele momento; algo passou pelos dois que fez com que seus rostos endurecessem com a lembrança da falta de confiança. Richard estaria pensando no que acontecera havia tanto tempo em Inishfall? Estaria Conor pensando em Laura e no modo como ela andava quando se afastou dele rumo à biblioteca?

Richard e Conor se despediram. Três samanas depois, Conor estaria morto.

Acho que entendo por que Laura vestiu o casaco preto para almoçar com Richard no dia seguinte. Mas a minha pergunta é: por que ela o usou no Harry's Niteclub na noite de 31 de agosto?

Laura usou o casaco no almoço porque Richard a irritara no Bondi, na noite anterior.

O Bondi Beach Club, em Stillorgan, era uma boate temática. Havia três toneladas de areia espalhadas pela pista de dança, guarda-sóis e cadeiras de praia. Numa sexta-feira qualquer de verão, estaria cheio de alunas da Mount vestindo biquínis e garotos da Rock usando camisas havaianas.

Na noite em que Laura e Richard estiveram lá, as garotas que não tinham ido com roupas de praia começaram, com o passar da noite, a tirar suas camisetas e saias e dançar de calcinha e sutiã. Clodagh Finnegan rebolava pela pista com um sutiã vermelho rendado e calcinhas de algodão. Alguns minutos depois da meia-noite, Richard cambaleou até Laura e gritou:

– Tira a roupa, gata! Todo mundo tá fazendo isso, porra!

Laura balançou a cabeça.

– Vamos lá, garota! – gritou Richard. Laura conseguia ver os capilares no nariz dele. – Entre no espírito da noite!

Laura foi ao banheiro. Alguns minutos depois Richard pediu desculpas e levou-a para casa.

Laura usou o casaco de estrelas no almoço como uma espécie de retaliação.

Pensando bem agora, tudo isso – o problema do casaco de estrelas – parece extremamente improvável e imperdoavelmente infantil. Não pode ter sido por isso que Conor morreu, não mesmo.

Não. Não por isso.

39

– Viu o quanto engordei? – disse Laura Haines a Richard Culhane.
– Meus peitos estão ficando enormes. Tipo, nunca foram pequenos, mas não eram esses peitões.
Isso foi em 30 de agosto de 2004. Outro perfeito dia de verão. O céu parecia coberto por um enorme campo feito de nuvens macias. Era o começo da tarde e os pais de Laura estavam trabalhando. Richard estava deitado na cama *queen size* de Laura, apenas cuecas. Laura estava alisando seu cabelo louro-acinzentado com uma chapinha. Richard olhava para a garota com uma complacência senhoril. Ele tocou a curva de seu quadril, bem abaixo da cintura.
Então ele entendeu o que Laura queria dizer quando começou a falar sobre seu peso.
–Você almoçou? – perguntou ele.
Laura estava quase gritando.
– Comi uma barra de cereais. Cheia de vitaminas. *Duas* barras de cereais. Tipo, são quase quatrocentas calorias. Uma mulher só deve comer 1.500 calorias por dia.
– Você não está gorda.
– Eu tenho uma barriguinha.
– Não tem não.
– Tenho sim.
Laura vestia apenas uma camiseta. Quando ela se levantou, Richard viu o trapezoide invertido de pele mais clara intocada pelo bronzeamento artificial. Ela estava sentada na beira da cama, arrumando o cabelo com uma das mãos e com a outra sobre a barriga.
– Eu queria ser como a Rachel Bilson – disse ela.
– Você é muito mais gostosa do que a Rachel Bilson. – Ele se sentou para poder olhar com um ar sério nos olhos de Laura.

Era disso que Richard gostava em um relacionamento. Ele gostava de aumentar a confiança de uma garota em relação à própria aparência. Fazia parte do ideal cavalheiresco que ele incorporava. E ele gostava de saber das inseguranças secretas de Laura. O ideal de intimidade de Richard não era complicado, mas era mais sutil que o tipo de ideal apreciado por gente como Stephen O'Brien e Conor Harris.

Richard soube que, no último ano de Laura na Ailesbury College, algumas garotas haviam começado a se cortar. Nas tardes em que não havia aulas, quatro ou cinco garotas desapareciam em um campo próximo à escola com bolsinhas de maquiagem cheias de lâminas de barbear e bisturis e, uma de cada vez, faziam pequenos cortes em seus braços e pulsos. Um dia, Nicola Hennessy cortou o pulso tão fundo que teve que ser levada de ambulância. As garotas uniformizadas, sérias e respeitosas, viram-na partir.

Distúrbios alimentares – anorexia e bulimia – eram mais populares. As garotas competiam para ver quem contava as mentiras mais convincentes sobre o que haviam comido naquele dia.

"Comi um Big Mac inteirinho", exclamava Lisa Corrigan, enquanto tremia em uma sala de aula abafada no verão.

"Comi um pacote inteiro de biscoitos", diria alguém. Ou "Comi um bife *fantástico* na noite passada *e* ainda paramos numa lanchonete na volta do Bondi."

As garotas com distúrbios alimentares eram as que vomitavam no banheiro depois do almoço, as que haviam aperfeiçoado os métodos para remexer a comida no prato para criar a ilusão de que haviam comido.

Laura era uma dessas garotas.

Ela contou a Richard que a escola havia enviado a seus pais um pacote de documentos um ano antes de ela se matricular. A lista de exigências para a admissão incluíam *comportamento digno, uma forte ética de trabalho, sensatez no modo de vestir-se e comportar-se e interesse por religião além do meramente estabelecido pelas convenções sociais.* No prospecto, havia uma fotografia em sépia da escola. *Acreditamos firmemente em nosso dever de inculcar nas alunas o éthos da escola,* dizia a carta da diretora na primeira página.

Laura também era católica. O catolicismo de Laura era uma das coisas que Richard apreciava nela. Ele ficara orgulhoso em levá-la a sua casa para apresentá-la a seus pais.

Peter e Katherine adoravam Laura Haines. Eles já haviam decidido que aquela seria a garota com quem Richard se casaria. Eles haviam organizado um pequeno jantar para Richard e Laura no início de junho e, apesar de o assunto "religião" nunca ter sido abordado diretamente, havia pistas suficientes do catolicismo de Laura para fazer Peter e Katherine sentirem-se seguros para permitir que Richard continuasse a vê-la.

Falo aqui de pessoas que acreditavam na transubstanciação, na divindade e na ressurreição de Cristo, nos ensinamentos do papa e na autoridade moral do padre da paróquia local. Estou falando de pessoas que tinham calafrios e calavam-se sempre que surgia o tema do abuso sexual de crianças por membros da igreja. Estou falando de pessoas que faziam o sinal da cruz cada vez que passavam por uma igreja.

No entanto, havia exceções à rigidez de seu catolicismo.

É evidente que Richard e Laura fizeram sexo na tarde de 30 de agosto de 2004, em sua posição papai-mamãe habitual. Enquanto estavam deitados na cama de Laura, a camisinha que usaram ainda repousava, enrolada em lenço de papel, na lixeira do banheiro da sua suíte. Apesar de, por motivos religiosos, nenhum dos dois acreditar em contracepção, eles jamais sonhariam em transar sem camisinha.

É sobre isso que estou falando. Falo de pessoas capazes de unir duas crenças completamente contraditórias ao mesmo tempo e não perceber qualquer contradição.

– O que você vai usar amanhã à noite? – perguntou Richard.

– O que você quer que eu use? – perguntou Laura. Ela enrolou timidamente a última mecha não alisada de seu cabelo.

Richard sabia que aquela pergunta era retórica. Qualquer resposta que ele desse não influenciaria em nada a escolha das roupas de Laura. Não foi por isso que ele fizera a pergunta.

– Você ainda tem aquele casaco de moletom?

– Que casaco?
– O preto. Aquele que sua mãe te deu.
– Não sei – disse Laura.
Ela foi até o banheiro e fechou a porta. Richard colocou as mãos atrás da cabeça. Ele notou o roupão azul-claro de Laura pendurado num gancho na porta do quarto, os punhos enfiados nos bolsos, numa pose de repreensão maternal.
Laura emergiu do banheiro e desapareceu no closet. Quando voltou, estava vestindo o casaco de estrelas.
– Este?
– É.
– Você gosta dele?
– É legal.
– Vou usar se você quiser.
– Não vai estar tão frio assim – disse Richard.
– Então tá.
Richard disse:
– Vem cá um instante.
– Cuidado com meu cabelo.
Laura deitou-se cuidadosamente na cama. Richard abraçou-a.
– Eu te amo – disse Richard.
– Eu também te amo – disse Laura.
Era a quarta vez que diziam estas palavras um ao outro (Laura havia contado) e na segunda vez Richard falara isso sóbrio.
Eles ficaram em silêncio por um tempo, um esboço inacabado de intimidade e harmonia. Então, Laura disse:
– Tenho uma aula.
Ela se levantou e tirou o casaco de estrelas.
Richard disse:
– Você soube que o Steve encontrou o Conor Harris outro dia?
– Ah, é? – disse Laura. Ela procurava o outro pé de seu sapato.
– É, ele disse que o Conor foi bem babaca.
– Bom, provavelmente o Steve estava enchendo o saco dele – disse Laura.
Na manhã de quarta daquela semana – a última semana da vida de Conor – Stephen O'Brien encontrara Conor Harris em frente ao

Club 92 em Leopardstown. Ambos tinham bebido. Tiveram um diálogo de duas falas:
— Como vai a tua mãe, Conor?
— Vá se foder, Steve.

Richard não testemunhara essa conversa.
— Um dia — disse Richard agora — eu ainda pego esse filho da puta.
— Deixa disso — disse Laura. — Me ajuda a achar meu outro All Star.

Richard olhou pela janela aberta. A última camada de nuvens macias havia se dispersado, invisível. Com um inabalável ronco de esforço, um avião — àquela distância, um ponto de luz do sol refletida que se movia delicadamente — subia em diagonal no céu imaculado.

40

COMO DE PRAXE, uma das enfermeiras da emergência chamou a polícia logo depois de Conor dar entrada no hospital. Quando a radiopatrulha chegou, ele estava morto. Foi a polícia que acordou os Harris às seis da manhã para avisá-los que haviam perdido seu filho.
– O senhor é o pai de Conor Harris? – disse o policial, na entrada da casa de Donnybrook. Pela porta aberta, Brendan Harris podia ver a luz do amanhecer e sombras riscando o céu.
– Sim – disse Brendan. – O que ele fez?
Mas Brendan Harris já sabia que Conor havia morrido.
Eileen ainda estava no quarto, olhando pela janela para os números de emergência na lateral do Ford amarelo e branco da polícia, parado na porta de sua casa.
Uma hora depois, a assessoria de imprensa da polícia deu uma breve declaração sobre o incidente. Confirmaram que consideravam a morte de Conor suspeita. Apelaram para que testemunhas dessem alguma informação. O fato de ninguém ter respondido a este apelo – de ninguém se dispor a falar, de os policiais terem que caçar várias testemunhas durante quase um mês – continua sendo uma questão difícil para muita gente.
Além disso, outro ponto controverso e complicado é o fato de que havia uma rádio patrulha em Blackrock na noite em que Conor morreu. Pessoas viram o piscar fluorescente das sirenes de uma viatura cruzando a rua principal rumo a Dun Laoghaire por volta das três da manhã. Os policiais sempre mantiveram a versão de que não haviam visto qualquer sinal de incidente violento ocorrendo naquele momento. Os Harris, em particular, consideraram insistir neste aspecto, acusando a polícia de negligência. Isso foi na época em que consideravam processar todos que pudessem, inclusive os seguranças

do Harry's Niteclub, na esperança de encontrar algum consolo, alguma compensação.

Eu acredito que a rádio patrulha tenha passado cedo demais para fazer qualquer coisa por Conor Harris.

Acho que devo explicar que os dois seguranças que trabalhavam na porta do Harry's insistiram para a polícia e os jornalistas que, apesar de terem visto a briga, haviam concordado que ela acontecera fora dos limites do que chamavam de "seu território", um imaginário semicírculo de seis metros em torno da porta da boate, além do qual não deveriam ir em caso de incidente violento. Então, não fizeram nada. E depois foram para casa.

A morte de Conor Harris foi a terceira manchete do noticiário matinal da rádio RTÉ: homem de 21 anos morre depois de ser espancado em frente à boate em Dublin. O pai de Barry Fox ouviu a notícia e guardou o nome da boate. Tentou ligar para o celular de Barry e deixou uma mensagem de voz que o garoto só escutou depois, após saber da notícia por outra pessoa.

Até onde posso garantir, o pai de Barry Fox foi uma das três pessoas diretamente envolvidas no caso que souberam da morte de Conor pelo rádio naquela manhã.

As duas outras pessoas foram Katherine e Richard Culhane.

Nas horas que se seguiram à identificação do corpo de Conor no St. Vincent's Hospital, os policiais tomaram breves depoimentos de Brendan e Eileen Harris e do irmão mais velho de Conor. Eles disseram com quem Conor fora à boate (Fergal Morrison) e quem ele poderia ter encontrado lá (o que foi, na maior parte, suposição da parte dos Harris: a lista de nomes era um saco de gatos, que incluía o de Laura Haines).

Os Harris não ficaram muito preocupados quando Conor não voltou para casa na noite de 31 de agosto (ou na manhã de 1º de setembro). Ele costumava dormir na casa de amigos. Brendan e Eileen haviam presumido que ele ficara na casa de Fergal Morrison.

Fergal Morrison foi uma das primeiras pessoas interrogadas sobre a morte de Conor. Ele havia saído da boate com uma garota que estudava na St. Anne's. Eles foram ao Eddie Rocket's e depois Fergal a levara para casa de táxi, onde, por cerca de meia hora, eles deram "uns amassos" no sofá da sala de estar – o que era compreensível: a garota (seu nome era Joanna Carruthers) tinha 17 anos e Fergal, na época, tinha 22.

O detetive encarregado de investigar a morte "suspeita" de Conor era o sargento Michael Feather, um cara vermelho do condado de Tipperary que estudara em Clongowes Wood. Ele visitou a casa de Joanna Carruthers em Dalkey e concluíra que Fergal Morrison estava, de fato, em seu sofá por volta de três da manhã.

Fergal me contou em particular que ele havia passado a maior parte dessa meia hora tentando convencer Joanna a trepar com ele. Ela fez uma contraproposta na forma de uma sessão de sexo oral. Então, no momento em que Conor recebeu o terceiro e último chute, e seu cérebro recebeu danos irreversíveis, Fergal Morrison estava tendo seu pau chupado por uma garota de 17 anos que usava uma calça de cintura baixa e um top rosa da BT2.

(Penso muito nisso, na questão da simultaneidade. O que todos estávamos fazendo no momento do chute de Richard – no momento do chute que todos presumimos ter sido de Richard? Eileen e Brendan Harris estavam dormindo. Assim como os Culhane e os O'Brien. Por acaso, a mãe de Laura estava acordada, esquentando água para fazer café na cozinha pouco iluminada e vendo algumas raposas passarem por seu jardim. Nesse sentido, a mãe de Laura levava vantagem em relação a nós: ela já tinha insônia *antes* da morte de Conor. O resto de nós levou uma ou duas noites para não conseguir dormir.)

O detetive Feather arrancou de Joanna Carruthers uma lista de pessoas que ela conhecia que estiveram no Harry's naquela noite e que provavelmente ficaram lá tempo suficiente para ter testemunhado a briga. Não era uma lista longa. Ficou claro que todas as garotas citadas por Joanna eram suas colegas na St. Anne's College, em Foxrock. Apesar de tecnicamente todas serem menores de idade, a maioria delas havia sido levada à boate por seus namorados universitários. O detetive Feather esperava que esses namorados começassem a formar uma lista de suspeitos.

Não sei o que levou Michael Feather a enfatizar a questão das escolas particulares no caso desde o princípio. Talvez sua própria experiência como aluno de Clongowes dissera-lhe algo sobre nosso mundo. De qualquer forma, ele sabia desde o começo que a morte de Conor não fora fruto de um assalto, pois a carteira do rapaz ainda estava no bolso de sua calça quando ele chegou à emergência do hospital.

Eileen e Brendan Harris nunca confiaram em Michael Feather. Acho que isso começou no hospital, quando Brendan pedira os pertences de Conor e os policiais gentilmente explicaram que estes precisavam ficar retidos como evidências para a investigação. Eileen Harris culparia a inompetência de Michael Feather pela reviravolta final no julgamento de Richard Culhane por homicídio. Mas nessa época, Eileen culpava a todos, pois não conseguia encontrar um alvo óbvio para sua raiva.

Na verdade, Michael Feather era certinho e metódico. Era um homem de bigode com uma cabeça grande e retangular, que sofria de uma gagueira que só se manifestava em palavras que começassem com a letra R. Era uma espécie peculiar de repetição monocórdia da primeira sílaba: "Re-re-reencontrei a casa em ru-ru-ruínas", poderia ele dizer no seu tom monótono e rústico.

"Ele faz isso de propósito", reclamava Eileen Harris. E de fato a gagueira parecia proposital, pois não havia um real impedimento.

Eu confiava em Michael Feather. Nas coletivas de imprensa, ele era sempre circunspecto, até mesmo chato. Deixava escapar poucas informações. Mas ele realmente descobriu quem matou Conor Harris, mesmo que tenha levado um mês para isso.

Enfim, a polícia entrou em contato com a diretoria das escolas particulares de moças no sul de Dublin e pediu os nomes de qualquer aluna que tivesse estado no Harry's em 31 de agosto. Isso gerou uma lista um pouco maior do que a de Joanna Carruthers. Então a equipe de Michael Feather começou o trabalho de ir às casas de todas essas garotas em Stillorgan, Killiney, Dalkey, Ranelagh, Milltown, Mount Merrion, Shankill, Blackrock e Donnybrook e perguntar a elas o que haviam visto.

Nas noites de setembro, garotas de todo o sul de Dublin foram surpreendidas durante o dever de casa por policiais uniformizados, com seus bloquinhos e perguntas. Acho que a maioria delas curtiu o drama. Durante alguns dias, tornou-se motivo de orgulho entre as garotas da St. Anne's ter sido visitada pela polícia. As garotas que ainda não haviam sido procuradas rezavam por uma chance de compartilhar suas próprias teorias sobre a morte de Conor. A maior parte do que os policiais ouviram eram especulações improváveis. Muitas garotas – eu as conhecia vagamente – achavam que o motivo da discussão (e todos tinham certeza de que houve uma discussão, até quem não havia visto nada, quem estava bêbado demais para prestar atenção) era uma garota – especificamente Laura Haines, que todas as garotas de escolas particulares conheciam ou tinham ouvido falar.

Havia o problema da idade. A maioria das garotas contactadas naquela fase da investigação eram três, quatro ou cinco anos mais jovens que Conor Harris e seus colegas. Então, tinham apenas uma tênue conexão com o que realmente acontecera em Blackrock naquela noite. A polícia levou algum tempo para identificar as pessoas diretamente ligadas a Conor Harris.

Mas no fim das contas, acabaram visitando Laura Haines.

Não foi Michael Feather quem a visitou. Se tivesse sido, talvez o nome de Richard Culhane tivesse chamado atenção do chefe da promotoria bem antes.

Laura foi visitada por uma policial uniformizada cujo parceiro, um homem, permaneceu sentado em silêncio na cozinha, olhando ao redor, como se nunca houvesse visto uma casa como aquela. Laura estava estudando para sua primeira prova de radiologia do ano. Seus livros estavam abertos sobre o mármore preto da mesa do café da manhã. Também havia um fichário, um estojo de pelúcia vinho e uma xícara de chá, agora frio.

– Você estava nesse Harry's Niteclub na noite de 31 de agosto? – perguntou a policial.

– Sim, estava – respondeu Laura.

– Você viu alguma coisa que pode nos ajudar a descobrir como Conor morreu?

– Não – disse Laura. – Voltei pra casa cedo. Sozinha. Estava com dor de cabeça.

Como você voltou para casa?

– Meu namorado me levou. Pegamos um taxi.

– Qual é o nome do seu namorado?

– Richard.

– Sobrenome?

– Culhane. Richard Culhane.

– E a que horas ele levou você para casa?

– Lá pelas duas da manhã.

Quando a polícia foi embora, Laura subiu para o quarto e pediu perdão a Deus.

A policial que interrogara Laura não sabia que a garota havia namorado Conor Harris. Obviamente, Michael Feather sabia disso: ele ouvira falar de Laura durante suas conversas com Brendan Harris. Mas a informação não havia sido passada aos policiais que faziam as entrevistas de rotina. Então, o que aconteceu foi que, em mais de quarenta entrevistas, o nome de Richard Culhane foi mencionado em apenas duas. Na de Laura, poderia sequer ter sido mencionado.

Sim, Laura Haines mentiu à polícia para proteger o namorado. Mais tarde, defendeu ter agido assim, pois estava convicta da inocência de Richard. Isso era mentira, é claro. Laura sabia que ele era culpado e sabia que ele seria pego. Sua mentira era uma tática para atrasar as coisas. Ela precisava deixar a culpa de Richard ser um segredo seu tempo o suficiente para saber se ele se arrependeria.

Lembre-se de que Laura Haines foi a única pessoa a ver a briga por completo. Ela também era a única pessoa que entendia por que aquilo aconteceu e o que significava.

Fico surpreso pela mentira de Laura à polícia não ter se tornado um fator central no caso. Os advogados envolvidos preferiram não se concentrar neste detalhe. A recusa de Richard em assumir sua participação – isso sim tornou-se um ponto importante. Mas Laura nunca foi acusada de obstrução da justiça. Ela nunca foi considerada, tanto pela defesa quanto pela promotoria, como algo além de uma testemunha ocular.

Acho isso estranho. Estranho porque sei (ou acho que sei) como Laura se sente a respeito da morte de Conor. Ela sente que, apesar de não ter dado um soco sequer, é tão responsável pela morte de Conor quanto Richard, Barry, Stephen e os vários outros anônimos que participaram da briga.

Os detalhes da entrevista de Laura passaram despercebidos pela sala de investigações que Michael Feather montara na delegacia de Donnybrook. Foi só depois de falar com Debbie Guilfoyle, namorada de Dave Whelehan, que ele definiu uma lista de suspeitos.

No final, a polícia reuniu quase oitocentos relatos dos acontecimentos de 31 de agosto de 2004. Mas foi Debbie quem fechou o caso. Ela chorou quando relatou a briga aos policiais. Ela disse que só conseguia se lembrar de três pessoas que estavam perto de Conor quando o rapaz caiu.

Stephen O'Brien.
Barry Fox.
E Richard Culhane.

Os rapazes foram presos às sete da manhã de 25 de setembro de 2004.

PARTE TRÊS
DANOS GRAVES

41

UMA VEZ, DA JANELA DO ÔNIBUS que levava o time da Senior Cup da Brookfield para um treino em Kildare, Richard Culhane teve uma visão do inferno. Eles estavam passando por um conjunto habitacional, um promontório de casas cinzentas de cimento encardidas; havia fileiras delas no meio de uma planície sem árvores com um gramado de um verde enjoativo. Por um instante, Richard ficou alheio aos gritos barulhentos de seus colegas de equipe. Ele foi absorvido pelo que viu. Duas garotas com conjuntos de moletom cor-de-rosa empurravam carrinhos de bebê iguais, seus rostos finos e deformados, como se tivessem acabado de chupar uma fruta azeda, pensou Richard. As casas e os muros caindo aos pedaços estavam pichados. Homens à toa reuniam-se em grupos desanimados, suas roupas sujas – isso era visível mesmo a distância. Em um piscar de olhos, Richard teve a visão de um outro eu: um eu condenado a viver uma vida breve e triste naquele solo árido, um eu apanhado por uma namorada grávida ou um holocausto financeiro, um eu sem escolhas, sem futuro.

Isso o deixou angustiado por meses. Ele achava que tivera uma visão do pior rumo que sua vida poderia tomar.

É claro que nunca vemos os reais fracassos que nos esperam, aqueles que nos surpreendem por serem tão banais e ao mesmo tempo medonhos. Nunca prevemos o poder que uma falha tem de, traiçoeiramente, estragar não apenas o grosseiro esboço de uma vida – a inflexível trajetória de escola – faculdade – carreira – casamento – aposentadoria – mas as coisas minúsculas e periféricas, o prazer que temos em ouvir uma música ou jogar rúgbi.

Eu mencionei que, após a morte de Conor, Richard nunca mais jogou rúgbi? No geral, ninguém comentou isso, talvez porque pouca gente soubesse. Mas é verdade: ele parou de jogar. Até onde sei, ele nunca falou abertamente sobre o motivo disso.

Afinal, tudo na vida de Richard fora envenenado por sua real ou potencial associação com aquilo que o destruiu. No ano após a morte de Conor, ele achou que nunca mais conseguiria ler um livro que falasse de morte ou assistir a um filme que tivesse uma cena passada em uma boate.

Não havia nada em que pensasse que não o levasse de volta, inexoravelmente, àquela noite em frente ao Harry's, em Blackrock.

Na aconchegante casa de Sandycove, que cheirava a lavanda e lustra-móveis, Richard ficou assistindo ao prazer sendo drenado de sua vida. Ele aceitou o fato, acho eu.

Ele simplesmente achou justo.

42

NA MANHÃ DE 25 DE SETEMBRO, Michael Feather fez um pequeno interrogatório com os rapazes numa sala da delegacia de Donnybrook. Primeiro, ele os deixou esperando em celas separadas. Depois colocou-os sentados, um de cada vez, diante da mesa de madeira esburacada, em que havia um gravador e um bloco de notas. Ele interrogou-os, com sua gagueira estranhamente artificial e estudada, sobre o 31 de agosto.

Nas palavras de um repórter, Barry Fox e Stephen O'Brien lidaram "extremamente mal" com esta primeira breve detenção e com os interrogatórios que se seguiram. Eles suavam e choravam. Murmuravam coisas como "Porra, isso não é justo" e "A gente não teve nada *a ver* com isso, cara".

Mais tarde, em particular, Stephen O'Brien admitiria acreditar que nunca seria preso. "Esse tipo de merda simplesmente não acontece", disse ele. O que ele queria dizer era, *Essas coisas não acontecem com pessoas como eu*".

Richard mostrou-se calmo – estranhamente calmo. Por isso, naquelas primeiras horas, Michael Feather presumira que Stephen O'Brien fosse o responsável pela confusão. (Só depois que a conexão com Laura Haines veio à tona é que Richard assumiu o tom apropriado.) Mas Richard estava calmo, pois já previra tudo aquilo: as celas brancas, o cheiro de desinfetante nos corredores. Ele sabia que suas visitas a prédios importantes haviam começado.

Os rapazes tinham advogados presentes durante os interrogatórios, é claro. Assim que Richard partiu no carro da polícia, Peter Culhane ligou para um amigo da família chamado Gerald Clinch, que chegou na delegacia de Donnybrook às onze da manhã e ficou sentado ao lado de Richard enquanto Michael Feather fazia as perguntas.

Gerald Clinch era um sujeitinho nervoso, com uma espécie de frustração amorosa em relação ao mundo, agressivo quando queria ser passional, ferindo quando queria parecer gentil. Gerald formara-se em direito na UCD e recebeu seu diploma no Blackhall Place, em Dublin. Ele usava ternos cinza com abotoaduras de ouro no formato de pequenas harpas. Ele deu um tapa forte no ombro de Richard e disse-lhe que tudo ficaria bem se o garoto contasse a verdade sobre o que acontecera.

Mais tarde, o que pareceu importar para as pessoas foi o fato de que Gerald Clinch e Peter Culhane haviam estudado juntos na Brookfield. Ambos haviam jogado no time da Senior Cup.

Barry e Stephen tinham o mesmo advogado, que se chamava Peter Mason. Ele aceitara, diante do pedido de Maurice O'Brien, defender o filho deste e o do seu amigo.

Mason havia estudado na Merrion. Uma piada sobre ele ficou famosa durante o julgamento: diziam que ele era o único jogador da Senior Cup que conseguiu carregar pelo campo um balde d'água pendurado no pau duro sem derrubar uma gota.

Muitas ligações telefônicas foram feitas naquela manhã, enquanto os rapazes esperavam em celas separadas. Peter Culhane ligou para pessoas que ele conhecia: gente que trabalhava no Departamento de Justiça, Partido Republicano da Irlanda, gente que trabalhava em firmas de advocacia, de seguro médico, e de contabilidade. Ele queria descobrir duas coisas. Queria descobrir se dava para tirar Richard daquela fria e quanto ia custar se não conseguisse.

Brendan Harris soube das prisões pelo rádio e ligou para a delegacia de Donnybrook. Ele sabia que fariam as prisões, mas ainda não sabia quem seriam os réus. Sua primeira reação, ao ouvir o nome de Richard foi gritar em direção à cozinha, "Eu sabia". À medida que o dia passava, ele ficava se perguntando o que exatamente quisera dizer com aquilo.

O pai de Barry Fox ligou para Maurice O'Brien, que também estava ligando para amigos advogados e colegas políticos. (Preciso dizer, a essa altura, que todos para quem Peter Culhane ligou haviam estudado na Brookfield e todos para quem Maurice O'Brien telefonou haviam estudado na Merrion Academy?)

"Não se preocupe", dizia Maurice O'Brien. "A gente vai sair dessa."
As pessoas começaram a dizer isso o tempo todo: *A gente vai sair dessa*. Diziam a Richard, Stephen e Barry. Diziam isso a Peter e Maurice. Diziam a Eileen e Brendan Harris. Havia variações: *A gente vai dar um jeito nisso*, ou *Tudo vai se resolver*, ou *A gente vai resolver tudo isso, não se preocupe*.
Gerald Clinch e Peter Mason diziam isso aos garotos: "A gente vai sair dessa."
Clinch e Mason eram amigos. Eles haviam estudado juntos na UCD.
Michael Feather falou com Richard primeiro. Richard disse que achava que Conor Harris deu o primeiro soco, mas não sabia por que a briga tinha começado. Ele admitia seu envolvimento, mas disse que era mínimo. Disse que não conseguia lembrar se Barry ou Stephen estavam envolvidos, mas admitiu que era possível que estivessem. Disse que bebera muito, mas não estava agressivo. Que lamentava muito a morte de Conor e se arrependia profundamente de seu envolvimento no acidente. Ele insistiu em sua inocência no homicídio de Conor.
Durante todo o interrogatório, Gerald Clinch sacava sua caneta e assentia ligeiramente em intervalos de tempo compassados.
Stephen O'Brien foi o próximo. Ele explicou que Conor se comportava de maneira agressiva nos momentos que antecederam a briga. Reafirmava constantemente que seu próprio envolvimento fora secundário. Confessou ter dado um soco aleatório, mas que a briga fora tão confusa que era difícil definir quem fizera o que com quem. Ele disse que bebera muito, mas que não tinha ficado agressivo.
Nesse tempo todo, Peter Mason escrevera em um bloquinho com uma caligrafia pequena e certinha.
Depois foi a vez de Barry Fox.
Barry admitiu ter sido uma das pessoas que chutaram a cabeça de Conor quando ele estava caído na rua. Disse ter certeza de que Richard Culhane se envolvera na briga desde o início. Ele também não sabia quem dera o primeiro soco, mas disse que achava que podia ter sido Richard. Disse que Richard enchera a cara a noite toda e

ficara agressivo. Que Stephen O'Brien fora o primeiro a cair na briga quando esta começara. Que quis chamar uma ambulância para Conor, mas que Richard convenceu todos a irem embora.

Nesse tempo todo, Peter Mason remexia-se em sua cadeira e escrevia furiosamente em seu bloquinho.

Nenhum dos rapazes mencionou as declarações feitas a Pat Kilroy. Nenhum deles mencionou a frase: *A gente deu uma lição nesse veadinho.* Nenhum deles mencionou que a atual namorada de Richard já namorara Conor Harris.

Nessa hora, Mick Conroy, o motorista do táxi em que Laura Haines trombara apareceu oferecendo ajuda aos policiais. Michael Feather supervisionou um reconhecimento no qual Mick Conroy identificou Richard e Stephen como os caras que mais batiam em frente ao Harry's. Mick Conroy não identificou Barry Fox, que estava na fila de reconhecimento. Isto seria citado como um fator atenuante pelo advogado de Barry durante o julgamento, e foi uma das razões pelas quais sua pena foi diminuída quando se recorreu da sentença.

Quando o primeiro interrogatório de Barry Fox terminou, Gerald Clinch e Peter Mason conversaram rapidamente, em particular, na delegacia agitada. Naturalmente, nunca revelaram a natureza dessa conversa.

Então, Richard e Stephen foram interrogados novamente. Eles confirmaram certos detalhes da história de Barry, mas negaram ter chutado Conor ou estarem agressivos por causa da bebida.

Quando estes interrogatórios terminaram, Michael Feather recostou-se na cadeira e disse para si mesmo: "Bem, acho que pegamos os ra-ra-rapazes."

Claro que os rapazes não puderam conferir uns com os outros os detalhes de suas versões. Richard e Stephen confiaram que a versão de Barry dos fatos concordaria em quase tudo com as deles.

Barry chorou bastante durante seu interrogatório. Quando voltou para sua cela, sentou-se no fino colchão cinza do catre e analisou seus sentimentos. Por um instante, sentiu-se aliviado, livre de um fardo. Depois lembrou-se das declarações que Pat Kilroy guardara no cofre de sua sala. Ele percebeu que Richard e Stephen provavelmente não se sentiram compelidos – por consciência, ansiedade ou medo – a confessar. Ele entendeu o que havia feito. Ele viu Richard, Stephen e ele mesmo em seu longo futuro comum, um futuro com celas brancas e vergonha pública.

Ele encostou-se na parede e disse, "Foda-se".

A notícia das prisões saiu na maioria dos jornais no dia seguinte. Todas as matérias diziam mais ou menos a mesma coisa: "Três estudantes apresentaram-se ao Tribunal Regional de Dublin hoje, acusados de homicídio e violenta perturbação da ordem pública. Todos são acusados de matar Conor Harris, 21 anos, em frente ao Harry's Niteclub, em Blackrock, em 31 de agosto. Eles alegaram ser inocentes das acusações e foram liberados mediante fiança para apresentarem-se novamente à justiça no fim do mês."

Hora de ir.

43

DEPOIS DAS PRISÕES, TUDO COMEÇOU A MUDAR. Os rapazes estavam prestes a começar seu terceiro ano na UCD. Agora eles tinham que ceder suas vagas. Richard sentiu-se entorpecido enquanto preenchia os formulários. Ele tinha certeza – apesar de não saber como – de que jamais voltaria à universidade. E ele estava certo. Ele jamais voltou. Nem Stephen O'Brien ou Barry Fox. Por algumas semanas, Peter Culhane falou em mandar Richard a Cambridge para concluir seus estudos "quando tudo aquilo tivesse passado". Não sei no que deu esse plano. Talvez Peter ainda o alimente, talvez seja um dos assuntos que ele aborda vez ou outra no casarão branco de Inishfall.

Todas as manhãs, enquanto aguardavam o início do julgamento, Richard ia até o jardim e encarava o olhar de desprezo da piscina vazia. Peter esvaziara a piscina, pois os custos de manutenção estavam saindo muito altos.

O pior em relação à culpa de Richard era que ela o mantinha preso no tempo completamente. Ele sabia que a sua vida havia acabado ao mesmo tempo que a de Conor, na mesma hora em que o coração do rapaz parou. Agora Richard era um fantasma em sua própria vida. Às vezes, no meio da noite, ele temia *ser* um fantasma, quase literalmente: não seu fantasma, não o fantasma de Richard Culhane, mas o espírito eterno de Conor Harris.

E isso o perseguiria em todos os sentidos, essa estase, essa culpa. Quando fizesse 65 anos, ainda seria o rapaz que matou Conor Harris. Quando fosse para o asilo, ainda seria o rapaz que matou Conor Harris. Quando ele próprio morresse – cada vez mais tinha essa sensação – estaria apenas se emparelhando com o outro.

Apesar de a piscina estar vazia, Richard ainda encontrava algum consolo ao olhar para os azulejos cobertos de folhas. Ele achou que

Peter estava certo em esvaziar a piscina. Havia algo de indecente em sua ondulação e brilho, algo de luxuoso que ninguém ali achava mais merecer. Então, durante meia hora ou mais, todo dia de manhã, Richard Culhane olhava para uma piscina vazia como se quisesse desvendar seu futuro.

E o que os Harris estavam fazendo enquanto a justiça se arrastava? Eileen Harris fazia colchas de retalhos cada vez maiores. Ela não tentava mais vender sua produção. Organizou uma pequena biblioteca de livros de padronagens e um caótico arquivo de recortes e amostras gastas. Ela se sentava na cozinha da casa de Donnybrook e costurava os retalhos. Não acho que tenha terminado qualquer das colchas que começara.

Brendan Harris assistia à televisão. Ele deixara a administração dos restaurantes a cargo de um executivo e agora que não tinha nada para fazer o dia inteiro, sentava-se na sala de estar e via televisão durante horas, encolhido na poltrona como um homem muito velho. Ele tinha que se lembrar constantemente de que Conor havia morrido. O luto, pensou ele, deve ser um estado de reconhecimento horrorizado, continuamente renovado.

Ele tinha a impressão de já ter vivido todo o seu futuro vazio.

Um dia o padre Connelly visitou-os.

– Gostaria de oferecer minhas condolências – disse ele, diante da porta, na chuva.

Brendan Harris atendera a porta. Eileen apareceu por trás de seu ombro.

O irmão de Conor desceu as escadas.

– Vá se foder – disse o irmão de Conor, batendo a porta na cara do padre Connelly.

44

A MÃE DE KATHERINE CULHANE, que sofrera a vida inteira de uma dor sem nome certo (não diagnosticada, incurável), tornou-se tão introvertida no fim da vida, tão relutante em sair da casa de Stillorgan e por fim do próprio quarto, que Katherine, aos poucos, se convenceu de que ela também acabaria reclusa na meia-idade, suspirando e andando por entre véus de fumaça de cigarro, tão sitiada por maus augúrios e terrores que seria incapaz de ultrapassar o portão de casa. Na época da morte de Conor, isso não havia acontecido. Katherine conseguira sufocar a mais estranha de suas ansiedades hereditárias. Ela era conhecida como uma mulher alegre e elegante. No Natal, enviava presentes para a caridade. Ela mantinha a cabeça no lugar.

Tudo isso mudou quando descobriu que seu filho havia matado Conor Harris.

Como Richard contou a ela?, fico imaginando. Ele teria pedido que ela se sentasse na cozinha, tímido e sério, puxando a cadeira para a mãe com aquela famosa educação que lhe era inerente? Ele deixara a notícia vir à tona, através de pistas e gestos? Ele contava com o noticiário das seis para começar a conversa? Ou Peter e Katherine descobriram apenas quando os detetives bateram na madeira trabalhada de sua elegante porta da frente, procurando por seu único filho?

Imagine os Culhane, de pé na cozinha, com os policiais parados e respeitosos, olhando para Richard enquanto ele confirma – assentindo, em silêncio – o que os policiais disseram. Ele não teria dito ou feito qualquer coisa incriminadora, legalmente falando. Katherine intuitivamente saberia o que o filho fizera. E ela ficaria admirada de ver como o amava, ficaria impressionada com seu primeiro instinto diante de tal horror: o instinto de dar-lhe carinho, aninhá-lo em seu colo e dizer a ele que já estava perdoado. Mas é assim que se manifesta um coração partido: com mais amor, num primeiro momento, porque o amor está sempre tentando transformar-se em dor, como se a dor lhe desse plenitude.

Para Katherine, Richard ainda era a criança com casaco de náilon (botões abertos a muito custo) que ela deixara no jardim vazio em seu primeiro dia na escola primária. É estranho, mas Richard fora uma criança inquieta: "Perdeu o ônibusss", dizia ele com a língua presa, aos dois anos, nos tempos em que os Culhane não podiam manter dois carros e Katherine o levava ao centro da cidade num daqueles velhos ônibus verdes de dois andares. "Mamãe, perdeu o ônibusss!"

No ano seguinte à prisão do filho, Katherine foi ficando cada vez mais parecida com a mãe. As refeições que fazia tornaram-se mais elaboradas, como as da mãe. Agora, todos os dias, ela servia refeições com entrada, prato principal e sobremesa, tiradas de livros de receitas, como se, ao esconder-se da complexidade do mundo, precisasse criar elaborações particulares, pequenas práticas domésticas sobre as quais pudesse demonstrar controle. Ela raramente saía de casa. Contratara uma empregada nigeriana chamada Namwali para fazer as compras todas as semanas e quando Namwali chegava com seu fardo de sacos plásticos, Katherine insistia em convidá-la para tomar um chá de camomila ou muffins de uva-do-monte caseiros com sorvete. E Katherine ouvia com terrível paciência a história das dificuldades de Namwali: imigração, pobreza, isolamento, abandono.

Katherine percebeu que Namwali sempre farejava quando entrava na casa, como se fizesse uma rápida avaliação olfativa do vestíbulo, da sala de estar, da cozinha. Katherine começou a achar essa cautela levemente tranquilizadora.

Katherine voltou a fumar. Ela ficava na cama até meio-dia e passava o resto do dia arrastando-se pela casa de camisola. Uma tarde, ela percebeu que os frascos e estojos de maquiagem alinhados sob o espelho do quarto estavam empoeirados. Descobriu que a casa, da qual tanto se orgulhara, tornara-se apenas um local de sofrimento, um lugar para marcar o progresso glacial daquela dor, medida, ao

que parecia, em milímetros de poeira acumulada, em filetes de urina que deixavam o vaso sanitário amarelado como jornal velho.
   Ela achava impossível falar com Richard. Ele parecia passar a maior parte do tempo no jardim, olhando para a superfície da piscina, que agora, já no meio do outono, estava cheia de folhas caídas. Katherine olhava para ele da janela da cozinha, incapaz de se aproximar de sua pequena moldura. Um psiquiatra – contratado por conta de Peter – dissera-lhes para vigiar Richard, como se cuidassem informalmente de um suicida potencial. Então Katherine o vigiava, desinteressada, desatenta. Ela sabia que seu filho jamais se mataria. Era pior do que isso. Ele viveria, resistiria, carregando seu fardo, sua maldição; a maldição que também condenava o resto deles, que significava o fim agonizante de sua bela família. Sempre que chegava perto dele na cozinha ou no jardim de inverno – enquanto ele segurava uma das xícaras de café que passava o dia fazendo e nunca bebia –, ela hesitava, e este gesto covarde, indesejado e nada bem-vindo tornar-se-ia padrão em seu relacionamento com o resto do mundo. Agora ela hesitava com frequência. Hesitava quando ligava a televisão, quando abria a porta da frente.
   Apesar disso, ela lia os jornais, procurando notícias sobre o caso. Ela conversava sem esperança com os advogados. E debatia obsessivamente consigo mesma sobre a natureza do crime de Richard.
   Ela se perguntava se o que Richard fizera era pecado, se aos olhos de Deus Richard era culpado de alguma profunda e condenável transgressão. Mas se era pecado, raciocinava ela, calmamente resolvendo a equação lógica, que tipo de pecado era? Certamente não era um pecado de omissão, pois a morte de Conor não ocorrera por inação, por negligência. Então, talvez fosse um pecado de comissão: o chute de Richard matara Conor Harris. Mas ele não tinha intenção de matar. Logo, também não era um pecado de comissão. Talvez nem sequer fosse um pecado.
   Mas parecia um pecado. Parecia um pecado que ela mesma cometera. Deixara a mesma impressão de vazio e inquietação. Ela também poderia ter estado lá na noite em que Conor morreu.
   Pergunto-me se Katherine Culhane ainda pensa nisso, se é por isso que ela chora no casarão em Inishfall.

45

SEGUNDO UM JORNAL, "o modo como Conor Harris morreu causou mal-estar e choque generalizados" entre seus colegas e amigos. Este mal-estar e este choque inicialmente manifestavam-se na forma de conversas sussurradas na mesa de jantar. Depois, tomou a forma de silêncio.

Segundo vários jornais, Brendan e Eileen Harris estavam "perturbados" ou "inconsoláveis" ou "tristes e profundamente chocados". Eles faziam "apelos sinceros" ou "críticas ferozes" ou "pedidos desesperados". Eles eram "fortes ao enfrentar o sofrimento".

(É claro que eles não eram fortes ao enfrentar o sofrimento. Eles estavam derrubados, derrotados, angustiados.)

Segundo outros jornais, os Culhane "apoiavam firmemente seu filho". Eles estavam "determinados a provar sua inocência". Estavam "profundamente consternados" com a morte de Conor, mas "cem por cento certos de que Richard não estava envolvido".

Segundo vários jornais, Conor Harris fora "espancado até a morte por uma multidão"; "brutalmente atacado por uma gangue de jovens bêbados"; "tragicamente assassinado durante uma briga em frente a uma boate às três da manhã".

Segundo vários jornais, Richard e seus amigos eram "playboys", "riquinhos" e tinham "costas quentes".

Segundo outros jornais, Richard e seus amigos eram "estudantes", "ex-alunos de escolas particulares" ou "três jovens universitários".

Todas essas descrições são verdadeiras, até certo ponto.

O único fator que realmente tornava a história vendável – do ponto de vista da imprensa – era, é claro, a ligação com as escolas particulares.

Pessoas ligavam para programas de rádio e explicavam que os garotos da Brookfield e sua corja eram uns criminosos e sempre haviam sido e que já estava mais do que na hora de serem punidos.

Outras pessoas diziam que era uma tragédia e que deveríamos pensar nas famílias envolvidas em vez de espalhar ressentimentos pessoais.

Outras ainda diziam que brigas como aquela em que Conor foi morto aconteciam todos os dias nas ruas da capital e que a mídia só agarrou-se a essa porque os envolvidos eram ricos e instruídos, portanto, glamourosos, como outros rapazes não eram.

Ainda outras achavam que os rapazes sairiam impunes por serem de família rica e das escolas em que haviam estudado.

Todos também adoravam dar sua opinião sobre a noite em si, apesar de serem menos passionais a esse respeito. Alguns diziam que Conor deveria estar pedindo por aquilo. Outros – ecoando as palavras das garotas da St. Anne's – diziam que devia ter mulher no meio.

Acho que ninguém jamais expressou a opinião de que Stephen, Barry e Richard fossem inocentes.

É interessante que esses debates fossem quase todos conduzidos na esfera pública. Também é interessante que as pessoas que escreviam para jornais e falavam sobre o caso no rádio e na TV não fossem pessoas criadas no sul de Dublin. Eram do norte ou de outras partes do país.

No sul, esperava-se que ficássemos calados.

Em todo o sul de Dublin, as pessoas firmaram um acordo tácito de que o caso não seria discutido publicamente. É claro que quase todo mundo naquela região conhecia Richard ou Stephen ou Barry ou Conor ou seus pais pessoalmente, ou conheciam alguém que os conhecia.

Então, no sul, a garotada continuou fazendo o que sempre fez. Iam a jogos de rúgbi ou hóquei, compravam vestidos e smokings para as formaturas (estávamos entre setembro e outubro, época das formaturas), saíam para beber, iam à escola e à igreja, faziam os deveres de casa.

Ao contar esta história, estou rompendo o pacto de silêncio que foi nossa resposta unânime às prisões. Algumas pessoas me disseram que era melhor deixar esta história esquecida, que contá-la apenas causaria mais sofrimento, mais tristeza. Mas esta história é tudo o que tenho. Meus motivos para contá-la são puramente egoístas, e não têm muito a ver com conveniências ou com a necessidade de boas maneiras. Neste relato, subjetivo e parcial como inevitavelmente deve ser, estou falando de pessoas sobre quem se deve falar. Estou falando de pessoas que acham que dor e sofrimento são coisas a ser enterradas, que temem e desprezam a exposição pública da tristeza, pessoas que não têm ideia de que as histórias são a maneira mais simples – e talvez única – de falar sobre as coisas que nos machucam. Estou falando de homens e mulheres que tentam viver como se o sofrimento atingisse os outros, nunca a eles.

Essa é a minha gente. Eu os amo, e é por isso que vale a pena.

46

É DIFÍCIL DEMAIS CONTAR ESTA HISTÓRIA.
 Mas não posso fugir dela, ainda não.
 Estou quase lá, quase lá.
 Acho que em breve irei para aquela ilha pequena e chuvosa no oeste solitário. Em breve irei para Inishfall.

47

DUAS SEMANAS APÓS O INÍCIO DO JULGAMENTO, Peter Culhane acordou às quatro da manhã em pânico e coberto de suor. Seu braço esquerdo estava paralisado e o peito apertado e dolorido. Ele cambaleou até o quarto onde Katherine dormia.

– Estou tendo um enfarte – disse ele. – Não consigo respirar.

Katherine acordou imediatamente. Chamou uma ambulância e esperou com Peter na cozinha. Ele sentou-se sob a luz amarela agarrando o peito e respirando com um som alto.

– Eu estava sonhando – disse ele. – Sonhei com o Richard.

– Shhh – sussurrou Katherine.

Richard estava em seu quarto no andar de cima. Ele não estava dormindo, apesar de o médico da família ter-lhe receitado alguns tranquilizantes pesados. Ele ouviu a ambulância chegar e levar Peter. Peter e Katherine discutiram na entrada sobre se Peter deveria ir para o hospital sozinho. "Você fica com ele", Richard ouviu seu pai dizer. "Você precisa levá-lo ao tribunal." Quando a ambulância foi embora, ele ouviu sua mãe subindo lentamente as escadas. Ela colocou a cabeça na porta do quarto dele.

– Seu pai foi para o hospital – disse ela.

– Eu sei.

– Provavelmente é estresse.

– Hum-hum.

– Você está conseguindo dormir?

– Um pouco.

– Tudo bem, então. Te chamo em algumas horas.

Os médicos disseram assim que tiraram a pressão de Peter e testaram sua capacidade pulmonar que era estresse.

– Você está num momento de grande tensão? – perguntaram.

Peter assentiu.

– Você vai ficar aqui em observação. Só por precaução. Peter conhecia algumas pessoas no St. Vincent's Hospital. Deram-lhe comprimidos para dormir e um leito num quarto compartilhado no terceiro andar. Na quietude pouco iluminada do hospital, Peter permanecia bem acordado. Ele suspeitou que os remédios para dormir fossem placebos. No leito ao lado, uma mulher grisalha olhava para ele, desperta. Peter sentou-se e vestiu as calças que Katherine apressadamente lhe dera.

Ele estava preocupado com a imprensa. E se os jornais descobrissem que ele estava ali? Para Peter, este era o aspecto mais doloroso do caso, mais doloroso do que saber que seu filho estava envolvido na morte de outro rapaz. Havia algo de vergonhoso no fato de sua família estar constantemente aparecendo nos jornais, na televisão. E o pior, apareciam constantemente ligados aos O'Brien e aos Fox, como se não possuíssem mais uma individualidade, como se de alguma forma as três famílias fossem a mesma. *Richard não era como aqueles outros garotos,* pensou Peter. *Ele tinha algo mais, uma espécie de nobreza.*

Durante a semana, Peter ouvira uma mulher falar no rádio. "Richard Culhane não passa de um criminoso. Pode se disfarçar o máximo possível, mas é o que ele é, um criminoso."

E Brendan Harris continuava dizendo à imprensa: "Meu filho foi assassinado e quero seus assassinos punidos pela justiça."

Peter Culhane era um homem à moda antiga. E fora aluno da Brookfield, o que significava que tinha uma noção sentimental de honra e dignidade.

Ele descobriu que odiava seu filho quase tanto quanto o amava.

Richard raramente falava com Peter desde o início do julgamento. Eles diziam oi quando se cruzavam nas escadas. E era só.

Duas semanas antes, alguém enviou um envelope anônimo para a casa, endereçado a Richard. Continha uma velha fita com uma música chamada "Gary Gilmore's Eyes", de uma banda chamada The Adverts. Peter lembrava que Gary Gilmore fora um assassino dos anos 1970. Ele jogou fora a fita e queimou o envelope antes que Richard os achasse.

Agora, Richard ia até o jardim todas as manhãs e ficava olhando para a piscina vazia.

Uma por uma, as pequenas coisas iam sendo tiradas deles.

Katherine passara a maior parte do ano anterior comprando quadros para a sala de estar. Ela gostava de comprar obras de novos artistas irlandeses que pintavam suaves paisagens marítimas ou de florestas, em aquarela. Ela também mandara fazer um catálogo de sua pequena coleção. Ela o deixava numa mesinha da sala, para as visitas poderem identificar as pinturas que lá estavam.

Mas não havia mais visitas, não como antigamente. Só advogados, padres e, muito raramente, Pat Kilroy, que aparecia às vezes, quando achava improvável ser notado pela imprensa.

"Já causei polêmicas demais", diria Pat ao aceitar uma xícara de chá e um bolinho oferecidos por Katherine.

Peter era grato pelo apoio contínuo de Pat Kilroy. Mas ele sabia que a grande verdade era que sua família estava sozinha, irremediavelmente sozinha. Só restavam os três.

A dor no peito de Peter passou. Ele colocou a camisa e os sapatos e desceu para a emergência.

Ele sabia que fora para lá que levaram Conor Harris na última noite das férias de verão de 2004. Ali ele fora declarado morto.

Peter saiu da emergência e foi até a Rock Road. Parou um táxi e pediu para o motorista levá-lo de volta a Blackrock. Agora, eram seis da manhã e a luz do amanhecer podia ser vista a leste, sobre a baía de Dublin.

Estava muito frio.

Na estação de trem de Blackrock, Peter pagou o motorista e subiu os degraus que levavam ao muro diante do mar. Ele ficou de pé em uma ponte que cruzava as linhas férreas. Os primeiros trens começariam a rodar em alguns minutos. Eles entravam na estação mais rápido do que se pensava. Sinais de alerta diziam para você ficar atrás da linha amarela.

Do outro lado da ponte havia uma pequena praia de cascalho. As ondas quebravam com um som ensurdecedor. Peter sabia que se escutava melhor de manhã cedo. Nessa hora, estamos mais acostumados ao silêncio, menos preparados para encarar o barulho do dia.

As ondas iam e vinham, iam e vinham. Elas atingiam o cascalho e iam embora sem nada levar.

As linhas começaram a vibrar com a aproximação de um trem. Soava como chicotadas ou um cabo de aço, perigosamente desenrolado. O trem estava vindo da cidade. Havia gente esperando na plataforma abaixo.

Peter olhou para o mar e para os trilhos. Ele pensou em seu filho.

Richard tinha algo mais, uma espécie de nobreza.

Era possível que Richard *não* fosse diferente? Era possível que ele fosse como qualquer outro garoto do Harry's Niteclub? Que ele fosse como Stephen O'Brien, Barry Fox ou Conor Harris? Que não houvesse nada entre eles, nada para diferenciá-los, nada para distingui-los uns dos outros?

Peter sabia que o Harry's Niteclub, agora fechado e coberto por tapumes, ficava a dois minutos a pé da estação. O Harry's Niteclub, onde seu filho espancara Conor Harris até a morte.

Ele desceu da ponte, entrou na estação, comprou um bilhete com os trocados que tinha no bolso e pegou o trem até a estação de Dun Laoghaire.

48

NUMA MANHÃ DE QUARTA-FEIRA, no final de abril de 2005, Laura foi ver sua terapeuta. Isso foi três semanas depois do primeiro julgamento. Ela se sentou na sala de espera do consultório da dra. Reid em Ranelagh e olhou para os quadros pendurados nas paredes. As paredes eram pintadas de bege: Laura sabia que lugares como aquele eram decorados com cores suaves e repousantes. As pinturas em si eram sonolentas aquarelas representando paisagens marítimas, barcos a vela, dunas.

Naquele momento, os pais de Laura estavam "muito preocupados" com a saúde mental da filha. Eles ficavam inquietos por não descobrir um indício externo de sua dor. Ela comia normalmente, ia de carro para a faculdade todos os dias, até ia ao cinema com os amigos toda sexta à noite. Mas Brian e Mary Haines lembravam-se de como Laura se sentira após o falecimento da avó. Lembravam-se de como ela agira quando o cachorro da família morreu. Ela passou a depender de suas visitas semanais a Alison Reid – a última evidência visível de que Laura estava triste e, também, paradoxalmente, a última evidência visível de que ela estava querendo fazer alguma coisa para se sentir melhor. As sessões custavam 130 euros cada. Laura percebia que gastar dinheiro deixava seus pais felizes. Gastar dinheiro também deixava Laura feliz, mas ela não estava a fim de admitir isso.

A dra. Reid recebeu Laura em seu consultório.

– Bem – disse ela, enlaçando as mãos sobre o colo –, como você está?

Laura deu de ombros.

– O que você acha?

– Não sei bem como eu estaria nessas circunstâncias – disse a dra. Reid. Ela deixou passar um momento de silêncio antes de dizer:

– Você está comendo?

– Estou – disse Laura.
– Quanto?
– Umas duas refeições por dia.
– E o que você come nessas refeições?
Laura deu de ombros novamente.
– Qualquer porcaria que minha mãe levante a bunda gorda pra fazer, eu acho.
– Você está meio hostil em relação a seus pais no momento?
Laura deu de ombros.
– Tudo bem se você estiver, Laura – disse a dra. Reid. – Esses sentimentos são perfeitamente normais.
– Você sempre diz que meus sentimentos são normais – disse Laura.
– Você acha que não?
– Como podem ser? Tipo, essa porra dessa situação não é normal, né?
– O que não é normal, Laura?
– Meu namorado está sendo julgado por homicídio. Isso é normal?
– Até onde entendi, Richard está sendo julgado por perturbação violenta da ordem pública.
– É, mas todo mundo aqui sabe o que isso significa.
– Significa o quê?
– Que ele matou o Conor.
– E você acha que ele matou?
Laura deu de ombros. Ela percebeu que a saia de lã de Alison Reid estava começando a ficar com bolinhas.
– Onde você comprou essa saia? – perguntou ela.
– Não lembro – respondeu a dra. Reid.
– Novidade – disse Laura.
Depois de um tempo, a dra. Reid disse:
– Há alguma coisa sobre a qual *você* queira conversar, Laura? Tem algo específico em mente?
Laura suspirou e olhou para o chão. Houve um momento de silêncio.

Ela pensou que o que mais sentia falta na vida que parecia ter deixado para trás era a parte pública de seu relacionamento com Richard: chegar juntos nas festas saboreando o fato de todos prestarem atenção em suas piadinhas particulares e gestos comuns, os sinais que os marcavam como um casal. Agora, quando estavam juntos, estavam sempre sozinhos, no quarto de Richard. O sexo entre os dois ficara sério demais. Uma vez, no meio da trepada, Laura começou a chorar e Richard continuou trepando, gemendo suavemente, com raiva ou vergonha.

Então, ela disse:
– Eu costumava ir a umas festas quando estava na escola. Tipo, no quinto ou no sexto ano. E todos os garotos se revezavam dando socos na cara uns dos outros. Eles tinham um nome pra isso. Acho que chamavam de *punch-game*.
– Era uma briga?
– Eles não estavam brigando. Era um jogo que eles inventaram. Um dava o soco mais forte que podia na cara de outro. Então o outro fazia o mesmo com o cara seguinte. E assim seguia pelo salão.
– E o que faziam depois?
– Comparavam os hematomas.
– Eles queriam bancar os machos? Estavam se exibindo para as garotas?
– Não. Você não entende. Eles faziam isso por fazer.
– O Richard já brincou disso?
– Sim. Mas foi antes de começarmos a namorar. Uma vez ele ficou com o olho roxo durante, tipo, duas semanas. Ficou completamente amarelo e ele teve que contar pra mãe como conseguira aquilo.
– E o que você sente a respeito disso? Sobre Richard brincando de dar socos?

Laura balançou a cabeça.
– Não importa como me sinto em relação a isso. Não importa como me sinto em relação a nada. Só importa que aconteceu. E é com isso que se tem que lidar.

49

NA MANHÃ DE TERÇA, logo antes de seu julgamento começar, Richard Culhane foi até um caixa automático em Sandycove e sacou seiscentos euros, o máximo que podia ser retirado de sua conta de estudante num período de 24 horas. Depois ele foi até o aeroporto.

Eram sete da manhã. Richard ficou no meio da grande área do check-in e olhou para o quadro de partidas. Ele queria ir para os Estados Unidos, mas sabia que a passagem seria cara demais. Era uma pena. Os Estados Unidos eram terreno conhecido. Ele sabia o que esperar lá. Mas seria caro demais e ele só conseguiria um visto de turista de três meses.

Naquela manhã, ele havia ido até o quarto de Katherine e pegado seu passaporte no cofre que ficava no guarda-roupa da mãe.

Ele não formulara um plano que o levasse além do caminho até o aeroporto. Mas havia algo de tristemente nobre, ele pensou, em seguir no caminho por aquela estrada quase vazia, com uma mochila da Brookfield apressadamente arrumada ao seu lado, no banco do carona.

Ele olhou para o quadro de partidas.

Londres, Paris, Milão.

Provavelmente apareceria um aviso da polícia quando verificassem seu passaporte. Ele estava esperando julgamento. A polícia lhe dissera para não sair do país.

Deixar o país sem avisar a ninguém era o mais próximo que Richard chegaria do suicídio.

É claro que ele não poderia se suicidar. Ele acreditava que era pecado.

Málaga, Montreal, Birmingham.

Também era possível que ele fosse reconhecido. Sua imagem aparecera muito na TV e nos jornais nos últimos dias. Ele surpreendeu-se ao descobrir que ser famoso dava a mesma sensação de ser contaminado. Mas ele não era famoso, era? Ele era alguma outra coisa.

As pessoas haviam começado a enviar cartas cheias de ódio para sua casa em Sandycove. Houve ameaças de morte, que deixaram Richard com raiva. Será que as pessoas não entendiam? Foi um *acidente*. Ninguém *planejara* a morte de Conor. Foi apenas um erro estúpido.

Berlim, Helsinque, Moscou.

Richard viu um jovem casal com dois filhos pequenos. As crianças estavam sentadas num carrinho de bagagem e o pai os empurrava. Richard perguntou-se aonde eles iriam.

– Mamãe! – gritava feliz um dos meninos. – Mamãe!

Richard olhou para o quadro de partidas.

Havia apenas o longo caminho de volta para casa. Isso era tudo o que haveria, sempre.

Ele saiu do aeroporto e pegou as muitas horas de estacionamento.

50

NA PRIMEIRA MANHÃ DE SEU JULGAMENTO por homicídio e violenta perturbação da ordem pública, os rapazes chegaram cedo, vestindo ternos pretos que seus pais haviam comprado para a ocasião. "É o contrário de uma formatura", disse Stephen O'Brien, enquanto esperavam no vestíbulo do tribunal, com sua equipe de advogados.

"DIA RUIM EM BLACKROCK", dizia uma manchete naquela primeira manhã. Todas as primeiras páginas traziam uma breve recapitulação do caso: os chutes, a ambulância, as prisões, as escolas.

O dia estava claro e sem nuvens e o frio da manhã havia diminuído com o brilho do sol. Sobre a calçada bem pavimentada, homens taciturnos passavam apressados com suas pastas de couro escuro.

Richard se perguntava por que delegacias e tribunais – prédios nos quais tantas emoções complicadas e exacerbadas eram enfrentadas – sempre eram tão feios, por que eram tão sujos, tão encardidos pelo tempo. Mas talvez as coisas devessem ser assim; talvez nossos sentimentos mais baixos não mereçam mais de que salas vazias com quadros institucionais e mobília padrão. Afinal, nada é mais entediantemente institucional, mais barato e padronizado, do que o sofrimento.

Eles entraram no tribunal de cabeça baixa. Câmeras eram proibidas lá dentro, mas ao passarem pela porta uma chuva de cliques, flashes e zumbidos.

Na galeria, havia quatro garotas louras com cabelos puxados para trás e maquiagem alaranjada. Elas acenaram e chamaram: "Oi, Richard!" Richard não as reconheceu. Antes as garotas o chamavam das laterais do campo de rúgbi. Ele sempre soube seus nomes.

(Aquelas quatro garotas haviam matado as aulas da manhã e ido ao primeiro dia do julgamento para ver Richard, pois achavam-no "lindo". Naquela noite, seus pais as proibiriam de ir novamente ao julgamento.)

Os três rapazes sentaram-se na frente, na mesma mesa que Gerald Clinch e Peter Mason. Stephen O'Brien ouvira dizer que se você passasse todo o seu julgamento escrevendo coisas, as pessoas achariam que estava trabalhando ativamente para provar sua própria inocência. Então, ele passou o julgamento inteiro rascunhando em seu bloquinho. Uma vez Richard deu uma espiada nas folhas de Stephen. Estava escrito *Stephen O'Brien Stephen O'Brien Stephen O'Brien*, várias vezes na mesma letra de imprensa.

Barry Fox levava a sério os procedimentos e várias vezes inclinava-se para perguntar a Gerald Clinch ou Peter Mason o que aconteceria em seguida. Seus ombros pesados subiam e desciam no compasso dos dramas do julgamento.

Richard não dizia nada. Ele mal se mexia. Ficava sentado olhando fixamente para a parede a sua frente. O efeito disso era fazê-lo parecer profunda e inevitavelmente sozinho.

Os Harris compareceram todos os dias ao tribunal. Todos os dias eles lutavam contra o amontoado de repórteres e sentavam-se em seus lugares na galeria – duas cadeiras escolares acolchoadas na fileira da frente, reservadas todas as manhãs com quadrados de papel-cartão dobrado onde se lia HARRIS. Nunca descobri quem guardava aqueles lugares. Mas todos respeitavam as reservas. Todos abriam caminho para os Harris passarem.

Nesta época, os Harris haviam transformado o quarto de Conor em quarto de hóspedes. Mas nunca houve hóspedes por lá. Durante algumas semanas, suas vidas giraram em torno do julgamento. Eles eram os melhores relações-públicas do próprio luto. Davam entrevistas e declarações. Queriam se assegurar de que as pessoas soubessem como se sentiam.

Todas as manhãs e tardes, Eileen e Brendan Harris passavam por Peter e Katherine Culhane sem falar.

Do lado de fora do tribunal, em todos os dias do julgamento, havia um burburinho de manifestantes e espectadores, pessoas hostis e simpatizantes, curiosos e adoradores. Eram estas pessoas que apareciam representando a voz do povo na televisão, que davam "cor" aos relatos em jornais e rádios. Entre eles, em várias ocasiões, estava o padre Connelly, com seus trajes clericais. Ele gostava de enfatizar o amor de Deus por todos os Seus filhos, que Richard, Stephen e Barry não eram menos amados pelo Todo-poderoso do que Conor Harris fora.

Algumas pessoas achavam este ponto de vista particularmente estranho.

A seleção do júri para o julgamento do homicídio no Harry's Niteclub havia durado um pouco mais que o normal, devido à "alta relevância" do caso. Mas doze homens e mulheres foram escolhidos, selecionados por sua objetividade e equilíbrio. Eu os examinava enquanto se mexiam e murmuravam em seu espaço reservado. De acordo com os jornais, só dois deles eram de Dublin. Gostei disso. Outras pessoas não. Achavam que uma certa incompreensão provinciana seria inevitável quando esses indivíduos interioranos fossem analisar um caso tão intimamente ligado ao estilo de vida de Dublin – o estilo de vida do sul, a filosofia das escolas particulares, a visão de mundo das classes dominantes. Mas ninguém podia fazer nada a respeito.

O juiz era outra história. O sr. Brendan Harrington era um ex-aluno de escola particular, ex-jogador de rúgbi e formado na King's Ins, natural do sul de Dublin e pai de duas alunas exemplares da St. Anne's; um homem que tinha um Land Rover e um jipe, morava numa casa com adega e jacuzzi. Sentado lá no alto, ele olhava para o tribunal com um desprezo melancólico. Apesar de se desencorajar juízes a confraternizarem com advogados sob qualquer circunstância, Brendan Harrington conhecia bem as vidas e carreiras brilhantes de Peter Mason e Gerald Clinch. Ele fora colega de escola de um deles e de ambos na universidade.

Em suma, o juiz Harrington era um garoto da Brookfield.

Dizia-se que o juiz Harrington deveria ter recusado o caso, que outra pessoa deveria ter assumido o martelo enquanto Richard, Stephen e Barry estavam no banco dos réus. Mas qual era a alternativa? A maior parte do judiciário de Dublin havia estudado na Brookfield, Merrion, Michael's, Gonzaga ou Blackrock. O que fazer?

"LOBBY DE EX-ALUNOS E ALUNOS DOMINA JULGAMENTO", dizia uma manchete, sob a fotografia de alguns estudantes vestidos com as cores da Brookfield, balançando lenços vermelhos e brancos em frente ao tribunal.

No primeiro dia, em sua declaração inicial, Peter Mason pediu ao júri para considerar os bons antecedentes dos três acusados. Ele apontou que as acusações de homicídio simplesmente não eram fundamentadas pelas provas disponíveis. Ele lembrou ao júri que seis outros rapazes se envolveram também na briga em frente ao Harry's e que seus clientes foram apenas coadjuvantes. Lembrou que todos os três rapazes haviam alegado inocência diante das acusações de perturbação violenta da ordem pública e de homicídio.

(*Homicídio*. Uma palavra peculiarmente vívida, talvez mais vívida que *assassinato*. Ela evoca uma competência sanguinária casual, como se matar um homem fosse uma rotina de trabalho.)

A promotoria insistia que Conor Harris fora vítima de um ataque maldoso e gratuito, e que ao negarem a culpa, os garotos da Brookfield estavam tentando fugir da justiça.

Mas as provas eram ambíguas e todos sabiam disso. A promotoria sabia que poderia colocar seguramente os garotos no centro da briga. Podia tentar responsabilizá-los pelos chutes que levaram à morte de Conor. Mas os relatos não casavam, os garotos diziam-se inocentes e as evidências médicas não provavam quem tinha feito o que em qual momento da briga.

O julgamento durou três semanas. Eu estava lá todas as manhãs e tardes.

Mick Conroy depôs. Quando a promotoria pediu-lhe para identificar os dois rapazes que vira em frente ao Harry's Niteclub – os dois que já havia reconhecido na delegacia de Donnybrook –, ele apontou para Stephen O'Brien e Richard Culhane. Ele disse não se lembrar do envolvimento de Barry Fox na briga.

Pat Kilroy depôs. A promotoria deu muito destaque às declarações secretas que ele recebera na manhã do incidente, mas Kilroy ateve-se à versão de que essas declarações correspondiam em cada detalhe às que os garotos deram quando foram presos. Ele disse que os garotos sempre tiveram "excelente caráter" e que ele se orgulhava de que eles tivessem estudado na Brookfield.

Laura Haines depôs. Todos esperavam que chorasse, mas ela se manteve estoica. Disse à corte que não foi Richard quem deu o chute fatal. Insistiu que Richard mal estava perto da briga naquele momento. Quando a promotoria perguntou a Laura quem, em sua opinião, *estivera* envolvido no tumulto no momento do chute fatal, ela disse que não lembrava.

Uma aluna da St. Anne's chamada Aoife Farrell depôs. Entre as mais de cem testemunhas interrogadas no caso, era ela quem estava mais perto da briga quando esta aconteceu.

– Conor não teve chance de defesa – disse ela. – Ele simplesmente caiu duro e suas mãos estavam baixas, junto às laterais do corpo, enquanto o chutavam na cabeça.

– E você viu Stephen O'Brien, Barry Fox ou Richard Culhane dar algum desses chutes?

– Sim – disse ela. – Acho que todos eles deram.

Debbie Guilfoyle depôs.

– Não acho que Richard tenha chutado – disse ela. – Ele estava longe demais.

– Mas a senhorita afirmou que talvez uma dúzia de rapazes estivessem envolvidos no tumulto naquele momento.

– Sim, talvez dez ou doze.

– E viu Richard afastar-se da altercação em algum momento?

– No final.

Era assim que eles chamavam aquilo no julgamento: tumulto, altercação.

O médico-legista depôs. Ele estava prestes a se aposentar e testemunhar no caso do Harry's Niteclub era quase a última coisa que faria em sua função oficial.

– Na minha opinião, Conor Harris morreu devido a inchaço cerebral e inalação de sangue devido a múltiplas lesões faciais.

– E o que causou esse inchaço do cérebro?

– Na minha opinião, o inchaço do cérebro foi causado por repetidos traumas bruscos, provocados com força.

– Por exemplo, três chutes na cabeça?

– Na minha opinião, os ferimentos encontrados são compatíveis com três chutes na cabeça. Localizei três pontos de impacto que se encaixam nessa explicação.

Os próprios réus depuseram. Todos disseram a mesma coisa: que tiveram um envolvimento mínimo, que Conor começara a briga, que não tinham certeza de quem dera os chutes.

Quando perguntaram a Barry Fox se ele realmente havia chutado a cabeça de Conor, ele disse – como dissera no primeiro interrogatório – "Posso ter chutado. Não me lembro".

Três semanas após o início do julgamento, o juiz Harrington anunciou que as provas eram insuficientes para a acusação de homicídio contra os três rapazes. Ele recomendou ao júri que considerasse apenas as acusações de violenta perturbação da ordem pública.

O júri reuniu-se durante dezesseis horas. Nesse meio tempo, os Harris deram uma entrevista à televisão na qual expressavam sua tristeza e confusão diante da maneira como as acusações de homicídio foram retiradas.

– O que é necessário para conseguir justiça neste país? – perguntou Brendan.

O júri voltou e declarou que considerava os três rapazes culpados pelo crime de violenta perturbação da ordem pública. De forma controversa, recomendaram que Richard Culhane fosse julgado por homicídio.

O juiz Harrington reprimiu gritos e clamores vindos da galeria.

Margaret Harris começou a chorar e foi consolada por Brendan.

O juiz Harrington condenou Barry e Stephen a nove meses de prisão. Tendo em vista "o provável papel de Richard Culhane em incitar o tumulto que veio a provocar a morte de Conor Harris", este foi condenado a um ano de prisão. O juiz Harrington instruiu a promotoria a abrir um inquérito para o julgamento de Richard por homicídio.

Quando foram dados os veredictos, pediram que Eileen e Brendan Harris fizessem algo que na Irlanda chama-se Declaração de Impacto da Vítima. No dia em que Brendan Harris leu esta declaração para a corte, o vestíbulo e o estacionamento em frente transbordavam de jornalistas, equipes de filmagem e "membros do público". Em sua declaração de três páginas, Brendan Harris insistia, como sempre, que seu filho havia sido assassinado e que as condenações de Barry Fox, Stephen O'Brien e Richard Culhane por violenta perturbação da ordem pública eram risivelmente inadequadas. Ele também enfatizou que um número desconhecido de outros rapazes não havia se apresentado para confessar seu envolvimento na morte de Conor. Brendan disse que para ele e sua esposa, dormir era coisa do passado. Suas vidas haviam sido inexoravelmente alteradas. Eles não queriam vingança, simplesmente justiça. Eles pediam uma reparação pela morte prematura do filho. Brendan Harris sabia que isso seria improvável, o que para os Harris seria uma fonte de tristeza infinita.

Em frente ao tribunal, um grupo de manifestantes gritava: "Não existe justiça!" enquanto Richard, Barry e Stephen eram escoltados até o o furgão sem janelas.

Peter Mason e Gerald Clinch já estavam organizando suas apelações.

51

LAURA VISITOU RICHARD enquanto ele estava preso, não como uma Noiva de Frankenstein folhetinesca (como alguns jornais a encaravam), mas como uma espécie de Florence Nightingale, que acho que Laura decidira ser. Nossa geração adora posar de vítima ou de cuidador. Laura achou que assumia os dois papéis. Mas ela achava que Richard era a maior vítima. Achava que ele merecia compaixão de alguém.

Eu poderia abordar aqui a questão da lealdade de Laura. Mas por que motivo? Ela ficou com Richard. Foi isso que aconteceu. Por que se importar em quebrar a cabeça para encontrar seus motivos?

Clodagh Finnegan não ficou com Stephen O'Brien. Na semana seguinte às prisões, ela saiu comentando por aí como era estranho que seu namorado tivesse sido preso por assassinato. Quando ficou claro que Stephen e os outros dois seriam julgados pelo envolvimento na morte de Conor, Clodagh parou de responder as mensagens e ligações de Steve. No fim das contas, ela ligou para ele e disse: "Olha, acho que isso não tá dando certo, Steve. Você sabe o que quero dizer."

A namorada de Barry Fox – eles nunca tiveram um relacionamento lá muito sério – não durou muito mais.

E eles perderam seus amigos. Na Brookfield, sempre foi inadequado falar sobre os envolvidos no crime do Harry's Niteclub. Agora que os rapazes haviam sido considerados culpados, todos se calaram. Ninguém falava mais dos triunfos de Richard no gramado. Ninguém contava nenhuma história envolvendo Barry ou Steve. O silêncio – voluntário, é claro – era total. O silêncio era tão completo que até Richard, Stephen e Barry estavam cientes disso, enquanto sentavam-se em seus leitos moles em sua primeira noite na cadeia. Eles sabiam que ninguém na Brookfield jamais voltaria a pronunciar seus nomes em voz alta. Eles sabiam que aquele belo mundo, o mundo das baladas em Blackrock, o mundo dos jogos da Senior Cup e das casas perfeitas e pais tolerantes havia se fechado para eles para sempre.

Sim, eles perderam os amigos: e provavelmente isso era o que achavam mais difícil de suportar.

Então, só os pais de Stephen O'Brien o visitavam na prisão. Barry Fox só tinha seu pai.

Eileen e Brendan Harris foram parados por um repórter que lhes perguntou como se sentiam em relação às visitas de Laura a Richard na prisão. Eles não disseram nada. Mas acho que isso só confirmava o que eles vinham sentindo o tempo todo: que eles não receberiam a solidariedade de ninguém que esteve lá na noite em que Conor morreu. Naquele momento, o incidente havia se tornado tão irredutivelmente complexo, tão resistente a uma análise clara, que qualquer um que realmente tivesse estado lá quando aquilo aconteceu se encontraria mergulhado na ambiguidade quando tentasse reconstituir aquela noite.

Richard ficou preso onze meses – sua pena foi reduzida por "bom comportamento". Nas primeiras três semanas ele foi mantido sob vigilância para evitar um suicídio. Seus sapatos não tinham cadarços, seu uniforme de prisão não tinha cinto.

Os rapazes do Harry's Niteclub foram mantidos na ala de segurança mínima. Richard ficara aterrorizado com a perspectiva de terminar numa cela com um drogado purulento de Tallaght ou Liberties. Quando percebeu que poderia passar boa parte do dia na sala de convivência da prisão, longe das celas onde mantinham os elementos de maior periculosidade, ele deu graças a Deus.

Ele dividia a cela com um rapaz chamado Micko que havia usado uma arma descarregada para assaltar uma loja de conveniências. Quando a pena de Micko terminou, ele dividiu a cela com um traficante chamado Buzz. Descobriu-se que Buzz vendera maconha para vários amigos de Richard.

Sempre que Laura ia à prisão, ela entrava na fila com as outras visitantes – todas aquelas mães adolescentes com carrinhos de bebê

– até que pudesse entrar num salão cheio de mesas de metal, diante de uma das quais Richard estava sentado com seu uniforme verde-oliva de presidiário.

Ali estava Laura Haines, garota da Ailesbury College, usando sua maquiagem de duzentos euros, sua camisa Abercrombie com a gola virada para cima, suas calças American Eagle com o logo ecrito na bunda; ali estava Laura Haines, com seus brincos e crucifixo de prata, as chaves do carro em uma das mãos e o celular na outra, entrando em uma sala com cheiro de corpos sujos, abrindo seu caminho entre crianças berrando e homens tatuados até chegar à mesa de Richard.

E Richard? Ele sabia que estava no último dos prédios importantes. Nunca mais haveria importância, não para ele.

Todas as manhãs, o herói do time de rúgbi da Brookfield ia até a sala de convivência com seu uniforme esmulambado e assistia televisão até a hora de algum exercício leve. Na primeira vez em que Laura o visitou, ela ficou chocada com seu rosto cheio de pelos; ela nunca vira Richard de barba. Ele a deixara crescer. Achava que não havia motivo para tentar ficar bonito. Que importava quem viesse vê-lo agora?

Richard passava a maior parte do tempo tentando não pensar nas coisas. Tentava, por exemplo, não pensar no fato de que Peter Culhane chorara quando Richard fora aceito na UCD. Tentava não pensar no que seus pais estavam fazendo enquanto cumpria sua pena – apesar de saber: eles estariam contratando advogados cada vez mais caros para tentar invalidar as provas, tentado achar um jeito de tirá-lo da fria em que já estava metido até o rabo. Tentava não pensar em quem Laura estava vendo, com quem ela estava conversando.

(Ela estava me vendo. Ela estava conversando comigo.)

Laura sentou-se em frente a Richard em sua mesa de ferro barata. Suas conversas sempre seguiam a mesma ladainha.

– Como você está? – perguntaria Laura.

– Bem. As pessoas continuam tentando me vender drogas. Nada pesado. Só maconha e haxixe. – Richard olhou em volta. – Tipo, noventa por cento das pessoas nesta sala estão traficando drogas agora.

– Eu sei.

– Então, você soube de alguma coisa sobre Foxer e O'Brien? Como eles estão?

– Bem, eu acho.

(Tenho que explicar que os rapazes ficaram em três presídios diferentes. De suas sentenças de nove meses, Barry Fox e Stephen O'Brien cumpriram cinco cada um.)

– É – disse Richard. – Aposto que sim.

Nessa época, Richard já odiava Barry e Stephen havia um bom tempo. E eles começaram a odiá-lo, pois o culpavam por ter dado o chute fatal que os tornara assassinos, em vez de apenas garotos em uma briga.

52

UM MÊS ANTES DE O SEGUNDO julgamento começar e terminar, Eileen e Brendan Harris saíram de férias. Foram de carro até Kinsale, condado de Cork, onde haviam reservado um quarto num grande hotel em um balneário movimentado. Ele conseguira o quarto por uma tarifa de baixa estação.

Viajaram em silêncio, com o rádio desligado.

A maioria dos quartos do hotel estava vazia. Na primeira noite, a caminho do restaurante para jantar, passaram por uma sala de conferências vazia com vista para a baía. Mesas com toalhas brilhavam na semiescuridão. Havia cadeiras empilhadas em cantos empoeirados. Pela janela sombreada, Brendan viu um petroleiro deixar a baía.

O restaurante funcionava com capacidade reduzida. Um garçom com um smoking surrado disse que eles poderiam pedir carne ou peixe, mas não havia nada mais, pois o chef do verão havia ido embora. Eles pediram peixe.

– Isso é frustrante – disse Eileen, referindo-se à comida.

– Está tudo bem – disse Brendan. Agora, todas as comidas tinham o mesmo gosto para ele.

Fotos dos Harris apareciam (ou reapareciam) nos jornais: fotos deles no funeral de Conor, nas coletivas de imprensa, na rua em frente a sua casa. No caminho para Kinsale, Brendan parara para abastecer e viu na lojinha do posto uma fileira de tabloides anunciando novidades sobre Richard Culhane. Eles continuavam usando a mesma fotografia de Richard, aquela desfocada de sua carteira de estudante.

Brendan e Eileen haviam parado de ler jornais.

Depois do jantar, eles deram uma longa caminhada à beira-mar. Brendan, que já fora a Kinsale, esperava que a pequena marina estivesse cheia de iates e veleiros. Mas estava vazia.

– Todos foram embora – disse ele a Eileen.
– Está muito frio – disse Eileen.
Eles foram se deitar. Eileen lia um livro – um romance barato – enquanto Brendan zapeava pelos canais de TV. Um canal mostrava a imagem sem som de uma câmera de segurança no fim da marina. Brendan parou neste canal e ficou assistindo: a água escura, as docas vazias.

Ele deitou-se acordado ao lado de Eileen, que também estava acordada, até que o despertador tocou e eles puderam realmente começar outro dia.

53

AS PESSOAS AINDA ACHAM que houve um acordo entre Gerald Clinch e Brendan Harrington. "É assim que este país funciona", elas diriam a você. "A máfia dos velhos companheiros de escola. Clinch vai até seu ex-colega de escola e diz: 'Certamente esses rapazes são dos nossos, senhor juiz. Eles estudaram na Brookfield. O senhor sabe que a morte daquele garoto não pode ser culpa deles. Vamos fazer um acordo. Tire-os dessa fria e eu torno a sua vida um pouco mais fácil'."
Eu acho esta interpretação muito ingênua. Caras da Brookfield não fazem "acordos". Eles não falam abertamente sobre o que querem, muito menos entre si. Não prometem favores uns aos outros em troca de um benefício aqui, outro ali. Não é assim que as coisas funcionam. Tudo ocorre em silêncio. Acontece sem esforço consciente. Acontece porque é assim que sempre aconteceu. *Nós vamos dar um jeito nisso.*
Mas a máfia dos velhos companheiros de escola, se assim quiser chamá-la, não pode fazer tanto assim. Não pode, por exemplo, organizar o perdão da comunidade. Não pode absolvê-lo dos seus pecados. Não pode devolver-lhe a vida que você perdeu.
A pena de Barry Fox foi reduzida em segunda instância. Assim como a de Stephen O'Brien. Richard cumpriu onze meses. E aí havia a questão do julgamento por homicídio.
No período entre as condenações por violenta perturbação da ordem pública e o julgamento por homicídio, um novo médico-legista assumiu o cargo. A promotoria, por razões que nunca ficaram totalmente claras, pediu-lhe um novo relatório dos dados reunidos após a morte de Conor.
Neste novo relatório, o legista deu o parecer de que os ferimentos de Conor foram "relativamente secundários" e que sua morte pro-

vavelmente ocorreu como resultado de "ferimentos e ingestão alcoólica".
O julgamento de Richard por homicídio foi abortado. O processo criminal nunca chegou ao tribunal. A promotoria entrou com um *nolle prosequi*, abandonando a acusação, e o juiz (que havia estudado na Gonzaga) declarou formalmente o caso fechado.

Esta foi a última vez em que vi os Culhane, ilhados nos degraus do principal tribunal de Dublin, sua saída barrada por fileiras de jornalistas e câmeras de TV. Richard tinha acabado de ser solto. Era uma manhã de começo de outono: as folhas secas caindo e sendo varridas pelo vento, a camada de gelo fino cobrindo a grama. Imagino se Laura estava por lá nesse dia. Não a vi. Mas não me surpreenderia se descobrisse que ela havia saído para ver Richard dando adeus à esfera pública.

No vestíbulo, Richard dera uma breve declaração às câmeras. "Eu gostaria de reafirmar que não fui responsável pela morte de Conor Harris. Eu estava totalmente preparado para montar uma defesa completa contra as acusações de homicídio. Eu sou inocente."

Houve urros e vaias da multidão inquieta.

Peter Culhane pediu que permitissem que sua família vivesse sua vida em paz. Ele pediu à imprensa que "fosse compreensiva" e os deixasse seguir em frente.

No fim, um funcionário do tribunal abriu caminho entre a multidão e a família pôde ir embora.

Os Harris saíram sem falar com a imprensa.

A multidão na frente do prédio do tribunal gritava coisas como: "A justiça é uma piada!" e "Uma lei para os ricos, outra para os pobres!" Esses gritos foram transcritos por vários colunistas e editorialistas. Formadores de opinião e partes interessadas começaram a afirmar que o problema ia além de maquinações de uns poucos ex-alunos de escolas particulares. Começaram a dizer que erros faziam parte do sistema, que as instituições jurídicas do país eram tacanhas, permeadas pela incompetência, arcaicas e corruptas.

Após uma ou duas semanas, a história morreu e foi substituída por outra.

E foi isso.

Mas não é no julgamento, ou na "falta de justiça" ou na máfia de ex-alunos ou mesmo em Richard Culhane na cadeia que continuo pensando, a que sempre acabo voltando, de novo e de novo. Sempre volto é à noite em si, a noite de 31 de agosto de 2004, a noite sobre a qual tantas coisas foram publicadas e ditas secretamente. Continuo voltando à noite em que Conor morreu.

54

PARA RICHARD CULHANE, a bebedeira começara cedo naquela noite e seria um problema mais tarde.

Richard encontrou-se com o pessoal na casa de Stephen O'Brien, em Dalkey, em cuja enorme sala de estar eles abriram as primeiras latas de cidra, às cinco da tarde. Era um ritual: sempre viravam a primeira lata e o último a terminar tinha que pagar uma rodada para os outros quando chegassem à boate. Neste dia, Barry Fox fora o perdedor. Ele foi objeto de uma breve rodada de zombaria masculina. Então, primeira prova passada, todos abriam suas segundas latas e começavam a relaxar. Essa bebedeira antes da hora foi o que a defesa chamaria mais tarde de fator agravante. E as pessoas que começaram a beber mais cedo foram Laura Haines, Barry Fox, Stephen O'Brien e Richard Culhane. Dando uma desculpa aos pais, todos haviam conseguido ficar livres naquela tarde.

Às 17:30, Conor Harris chegou em casa, vindo do trabalho e, ainda vestindo terno e gravata, comeu o jantar (carneiro ao curry feito por Eileen, pois Brendan estivera fora o dia inteiro, supervisionando um novo menu na matriz).

A última coisa que Conor disse à mãe foi: "Até mais, mamãe."

Sempre fico impressionado com a banalidade disso.

Nas primeiras fases da investigação, a polícia estava muito interessada em saber se algum dos rapazes fizera uso de drogas na noite de 31 de agosto. Todos sabiam que nos meses anteriores Stephen O'Brien começara a fumar maconha ocasionalmente – "Cara, você *tem* que fazer isso se está saindo com a Clodagh Finnegan", disse Laura certa vez. Mas a promotoria estabeleceu, para satisfação da corte, que nenhum dos garotos estava drogado quando saíram para o Harry's Niteclub. É claro que, quando foram presos, já era tarde

demais para fazer exames de sangue em Richard, Stephen ou Barry.
   Vários jornais expressaram a opinião de que seria estranho se os rapazes – inclusive Conor – *não* tivessem sob efeito de cocaína ou ecstasy quando estourou a briga, já que o consumo de drogas ilegais fazia parte da natureza da juventude nos dias de hoje. Mas Richard, Barry, Stephen e Laura juraram que não haviam tocado em nada mais forte que álcool naquela noite. Eu acredito neles. Richard e Laura eram puritanos a respeito de drogas. O fato de que isso não os impedia de ficar completamente bêbados semanalmente é só mais uma contradição de suas personalidades, só mais uma coisa que acho que não consigo explicar.
   Às 18:10, Clodagh Finnegan chegou à casa de Stephen O'Brien e desapareceu escada acima, junto com Laura, para se arrumar. Os rapazes podiam escutar os gritinhos e gargalhadas no banheiro. Em determinado momento, Laura desceu até a sala vestindo nada mais que uma toalha roxa enrolada no corpo para pegar o carregador de seu celular. Quando ela saiu, Barry Fox disse a Richard que ele era sortudo pra cacete.
   E Richard *sentia-se* sortudo pra cacete naquela última noite de sua vida real e tranquila. Ele sentia uma espécie de serenidade vaga resultante do fato de saber que, não importava o que acontecesse naquela noite, ele estaria no centro dela, monitorando, registrando, adulando. Laura também era parte disso. Ela seria – disso Richard estava tão certo que até desdenhava – a garota mais bonita da boate, aquela que todos queriam comer. Essa espécie de orgulho não é um sentimento complexo, mas é profundo: o orgulho da posse sexual.
   Entre 18h e 19:30 (quando as garotas estavam prontas para sair), Richard, Stephen e Barry beberam cinco latas de cidra cada um. Antes de saírem, cada um virou uma dose dupla de Bailey's, cuja garrafa era a única ocupante do armário de bebidas da sala dos O'Brien.
   Richard inclinou-se perto do ouvido de Laura e sussurrou que seu vestido era a coisa mais sexy que ele já a vira usando.
   – Mais sexy que meu vestido de formatura? – perguntou ela.
   – Só um pouco – disse Richard.

Richard ficara desapontado com o vestido de formatura de Laura. Era branco com franjas rendadas. Para a tristeza de Richard (embora ele e Laura ainda sequer tivessem se beijado quando ele a levou a sua formatura), escondia os peitos de Laura.

A gangue estava preparada para sair para a noite.

Nessa hora, alguém – nunca vou descobrir quem – ligou para Barry Fox e informou-lhe de uma mudança nos planos: em vez de ir direto para o Harry's, a galera se reuniria no Queen's Inn de Dalkey "pruma bebida rápida antes de todo mundo ir pra Blackrock".

Barry explicou isso para Stephen, Richard e as garotas, todos já muito bêbados.

– Legal – disse Richard. – O Harry's vai estar uma merda mesmo antes das onze.

Às 19:50, Conor Harris deixou sua casa em Donnybrook. Ele tomara banho, se barbeara e passara gel no cabelo. Ele discutira com sua mãe sobre levar ou não um casaco. Àquela hora, o calor do sol esvaíra-se e dera lugar ao friozinho da noite. Mas não se levava casaco para o Harry's. A fila da chapelaria estaria enorme e custava cinco euros para deixar as coisas lá.

Laura conversara sobre esse problema com Clodagh Finnegan enquanto alisava o cabelo no banheiro de Stephen O'Brien. Ela levara uma bolsa enorme – grande o suficiente para caber o casaco estrelado que Conor lhe dera, caso ela ficasse com frio mais tarde.

É certo dizer que Conor estava meio ansioso enquanto viajava no ônibus 11 rumo ao centro da cidade. O plano era que ele e Fergal Morrison encontrassem Lisa McKeown e sua "melhor amiga" – uma garota da St. Brigid's chamada Caroline Smyth – no Café en Seine, na Dawson Street. Para Conor, a ideia era ótima. Mas Fergal dissera que "todo mundo" iria ao Harry's naquela noite e que ele estava a fim de encontrar a galera. Para Conor Harris, "todo mundo" significava Laura e Richard.

Em que pé estava o relacionamento de Conor e Laura Haines em 31 de agosto?

Eles não se falavam desde o encontro em frente à Quinn School no dia 2 daquele mês. Conor meio que esperara uma mensagem de agradecimento de Laura, dizendo que adorara o casaco. Mas ela não dissera nada e Conor tivera tempo suficiente para se envergonhar de seu gesto.

Também havia a tensão habitual, o inverso do que Richard sentia quando contemplava sua linda namorada na enorme sala de Stephen O'Brien: a tensão pelo fato de que, não importava o que acontecesse naquela noite, você *não* estaria no centro das atenções, que sua supremacia social terminara quando você se formou no segundo grau, que sua vida jamais será tão intensa outra vez.

Às oito horas (eles pararam num posto de gasolina para Laura comprar cigarros), Richard e os rapazes chegaram com suas namoradas enfeitadas e maquiadas no Queen's Inn.

Barry Fox pagou uma rodade de uísque – e um Malibu com suco de laranja para Clodagh Finnegan.

O bar ao ar livre do Queen's Inn estava cheio de garotos que haviam estudado na Brookfield ou na Merrion Academy e garotas que foram da Ailesbury College ou da St. Anne's. Em outras palavras, estava cheio de gente que Richard conhecia havia muito tempo. Mais uma vez – apesar de agora a sensação estar alterada pelo álcool e pela agressividade levemente competitiva que sempre acompanhava a proximidade de ex-alunos de quatro escolas de rúgbi de Dublin – Richard sentiu uma serenidade familiar.

Clodagh Finnegan contou uma história longa e confusa sobre vomitarem em seu aplique de cabelo numa festa.

Richard e Barry começaram uma conversa casual com alguns garotos da Merrion Academy.

– A noite vai ser boa, galera – disse Stephen O'Brien, erguendo um copo.

– É isso aí – disse Clodagh Finnegan.

Dave Whelehan chegou. Ele e Stephen se abraçaram de forma bastante viril. Dave pagou uma rodada de bebidas.

Richard registrou com complacência os olhares de admiração que Laura atraía tanto de garotos quanto de garotas. Ele a levou para um canto mais calmo da área ao ar livre e passou um tempinho beijando-a.

Richard olhou em volta e viu Carl Cox, Jason Freeman, Liam Byrne, Simon Stapleton, Brendan Doherty, Michael Reddy, Ronan

Toomey, Colm Kennedy e Fionn Doyle. Ele viu Debbie Lonergan, Jodie Regan, Kelly Finn, Aoife Walsh e Ciara Fagan. Ele havia jogado rúgbi com ou contra todos aqueles garotos e beijara ou transara com a maioria das meninas. Mais tarde, todas essas pessoas terminariam no Harry's Niteclub em Blackrock.

No Café en Seine, na Dawson Street, Conor Harris pediu sua primeira bebida: uma coca diet. Ele queria estar sóbrio quando Lisa McKeown chegasse.

De acordo com o laudo do legista – o primeiro laudo, que fora contestado – o nível de álcool no sangue de Conor na noite em que ele morreu era equivalente ao consumo de quatro ou cinco canecas de cerveja num período de seis horas. Em outras palavras: ele não bebera até chegar ao Harry's. E lembre-se: ele era um cara robusto, ex-jogador de rúgbi da Brookfield. O que importa é que ele não estava bêbado. Ele não caía rápido. Eu já vira Conor bêbado. Depois de cinco canecas não dava para notar nenhuma mudança em seu comportamento. Ele sabia beber.

E Richard também, em geral. Mas quando chegou ao Harry's já tinha enchido a cara.

Às 21:20, Conor, Fergal, Lisa e Caroline saltaram do trem em Blackrock e caminharam a curta distância até a porta do Harry's Niteclub. Os seguranças revistaram-nos e deixaram-nos entrar.

Conor planejara passar a noite gentilmente flertando com Lisa McKeown, mas assim que ela chegou ele ficou bastante deprimido. O plano era que Conor distraísse Lisa enquanto Fergal tentava alguma coisa com Caroline Smyth. Mas surgiu a informação de que Caroline tinha um namorado nos Estados Unidos – "Esses merdas de namorados nos Estados Unidos pegam todas as gatas gostosas", reclamou Fergal para Conor enquanto as garotas iam ao banheiro. Conor decidiu que ia pegar leve com a bebida e voltar para casa cedo.

Isso mudou mais tarde, quando ele viu Laura Haines chegar abraçada com Stephen O'Brien e Barry Fox.

Às 21:45, Fergal Morrison começou a conversar com uma garota da St. Anne's chamada Joanna Carruthers. Conor fez o que podia para divertir Lisa e Caroline. Contou-lhes algumas histórias do rúgbi. As garotas riram e disseram que ele era um playboyzinho do rúgbi. Conor disse às garotas que se ele era um playboyzinho do rúgbi, elas eram patricinhas do rúgbi. Era uma piada velha. Conor não estava dando o seu melhor. Ele não via razão para isso.

A boate estava era uma miscelânea lotada e quente de carne em movimento. Era preciso esperar vinte minutos no bar até que alguém lhe servisse. As pessoas compravam duas ou três bebidas por vez para evitar a fila. A música impedia qualquer conversa, a não ser a mais objetiva. Conor, Lisa e Caroline tinham que gritar uns com os outros. No fim das contas, Lisa desistiu e arrastou Conor para a pista de dança.

Às 22:30, depois de um duro trajeto no trem, a gangue de Dalkey chegou em frente ao Harry's. Os seguranças revistaram-nos e começaram a selecioná-los.

Não deixaram Richard entrar.

– Desculpe, colega – disse o segurança. – Bêbado demais. Nem pensar.

– Que merda é essa, cara? – disse Richard. – Vamos lá. Quebra esse galho.

– Sem chance.

Os seguranças disseram a Stephen, Barry, Laura, Clodagh e Dave que eles podiam entrar. O rosto de Richard ficou vermelho e seus ombros tensos.

– Dá um *tempo* – disse ele. – Foram só umas latinhas.

– Hum-hum, tá bem... – disse o segurança – Desculpe. Não posso fazer nada.

– *Merda* – disse Richard.

Por um instante, as pessoas na fila atrás de Richard acharam que fosse rolar uma briga. Mas Richard xingou alto e afastou-se da entrada da boate.

Seus amigos entraram sem ele.

Não era raro, naquela época, Richard subornar os seguranças para entrar numa boate. Ele lhes daria uma nota de cinquenta e sua entrada seria permitida. Então, por que ele não tentou fazer isso na noite de 31 de agosto?

Outro mistério.

Richard, sentindo-se tenso e cerceado, pisou em dois filetes de urina que secava e foi sentar-se num banco de madeira na calçada do outro lado da rua. No chão, havia maços de cigarro amassados com os alertas dos malefícios escritos em polonês. A galera o havia deixado sozinho lá fora. *Laura* o deixara sozinho lá fora. Havia uma carapaça feita de um sentimento de revolta no centro do seu peito. Ele chutou um dos maços de cigarro. Ele pegou seu celular e ligou para Stephen O'Brien, que não atendeu.

Lá dentro, Laura disse:

– Coitado do Richard. Alguém deveria ir lá fora falar com ele.

Laura também estava muito bêbada. Mas escondia isso melhor.

– Vamos pegar uma mesa primeiro – disse Stephen O'Brien. – Espera aí.

Da pista de dança, Conor Harris assistia Laura seguir Stephen pelo bar.

Richard ficou esquentando o banco lá fora durante meia hora. Seus amigos o haviam traído, disso ele estava certo. Ele esperava isso de Fox e O'Brien, mas que *porra* Laura achava que estava fazendo? *Ele* jamais entraria sem *ela*. O lado esquerdo da cabeça de Richard começou a latejar de dor. Sua complacência o abandonara de vez. A garota mais bonita da boate era dele, é claro, mas ela havia entrado sem ele. Richard sentiu uma fisgada do mais puro ciúme. Pelo que conhecia dela, Laura já poderia estar com a língua enfiada no meio da garganta de algum babaca da Merrion Academy.

Ele ligou para Laura. Mas, dentro da boate, a música estava alta demais para alguém ouvir o celular.

Às 23 horas, Stephen levou uma bandeja de drinques de tequila para a mesa que a gangue de Dalkey encontrara. Todos viraram uma. Lamberam o sal e chuparam o gomo de limão.

Laura foi ao banheiro para retocar o brilho labial. No reservado, ela tomou sua dose diária de Lexapro. Não se deve beber se estiver tomando Lexapro, mas Laura quebrara essa regra vezes suficientes para saber que provavelmente ficaria bem.

A pista fervia e Stephen O'Brien olhou para seu celular. Viu sete chamadas perdidas, todas de Richard. Ele saiu e encontrou o amigo sentado no banco.

– Porra, Steve, isso é ridículo – disse Richard. – Que história é essa? Na opinião de Steve (exposta no julgamento), Richard não estava perceptivelmente bêbado naquele momento.

– Fica frio – disse Stephen. – A gente só vai ficar um pouquinho.

– É melhor eu me mandar – disse Richard.

– Não, não – disse Stephen. – Olha, vou contrabandear umas bebidas pra você, tá bem?

– Manda a Laura sair – disse Richard.

– Pode deixar – disse Stephen.

Ele entrou e voltou quinze minutos depois com uma garrafinha de conhaque escondida no casaco. Ele a passou para Richard.

– Meu Deus, cara – disse Stephen. – Metade do sexto ano da St. Anne's está lá. Parece um abatedouro.

– Vá se foder – disse Richard. Ele bebeu um pouco do conteúdo da garrafinha. – Onde você arrumou isso?

– Peguei com o Whelehan – disse Stephen. – Ele nunca sai de casa sem isso.

– Cadê a Laura?

– Não sei, cara. Vou pedir pra ela sair, tá?

Stephen O'Brien voltou ao Harry's. Richard sentou-se em seu banco, bebendo da garrafa de Dave Whelehan. Ele começou a fumar alguns cigarros de Laura que encontrou no bolso do casaco.

Às 23:50, Clodagh Finnegan foi mancando até Stephen O'Brien, reclamando que alguma puta com saltos finos acidentalmente pisara no seu dedão do pé. Stephen ajoelhou-se galantemente para beijar o dedão da namorada, para melhorar. Então, ele e Clodagh saíram para fumar. Durante cinco minutos mais ou menos, eles fizeram companhia a Richard.

Nesse momento, nas palavras da promotoria, Richard "tornara-se agressivo". Ele gritou com Stephen porque ele não encontrara Laura. A verdade é que Stephen esquecia-se de Richard e Laura. Em suas palavras, naquela hora ele estava "ligeiramente bêbado". Ele também tornou-se agressivo. Disse a Richard para ir à merda e levou Clodagh de volta para a boate.

À 00:02, Fergal Morrison deixou o Harry's e levou Joanna Carruthers para casa de táxi.

À 1:04, Lisa McKeown reclamou que estava passando mal e ligou para seu pai, que chegou para levá-la para casa vinte minutos depois.

Agora, Conor estava sozinho na boate.

Aqui os relatos começam a tornar-se confusos. Por volta de uma da manhã, todos estavam bêbados, chapados ou pegando alguém. Ou estavam envolvidos em outras coisas – tráfico de drogas, briguinhas ou voltando para casa em segurança. A memória das pessoas sobre esta parte da noite não é muito clara. Elas tendem a se contradizer. Sabemos tão pouco. Mesmo depois da investigação policial e do julgamento, mesmo depois de conversas exaustivas, sabemos tão pouco do que aconteceu em seguida.

Por exemplo: onde estava Conor e o que estava fazendo entre uma e três da manhã? Ele não saiu da boate. Mas ninguém se lembra de falar com ele – ou ninguém admite se lembrar, o que dá no mesmo. Uma hipótese é de que ele conversou com Laura, mas ela mesma sustenta que nem sabia que Conor estava na boate até ele encontrá-la na saída enquanto a multidão ia embora.

E resta-me outro mistério. Se eu estivesse lá, talvez... Mas eu não estava.

Às 2:30 as luzes da boate se acenderam e todos se queixaram do quanto pareciam pálidos e cansados sob a luz repentina. As pessoas começaram a entrar na fila para pegar seus casacos. Os seguranças começaram o processo cacofônico de empurrar o povo para fora: "Vambora, gente, *por favor*, hora de ir."

Hora de ir.

Perguntas (sempre perguntas): por que Laura não saiu para falar com Richard? Ela mesma nunca deu uma resposta satisfatória a isso. Disse que estava distraída. Que estava conversando com todo mundo. Que fora engolida pela multidão. Então, por que Richard esperou? Por que ficou quase quatro horas sentado na frente do

Harry's, esperando a boate esvaziar? Eu sei a resposta a esta pergunta. Ele estava esperando por Laura. Ele ficou sentado e bebericando com a mesma fixação estoica que levava em um treino solitário no campo de rúgbi. Isso fazia parte de sua natureza. Por volta das 2:25, Barry Fox saiu para esperar com Richard. Isso fazia parte de *sua* natureza. Naquele momento, a garrafinha estava vazia, mas Barry havia comprado uma garrafa pequena de vodca mais cedo e agora os dois a terminavam.

Às 3:05, Laura chegou à porta da boate. Ela havia se separado de Clodagh e Steve no meio da confusão. Ela ficou perto da porta, do lado de fora, e procurou Richard, mas a multidão obstruía sua visão. Laura se abraçou e sentiu os pelos de seus braços arrepiados. Ela pegou o casaco de estrelas na bolsa e vestiu-o. Era assim que as garotas ficavam no fim de uma balada: os glamourosos vestidos cobertos por um casaco de moletom aconchegante.

Do lado de fora da boate, algumas garotas haviam tirado os sapatos apertados e estavam descalças no meio-fio, fazendo sinal para táxis distraídos. Cada uma das garotas descalças estava acompanhada por um rapaz trôpego vestido com uma camisa de rúgbi.

Às 3:07, Conor Harris saiu do Harry's e viu Laura Haines sozinha.

Naquele momento Conor estava se sentindo livre e agradavelmente bêbado. Acho que pensou que Laura o acolheria com um espírito de camaradagem. Ele não "ficou secando" Laura, como algumas pessoas disseram, nem disse nada "impróprio".

É claro que quando disse "oi" para Laura na porta, o tempo em que as ações de Conor faziam alguma diferença para seu destino já havia passado.

– Belo casaco – disse Conor.
– Obrigada – disse Laura.
– De nada – disse Conor.

Então eles avistaram Richard, acenando para os dois do outro lado da rua. Quando Laura olhou para Conor, ele já tinha desaparecido.

– Você estava falando com aquele filho da puta? – disse Richard.

225

— Ele só disse "oi", Richard.
— Vem cá — disse Richard, passando o braço pelo pescoço de Laura. — Vamos cair fora daqui.
— *Relaxa*, Richard — disse Laura.

Richard parou e afastou-se dela, observando seu corpo com um olhar crítico.

— Belo casaco — disse ele. — Por que você vestiu isso?
— Eu estava com frio — disse Laura.
— Eu vou pra casa, porra — disse Richard. Ele saiu andando, balançando a cabeça e xingando.

Eles estavam um pouco afastados na rua principal naquele momento, longe da maioria das pessoas que haviam sido cuspidas da boate. Mas a rua ainda estava cheia de garotas descalças e rapazes cambaleando. Laura seguiu Richard. Ela gritou o nome dele.

Eram 3:15h da manhã.

E Conor Harris encontrou Richard Culhane na multidão.

Não sabemos quem disse o quê. Não sabemos quem fez o quê. Depois desse tempo todo, ainda nem sabemos quem deu o primeiro soco. Richard disse que foi Conor. Outras pessoas dizem que foi Richard. Ainda há outros que dizem que foi Stephen O'Brien.

Mas isso não importa.

Alguém deu o primeiro soco e depois todos caíram em cima de Conor. Stephen e Barry estavam um passo atrás de Richard. Eles estavam lá quando importava. Conor tentou revidar com seus braços fortes mas havia gente demais. Eram de seis a dez pessoas e Conor não podia fazer nada.

Mais tarde Richard só se lembraria do ódio. Ele queria machucar o próprio corpo ao ferir o de Conor. Ele queria a adrenalina daquilo. Ele queria a dor.

O que fizeram com ele?

Eles bateram em sua barriga e costelas durante um tempo, até encherem o saco e mudarem o alvo para o rosto. Alguém o atingiu nos rins — dos dois lados. Stephen O'Brien se ocupava em derrubá-lo, atingindo suas pernas.

Eles deram socos em sua cara. Deram cotoveladas em sua cara. Espremeram seus braços e suas espáduas. Era uma briga de bêbados.

Não havia precisão. Eles lutavam uns com os outros para acertar Conor. Na maior parte do tempo nem sabiam no que estavam batendo. Eles golpeavam e esperavam o som da carne sucumbindo com as pancadas.

Já havia muito sangue no rosto de Conor. Hematomas haviam fechado seus olhos. Ninguém se lembrava de ele falar. Ele pode não ter emitido um som.

Neste momento, ele ainda estava de pé. Barry Fox enterrou o punho no esterno de Conor, depois recuou o braço e deu um soco tão forte que os nós de seus dedos ficaram doloridos por dias.

(Durante todo o dia seguinte, enquanto sentava-se na sala de Pat Kilroy, enquanto escrevia seu depoimento e encontrava sua namorada, Barry estava cuidando de sua mão direita dolorida.)

Laura cambaleou para trás até o táxi parado de Mick Conroy. Ele gritava para os garotos pararem.

Richard desferiu um soco no nariz de Conor. Ele sentiu o osso se quebrando. Ele disse "vai se foder", sem reconhecer a própria voz.

Conor parecia estar dormindo. A pressão da multidão o mantivera de pé, mas de repente um espaço se abriu. E ele caiu.

Sua nuca bateu no concreto da calçada.

Richard sentiu que a queda de Conor era como dar o fato como consumado. Ele lembrou da intimidade do ato de brigar. A necessidade de estar perto de outro corpo humano era como fazer amor, mas com a intenção contrária: a intenção de ferir, de silenciar, de punir.

Conor, morrendo, caiu no chão e não se levantou.

Uma testemunha lembrou de ter visto, naquele momento, um rapaz correr até a confusão e dar um chute no peito de Conor. Depois, ele fugiu. Este rapaz nunca foi identificado.

Laura gritava e começara a chorar. As pessoas fugiam. Agora, só três rapazes estavam perto o suficiente para machucar Conor.

Tum.

Teria sido Stephen O'Brien quem deu o primeiro chute, como se quisesse selar a vitória do seu time na final da Senior Cup?

Tum.

O segundo chute – posso dizer com razoável confiança – foi dado por Barry Fox. Ele admitiu isso durante seu primeiro interrogatório.
Tum.
Foi Richard? Será? Acredite no que quiser. A decisão é sua.
– Isso não pode estar acontecendo – disse Laura. – Isso não pode estar acontecendo.
O tempo pareceu engolir um obstáculo e voltar a seu ritmo normal.
Eram 3:16h da manhã.
– Ah, você se acha tão macho! – disse Laura a Richard Culhane.
– Meu Deus – disse Barry Fox. – Acho que a gente devia chamar uma ambulância. Galera, acho que a gente devia chamar uma ambulância.
A gente deu uma lição nesse veadinho – disse Stephen O'Brien.

55

ACHO QUE FIQUEI MAIOR desde que Conor morreu. Não quero dizer que engordei. Digo que me sinto mais robusto, mais forte fisicamente, como se houvesse agora um pedaço muito maior de mim para carregar por aí. E, é claro, agora carrego Conor também, que não pode se segurar. Irmão, você era tão grande e deixou tanto para trás. Minha alma se curva sob o peso do que você deixou. Há tanto que tenho que arrastar da cama toda manhã, tanto excesso de bagagem. E as coisas têm mais importância para mim, ou pelo menos é o que parece. O sofrimento deveria fazer as coisas importarem menos, mas agora me sinto tão em carne viva, sinto as coisas tão à flor da pele – os pingos da chuva, as mudanças de vento, a fome, a sede – cada pequena sensação me parece um soco no estômago. Um espírito pesado fica sujeito a avarias pesadas. Mas as minhas não se comparam às suas, não ainda. Até ir a Inishfall serei um amador do sofrimento. E você era um profissional, claro, aquele que absorveu habilmente todos aqueles choques. Nas suas últimas três horas você concentrou uma vida inteira de sofrimento de um jeito quase organizado, posso ver agora, sem muito desperdício ou exagero.

Adeus, irmão. E me perdoe por não ter podido fazer mais.

56

CONOR FICOU CAÍDO NA RUA por quase duas horas e esporadicamente amigos e pedestres iam ver como ele estava. Ele ainda respirava. Sua garganta emitia um som estranho quando inalava, como se o ar cortasse sua carne. Depois daquela espera – aquela terrível espera final – os homens de uniforme fluorescente chegaram com sua ambulância aos berros, levaram Conor ao hospital e ele morreu. Durante meia hora – não mais do que isso – o monitor cardíaco esteve ligado a Conor, por um grampo em seu indicador direito. Os médicos e enfermeiras viram o seu rosto e a cabeça e perceberam que provavelmente ali havia grandes lesões internas e possivelmente um traumatismo craniano. As vias respiratórias de Conor estavam parcialmente obstruídas – tudo isso está no boletim médico da emergência, citado em vários jornais. Eles lhe deram uma alta dose de adrenalina e o entubaram. Marcaram uma ressonância magnética para o meiodia. Mas Conor não durou tanto tempo.

Ele já apresentara uma arritmia cardíaca na ambulância. Os paramédicos lhe deram choques com o desfibrilador e ele fora reanimado. Por um instante, prevaleceu um otimismo titubeante. Mas. Mas. Mas.

Não foram Eileen Harris ou Brendan Harris que identificaram o corpo de Conor. Eles acharam que não conseguiriam. O irmão dele teve que fazer isso.

Eu tive que fazer isso.

Ele estava numa sala no subsolo, deitado numa maca com as barras laterais abaixadas. Meu irmãozinho, pensei. Porque eles nunca deixam de ser crianças, deixam? Os irmãos mais novos, quero dizer. Eles são crianças para alguém até morrerem. E esse alguém, no caso de Conor, era eu. Depois que nossos pais se fossem, eu ainda estaria por perto para cuidar dele. Eu ainda estaria, de um jeito ou de outro, ocupando o lugar dos pais. Mas agora não seria mais assim.

A sala era fria, claro. Eles deixam os mortos no frio para que não apodreçam. Havia o cheiro fresco e desinfetado de hospital, um peso seminal no ar parado. Fiquei ao lado da maca e disse:

– Sim, é ele. É o meu irmão.

– Conor? – perguntou a enfermeira com a prancheta e escreveu algo.

Assenti. Senti-me muito capaz, muito calmo. Olhei para a cabeça de Conor e pensei ver uma pequena concavidade, um afundamento azulado sobre seu olho direito fechado. Ele estava bonito sob a luz branca.

Então saí e contei a meus pais que o rapaz na maca era Conor e estava morto.

Não dormi durante vários meses. Em vez de sono, eu tinha uma espécie de coma desperto, um transe visionário no qual eu via sem parar o mesmo drama silencioso: Conor, morrendo. Não conversei de verdade com meus pais, o que sei que lhes causou ainda mais angústia e dor. Fui ao funeral e ao julgamento e disse para o padre Connelly cair fora quando ele bateu na nossa porta, mas durante todo esse tempo fui um fantasma, assim como Richard parecia ser; disse os por favor e obrigado de praxe, mas, na realidade, estava ausente, perdidamente envolvido em algum trauma anterior, então tudo o que eu fazia parecia atrasado, supérfluo, até cruel – cruel com Conor, que não podia mais fazer a mais simples das coisas.

Por fim, voltei aos poucos e aconselhei meus pais a passarem as férias em Kinsale. Achei que fosse fazer bem a eles sair de uma casa que havia diminuído de forma tão palpável em importância e integridade pela perda de Conor. Enquanto eles viajavam, sentei-me no quarto de Conor – agora um quarto de hóspedes e eficientemente anônimo. Sentei-me na cama de Conor (a mesma cama, a cama na qual ele dormira, se masturbara e talvez até comera Laura Haines) e tentei entender o que acontecera.

Ficou claro que não fui totalmente sincero ao preparar este relato. Tive que me deixar de fora. Mas eu estava lá o tempo todo, durante a maior parte do que aconteceu. Em relação às coisas secundárias, posso atestar a verdade do que digo. Posso atestar que Laura Haines estava daquele jeito enquanto comia uma maçã em frente ao Simmonscourt Pavilion em maio de 2003. Posso atestar o que Pat Kilroy disse no funeral de Conor. Posso atestar como estava Conor no necrotério.

Eu estava lá durante tantas coisas. Eu estava lá, estranhamente sem fazer nada, no quarto de Conor, quando ele chorou até cair no sono porque Laura Haines terminara com ele. Eu estava lá, gritando das laterais do campo com consciente impulsividade, em cada jogo da Senior Cup de que Conor participou. Eu estava lá quando ele treinava e quando o deixavam no banco. Ele parecia esperar este tipo de lealdade e eu ficava feliz em poder dá-la a ele. Mas eu não estava lá – eu não poderia estar – quando ele estava sangrando no chão, esperando uma ambulância. E é por isso que não posso contar esta história, não adequadamente, não completamente. É por isso que grande parte do que tenho a dizer são apenas hipóteses. É porque eu não estava lá quando meu irmãozinho morreu.

Eu não estava lá.

Tentei ser o mais escrupulosamente preciso ao reconstruir esses acontecimentos. O sofrimento é uma emoção escrupulosamente precisa. Ele nos dá sede de exatidão. Também usei minha tristeza para fazer as pessoas falarem. Agora, conto com uma espécie de seriedade. As pessoas me dão espaço. Elas são indulgentes com minhas teorias desconexas.

Talvez, a quem eu mais deva seja Laura Haines.

Laura foi minha fonte para muitas coisas – para aquilo em que eu não estava presente. Ela foi minha principal fonte de informação sobre Richard e sua família. Durante um tempo, nos encontramos na UCD, onde agora Laura estudava administração na Quinn School. (Seu diploma em enfermagem, após a morte de Conor, parecia uma perspectiva impossível). Almoçamos no café da Quinn School, onde Richard e Conor ficavam com seus laptops e sua corte competitiva de garotas maquiadas e extravagantes. O lugar estava repleto das pessoas habituais – rapazes com calças de veludo e camisas de rúgbi, garotas com saias de brim e botas parecendo patas de urso. Olhei em volta: os meninos e meninas, rindo e paquerando, seguindo em frente como se tudo ainda fosse igual. Todos eram muito mais jovens do que eu, claro. Laura era o único rosto conhecido.

Durante mais ou menos uma hora, conversávamos sobre o que havia acontecido. Eu perguntava porque precisava saber e Laura falava porque precisava contar. Sentar em frente a essa garota que ele amara era uma forma de me sentir mais próximo de Conor. Mas também era uma forma de me sentir mais próximo de outra pessoa. Era uma forma de me sentir mais próximo de Richard Culhane.

Tanto eu quanto Richard precisávamos de Laura pela mesma razão: ela era nossa ligação final com Conor Harris. Ela sabia disso e era generosa ao doar seu tempo. Mas isso não pode durar para sempre. Eu a encontrarei para um último almoço, mas depois cada um vai seguir seu caminho.

Tenho muito pouco a mais para dizer. Agora que a história foi quase toda contada, estou cheio, não de palavras, mas de seu oposto: de silêncio, ausência, perda.

Conor, eu dei o meu melhor para deixá-lo em segurança. Tentei fazer o que um irmão mais velho deve fazer. Mas não pude te ajudar. Eu não estava lá.

Chega disso.

Irei a Inishfall. Mas não agora, não agora. Não até terminar o meu trabalho. Quando não houver mais nada a fazer, irei atrás dos Culhane em sua ilha desolada. Irei a Inishfall.

57

ERA QUASE INVERNO QUANDO os Culhane partiram para Inishfall. A fumaça das chaminés escurecia o ar, a temperatura estava baixando e a noite chegando cada vez mais cedo quando limparam a casa de Sandycove e se prepararam para sua jornada rumo oeste.
Hora de ir.
Eles sabiam que tinham que ir embora. Numa terça-feira de outubro, Richard, ansiando pelo prazer de sua antiga vida, pegou emprestado o carro de Peter (eles haviam vendido o Nissan de Richard para pagar as custas judiciais) e ido até a UCD. O café da Quinn School estava cheio de gente que ele reconhecia. Estavam sentados nas mesas com seus laptops e cafés de três euros e olhavam para todos os lugares onde Richard não estava. Ele se sentou em uma mesa vazia perto da janela e bebeu um expresso. Ele havia pedido o café porque sabia que era o que conseguia beber mais rápido.

Barry Fox fora mais esperto: quando sua pena terminou, matriculou-se na Universidade de Manchester e agora estudava política social.

Dos três rapazes do Harry's Niteclub, Stephen O'Brien provou-se o mais bem-sucedido em restabelecer o estilo de vida do sul de Dublin. Ele insistia em dizer, o mais alto e sempre que podia, que seu papel na briga fora o menor entre os dos três garotos condenados. Não acho que Richard ou Barry o culpassem por isso. Eles compreendiam o que Stephen tentava fazer. Acho que hoje Steve estuda administração em uma das escolas técnicas de Dublin.

Peter e Katherine Culhane sabiam que tinham que ir embora porque não tinham mais ninguém com quem falar além de Gerald Clinch, Namwali ou seu único filho. Durante um breve período, o padre Connelly continuou frquentando a casa de Sandycove, mas, quando o julgamento por homicídio não saiu, até seu apoio cessou em pouco tempo.

Peter percebera que ele e Richard raramente se falavam e nunca se tocavam. Eles nunca foram muito afetivos um com o outro, mas agora Peter sentia muito mais a falta de ser abraçado por seu filho. Ele via a esposa e o filho se arrastando pela casa e percebeu que precisavam ir para outro lugar.

Então, Peter tomou a decisão. "Por que não ficamos algumas semanas em Inishfall?" Richard e Katherine concordaram. Ambos sabiam – ou suspeitaram – que a família ficaria no casarão branco por mais que algumas semanas. Eles imaginaram se Peter também sentia isso. Depois do julgamento, ele se tornara insondavelmente educado, atento às nuances irrelevantes da boa educação e do bom comportamento. Ele ajudou Richard a fazer as malas, insistindo para que levassem as chuteiras de rúgbi de Richard. O rapaz esperou que Peter saísse do quarto e tirou as chuteiras da mala. Ele sabia que não precisaria delas.

E aí a família partiu para Inishfall, levando consigo tudo o que significavam para nós. Katherine teve que dizer a Namwali que não precisaria mais dos seus serviços. Ela chorou ao dizer isso. O último pagamento de Namwali veio com um bônus substancial. As mulheres, em lágrimas, abraçaram-se e desejaram boa sorte uma à outra. Quando Namwali foi embora, Katherine viu-se consumida pela autopiedade. Ela havia ficado tão mal assim, para procurar conforto nos braços de uma negra, uma mulher com quem nenhum de seus amigos sequer falaria?

Eles acabaram ficando na ilha por tanto tempo que Peter pediu a Gerald Clinch que tomasse providências para alugar a casa de Sandycove. Acho que uma família americana mora lá agora. Clinch pedira um aluguel surpreendentemente baixo, pois sabia que estava oferecendo um produto maculado.

Duas semanas depois de os Culhane partirem para Inishfall em seu carro abarrotado, Laura Haines topou por acaso com Elaine Ross e Rebecca Dowling em frente à Karen Millen na Graffon Street.

Elas conversaram durante cinco minutos sobre seus tempos de colégio na Ailesbury. Para Laura, era como falar sobre um livro que leu há muito tempo. Depois, foram ao Avoca Café.

Elaine perguntou a Laura como fora visitar Richard na cadeia.

– Deprimente – disse Laura.

– Tipo, ele deve ter ficado *tão* grato – disse Elaine.

Laura ficou calada.

– Você viu que a Topshop está em liquidação? – disse Rebecca.

– Quer dizer, ouvi falar que nem os *pais* dele iam visitá-lo – disse Elaine.

– Onde você ouviu isso? – disse Laura, com voz indiferente.

– Só ouvi por aí – disse Elaine. – Sabia que a Naomi Frears está namorando o Kevin Kerrigan agora? Não é estranho?

– Ela discursou no funeral – disse Laura.

– Ah, é – disse Elaine.

Houve um momento de silêncio. Então, Elaine disse:

– E você tem visto ele ultimamente? O Richard? Eu imagino como ele está.

– Ele está em Inishfall – disse Laura. – Devo vê-lo lá em breve.

– Oh – disse Elaine. – Bom, boa sorte, tá? Diz a ele que perguntamos por ele.

As garotas abraçaram-se e despediram-se.

Naquele fim de semana, Laura pegou o trem até Kerry. Era sábado de manhã cedo e o trem estava quase vazio. Da janela de seu vagão, em algum lugar depois de Kildare, Laura viu um campo de rúgbi. Sob a sombra fina e bem definida das balizas, ela notou uma longa linha branca de pedrinhas de gelo.

Peter Culhane encontrou-a na estação e levou-a de carro a Inishfall. Quando cruzaram a ponte de concreto, a maré estava alta e as praias da ilha invisíveis sob o mar que as inundava. Laura olhou para Peter enquanto ele dirigia. Ele estava mal barbeado – como se alguma outra pessoa tivesse feito aquilo, em vez dele mesmo – mas seus olhos estavam brilhantes e claros. Ele dirigia com as mãos relaxadas no volante, passando uma sensação de segurança. Laura sabia que estava olhando para os últimos remanescentes aristocráticos de

Peter. Por força do hábito, ele ainda era um homem irregularmente charmoso. Mas ele não falou com ela até chegarem a casa.

– Seu quarto fica no segundo andar à esquerda – disse ele, carregando a mochila de Laura para dentro.

Laura também sabia que Peter e Katherine temiam sua visita. Ela era a última ligação que os Culhane tinham com os acontecimentos que haviam destruído seu conforto e reputação. Fora Richard quem a convidara para ir até a ilha. Ela sabia que não deveria esperar boas-vindas de seus pais.

A casa era mais vazia do que Laura esperava. Os aposentos tinham um ar de abandono, como se a casa só tivesse sido aberta no início do verão. Sozinha na cozinha, ela esperou Richard descer.

Ele parecia o antigo Richard quando chegou: o cabelo com gel, a camisa Ben Sherman, as calças bem passadas. Também estava bem barbeado e bonito – bonito como nunca estivera quando Laura ia visitá-lo na prisão.

– Oi – disse ele.

– Oi – disse Laura.

Peter e Katherine irromperam na cozinha. Katherine deu um beijo em Laura e perguntou como ia a faculdade. Peter colocou a chaleira no fogo.

Uma chuva fina começou a cair.

Peter serviu o chá e eles se sentaram em volta da mesa da cozinha, olhando para a tempestade na tarde lá fora.

Ninguém sabia o que dizer.

Enfim, Richard pediu que Laura subisse com ele. Eles foram para o quarto de Richard. Ele não havia desfeito as malas, e sua pasta estava debaixo de uma pilha de roupas sujas.

Peter e Katherine sentaram-se no jardim de inverno e prepararam bebidas que sequer tocaram. Tentaram escutar sons vindos do quarto de acima, mas nada ouviram.

Richard e Laura ficaram lá por uma hora. Não sei o que disseram. Laura não me diria. Sei que nunca me diria.

Esta é a última lacuna na minha história, o último fato que não conheço bem. O que Richard disse à Laura? O que Laura disse a Richard? Não tenho respostas. Mais uma vez: não tenho respostas.

Depois de uma hora no quarto de Richard, Laura desceu. Ela estava chorando. Katherine e Peter ficaram na cozinha enquanto Laura chorava na mesa. O silêncio continuou e Richard não desceu. Quando um trovão retumbou no céu sobre a baía, as três pessoas naquela cozinha escura do interior meio que acordaram, como de um sonho com um julgamento.

Parecendo repentinamente pálido, Peter tocou o ombro de Laura e disse:

– Vou levá-la de volta à estação.

Então Laura pegou sua mochila e jogou-a na mala do carro de Peter. Passaram por muros baixos de pedra cor de ferro, campos de grama pontuda que saía do solo úmido e arenoso. O céu estava pesado e turbulento, o ar cheio de algo frio. Peter deixou Laura na estação de Tralee.

– Adeus – disse ele.

– Adeus – disse Laura.

Eles apertaram as mãos e Peter foi embora.

Hora de ir.

Deixaram-nos tantas lacunas, tantas ambiguidades, tantas explicações inacabadas. Voltamos a nossos trabalhos, é claro – agora estou falando de mim e dos meus pais, de Eileen e Brendan Harris e o filho que sobrou. Voltamos ao trabalho e à faculdade e não pedimos mais nada da esfera pública, depois de ouvirmos tantas recusas por tanto tempo. Laura voltou à universidade. Os outros – todas as pessoas que citei, todas as pessoas tão essenciais à minha história tão cheia de confusão e sofrimento – retomaram o controle do país ou de suas vidas. Elas continuaram. Elas seguiram em frente.

E os Culhane?

Os Culhane estão afastando-se de nós lentamente, ano após ano. Em breve teremos perdido completamente o contato. Penso muito neles, lá no oeste, nos cômodos abafados de sua enorme casa, esperando em silêncio enquanto anoitece e o tempo gradualmente piora. Eles estão sozinhos em uma ilha fria e vazia, afastados e sozinhos, enfim sós onde tudo acaba, ruminando suas vidas destruídas em Inishfall.

Este livro foi impresso na Editora JPA Ltda.,
Av. Brasil, 10.600 – Rio de Janeiro – RJ,
para a Editora Rocco Ltda.